THE DARK NET

暗网

JAMIE BARTLETT

[英] 杰米·巴特利特—著

刘丹丹—译

北京时代华文书局

《暗网》获得的盛誉：

这是一段深入互联网暗处的旅程，引人入胜又让人惴惴不安。杰米·巴特利特是位专业的领队，为这个十分混沌的世界带来了弥足珍贵的光芒。

——伊恩·伯勒尔 《独立报》

真是佳作，必买必读。

——雨果·里夫金德 《泰晤士报》

巴特利特详细剖析了我们常说的“妖魔鬼怪”，并且证明了他们并不是空穴来风。《暗网》适合每一位互联网深度用户阅读，针对这部作品对我们的文化所产生的影响，强烈推荐给各位……它像是阴冷地窖里的一束希望之光。

——迈克尔·拜沃特 《旁观者》杂志

这本书是对互联网边缘世界，同时也是人类内心的一次探索，令人着迷又不免担忧。

——乔希·科恩

这份报告对网络生活中扭曲的色情文化、离经叛道以及罪恶的一面，进行了全面而又深刻的研究。

——布赖恩·阿普尔亚德 《星期天泰晤士报》

本书信息量十足，通过与这些网络行为背后的人们相接触，巴特利特让这一切变得有人情味了。

——道格拉斯·希文 《新科学家》杂志

《暗网》从数字文化的层层缝隙中，提炼出精练尖锐的观点，结合令人印象深刻的分析，解释了科技如何放大人性中极善极恶的一面。如果各位读者想预防媒介狂躁症，或是想搞明白 21 世纪来势汹汹的复杂形势，都有必要读一读此书。

——汤姆·查特菲尔德

一份网络世界阴暗面的调查报告，很有意思。

——安德鲁·安东尼《每日邮报》

放下你的预判，看看人们是怎么在网上引战、做坏事的。

——《新政治家》年度好书

作者序言

《暗网》这本书，在不同层面剖析了极度敏感和极富争议的主题。我的首要目的是想揭露这个经常被人们挂在嘴边但极少有人探索（通常是有原因的）的领域。在全书中，我努力抛开个人观点，尽可能以客观、清晰的口吻叙述经历。读者可能会质疑撰写这类书籍是否明智，但也对《暗网》所揭露出的信息十分关心。尽管我本意并非想指导违法以及有悖道德的网络行为，但本书的确包含会让读者感到不适甚至十分震惊的内容。

身为一名研究者，我自认有义务保护网络当事人的隐私。因此在文中必要的地方，我修改了一些人名、昵称和身份信息。此外，在其中一章，我依据多个人的经历虚构了一位综合性的人物。为方便读者阅读，我还修正了许多引用材料中的拼写错误。

我尽力想在当事人权益、经由描述他们所带来的社会效益以及他们所生存的世界之间寻求平衡。这不是一个万全的研究方法，更像是一些个人评判。书中任何的错误疏漏，都由我本人负责，因本书内容方面对当事人造成的困扰和不适，我也表示歉意。

网络生活的变化速度如此之快，毫无疑问，在你读到《暗网》这本书的时候，里面提到的某些网络行为可能早已不存在，一些网站会被关闭，亚文化会不断发展出新的形态，新的相关法律条文会出台。但是本书的核心思想——人们会在匿名或自以为匿名的世界里做些什么——永远不会改变。

杰米·巴特利特

目录

献给在撰写本书时降生的休伊、马克斯和桑尼。

当他们长大的时候，我希望他们能读读这本书，

想想这一切究竟是怎么回事，

然后对叔叔这些不可救药的预言一笑了之。

引言

自由或死亡

我听说过关于这个网站的一些谣言，但仍然无法相信它确实存在。此刻我看到的是一份暗杀黑名单。我能认出其中一些人的照片，大部分是有名的政客，每个人的照片旁边都标注着价码。这个昵称为 Kuwabatake Sanjuro 的网站创始人认为，如果可以雇凶杀人而不被捕（我指的是百分百不会落网），绝对会有人去做。这也正是他创办“暗杀市场”网站的原因之一。在网站首页，列出了四个简单的操作指示：

在名单上新增姓名

在姓名旁边标明下注金额

预测此人死亡时间

准确预测可赢得全部赌金

谷歌浏览器是搜索不到“暗杀市场”的，它隐身在加密的互联网空间中，直到最近，才能通过一个叫“洋葱路由器”或“Tor”的浏览器进入网站。Tor 以美国海军研究实验室项目起家，目前以非营利组织的模式运营，部分资金来源于美国政府及各个民权组织，全世界数百万网民们得以借由它匿名且安心地上网浏览*。简单来说，Tor 依靠对计算机操作多次加密，通过多个网络节点（即“洋葱路由器”）选择路径，来隐藏计算机操作的来源、目的地和内容。Tor 的用户是无法被追踪的，使用 Tor 隐匿服务的这些网站、论坛、博客也无法追踪，它们使用的是同样的流量加密系统来隐藏定位。

也许“暗杀市场”在网络中某个不为人知的角落里被“供奉”着，但如果你知道窍门，找到它也并非难事。只需一个简单（而且免费）的软件包就行了。之后进行注册，按要求点击下一步，然后等着就行了。要想知道有多少人在参与这个网站的活动，几乎不太可能，但在撰写此书的时候，如果我能准确预测前美国联

* 2010 年，为表彰 Tor 在社会运动中向检举人、人权活动家提供服务，美国自由软件基金会授予 Tor“社会福利自由软件奖”（Free Software Foundations's Awards for Projects of Social Benefit）。

邦储备系统主席本·伯南克的死亡日期，大约能拿到五万六千美金的赌金。

看上去，这种赌注好像没什么意义。因为你很难猜到某个特定人物的死亡日期，所以“暗杀市场”发布了第五条指示：

预言成真，全在个人。

暗网

人们能在网上做些什么呢？“暗杀市场”就是个极端的例子。在众所周知的“谷歌、微软邮箱、亚马逊”的世界之外，潜伏着互联网的另一面——暗网。

对一部分人来说，暗网就是 Tor 隐藏服务搭建的加密网络世界，无法追踪用户的行迹，用户的身份也无法识别。对其他人来说，暗网就是传统搜索引擎搜索不到的网站，包括：密码受保护的网页，不链接外部的网站，只对“内部人”开放的隐藏内容，有时也被称作“深层网络”。暗网，也泛指各类惊悚诡异、让人不适和极具争议的网络暗角，是想象中的罪犯和各式各样的霸凌者的领地。

但对我而言，暗网不仅仅是上文提到的“特殊领域”：它是一个与我们日常所接触的网络若即若离的地下世界，一个完全自由和匿名的世界。在这里，用户可以随心所欲，畅所欲言，不受监管，不受社会规范的制约。暗网之所以“阴暗”，是因为一般人很少看到它，它十分隐蔽，秘密而又隐晦。这并不是一本揭露 Tor 的书籍，相反，大部分章节介绍的是你所了解的网络：社交媒体网站、常规网页、论坛、聊天室，等等。但这本书着重介绍了一种在暗处恣意蔓延的文化与社区，对于局外人来说，这种社群文化十分黑暗且暗藏危机。本书研究这些群体并不是因为他们的网络行为具有代表性，而是因为他们是常常被误解又极少被了解的一群人。

暗网从来不缺热点话题，这些内容包含了年轻人上传的自制低成本色情片、网络霸凌、陌生人之间的骂战、“艳照门”、激进政客们的政治宣传、违禁物品（比如毒品）、机密文件等，只要轻轻一点，就能送上头版头条，这类事情几乎每天都在发生。但总体来说，暗网仍然是一个未被探索且鲜有人理解的世界。在现实世界中，也几乎没人冒过这个险，深入网络世界的幽深之处，细致地摸索每个网站的边边角角。

2007 年，我开始研究激进的社会和政治活动，花了两年半的时间研究欧洲和北美的伊斯兰极端分子，试图建立起一个松散零落的现实世界的网络，连接起这些认同基地组织极端分子意识形态的年轻人。就在 2010 年这份工作将要画上句号的时候，世界似乎变得不太一样了。我眼前出现的每一种新兴的社会现象或政治现象，阴谋论者、右翼分子也好，毒品成瘾现象也好，它们都逐渐驻扎在网络上，且活跃度日益上升。我经常会针对同一个对象访问两次，一次线上对话，一次线下面对面的交谈，然而我却好像是在跟两个不同的人对话。我在探索由不同规则、不同的行为方式、不同的主人公所组成的两个平行世界。每次当我认为自己触碰到某种网络文化的边缘时，就会发现另外一个与之紧密相连而又未被发现的秘密领域。有的网站需要掌握一些技术知识才能进入，有的网站则毫无门槛，人人可用。尽管这些网站对许多人的生活和身份信息变得越来越重要，但它们大多数是“隐形”的：一般人既查不到又看不着。因此我决定主动出击，去寻找这些隐蔽在网络世界的空间。

在这段搜寻的征程中，不管是在线上的网络世界还是线下的现实生活，我都找到了许多新的发现。我曾在一个臭名昭著的网络引战群组里当群主；费时数周卧底在一个专门讨论自残、绝食和自杀的论坛里；在 Tor 隐匿服务建造的迷宫世界里探寻毒品、研究儿童色情图片网络；还在知名社交网站上目睹新纳粹分子和反法西斯主义者之间的骂战；注册成为最新的色情频道会员，分析最近的自制色情录像的潮流是什么。我拜访过巴塞罗那的一处闲置空房，那里是支持无政府主义的比特币码农们的秘密基地；去过工人阶层聚集的俱乐部，与极端民族主义者们交谈；还参观过三个女孩脏乱不堪的卧室，观察她们如何在镜头前毫不隐晦地表演色情挑逗的动作，然后从成千上万名观看者那里收取小笔的打赏金。在探索和比较这些反差极大的世界时，我也想回答一个十分困难的问题："匿名"和"连接"这两个特性是否放飞了人性中的黑暗面呢？如果真是这样，它又是如何操控的呢？

《暗网》这本书的目的不在于评判网络是否是双刃剑。"匿名"的特性一方面让"暗杀市场"在网络世界留有一席之地，另一方面也使得检举人和人权主义者们得以存活。就我观察而言，网络中任何一种具有破坏性的亚文化都存在相对应的积极正面、有建设性的亚文化。

由于网络已经与我们的日常生活紧密相连，人们存有的对匿名、隐私、自由和审查制的概念也面临着挑战，同时它还抛出了尚未解决的新问题：人们是否有权在网络上实行完全匿名制？我们的"网络身份"与"真实身份"有差异吗？这些问题又说明什么呢？当我们坐在电脑屏幕前，会倾向于表现出特定的样子吗？在鼠标一键点击即可表达的世界里，言论自由的界限又在哪里呢？

网络在社会中的角色定位引发了诸多争议和讨论，而上述问题尤为集中。随着人们的网络生活日益丰富，这些问题的重要性也渐渐凸显。我不会在书中提出任何简单的建议或主张，我也不认为存在什么简单的解决方案。这本书的内容并不激进，相反，它会用更温和的方式，向读者呈现这些问题是如何滋生于社会边缘的。至于它所代表的意义，就交给读者自行判断吧。

连接

众所周知，网络诞生于20世纪60年代晚期，前身是由美军的研发机构“国防部高级研究计划局”出资运营的一项小型科研计划。美国国防部希望建立阿帕网（ARPA）来连接多台计算机，让美国顶尖学者们得以共享数据集以及珍贵的计算机空间。1969年，在加利福尼亚州首次实现两台计算机之间的网络连接，但是网络的发展速度十分缓慢。

1973年7月，伦敦大学学院计算机科学系一位年轻的教授彼得·柯尔斯坦，通过大西洋海底的电缆从英国连接上了阿帕网，这一举动使得柯尔斯坦成为英国第一个连上网络的人。“我完全不知道接下来会发生什么！其他人也不知道！”柯尔斯坦告诉我，“我们这些科学家和学者，只想试着建立和维护一个可以简易并快速分享数据的系统。”阿帕网，以及它后来的形式——互联网，都是基于提高学者共同工作效率的原则而建立的：一个开放、分散、便于使用且免审查制的网络。这些原则定义了互联网的内涵：一个不限用户数量、信息和想法的无极限的世界。

1978年，电子布告栏系统（BBS）诞生，随之而来的是新闻网络系统（Usenet）于1979年至1980年间问世，由此网络生活进入了新的时代。不同于已退出历史舞台的阿帕网，Usenet和BBS是聊天室和论坛的先驱，只需一个调制解调器和一台家用电脑就能进入。尽管以现在的眼光来看，它们又小，网速又慢，看着十分落伍，然而在当时，这些设备却吸引了成千上万对虚拟新世界感到好奇的人们。直到20世纪90年代中期，蒂姆·伯纳斯-李发明了万维网（World Wide Web），互联网的身份由此发生了翻天覆地的变化：从电脑爱好者和学者经常光顾的小众地下聚集地，变身为数百万热情高涨的网络新人类可以进入的热门场所*。

根据英国开放大学公众科技认知的教授约翰·诺顿的看法，这时的网络空间不仅仅是简单的计算机所组成的网络。用户视之为一种拥有独特文化、独特身份和特定规则的“新型空间”。数百万普通人造访网络世界，让人恐慌又好奇，这种新形式的交流方式会对人们产生何种影响。许多科技乐观主义者，例如高呼网络革命的《连线》杂志和网络杂志《Mondo 2000》，认为网络空间预示着学习与沟通的新纪元，甚至可以超越国界。针对这个观点最有名的著作，来自美国散文家及网络自由主义论者约翰·佩

---

* 1993年9月，著名互联网服务供应商“美国在线”许可其订阅用户进入Usenet，此事件也被网友称为“永恒九月”，以纪念大批网络新人登录互联网。

里·巴洛在1996年发表的《网络空间独立宣言》，他提到："现实世界中对财产、言论、身份、社会活动及环境的法律定义，皆不适用于网络世界……网络中的个人身份没有实体，因此，与现实世界的公民不同，我们不以任何人身胁迫的方式制定社会秩序。"巴洛认为，网络表面上的无审查制和匿名性会推动建立一个更加自由和开放的社会，因为人们会抛弃现实世界固有身份的限制，在网络中创造出一个全新的自我。（《纽约客》的观点则更为直接明了：在网络上，没有人知道你是一条狗。）当时顶尖的心理学家，针对网络生活如何让人们维系个人身份的不同侧面，展开了谨慎而又积极的方向探索，例如谢里·特尔克在1995年发表的颇具影响力的关于网络身份的研究《荧幕生活》。

然而也有人担心，如果"没有人知道你是一条狗"，那会发生什么。父母忧心他们的孩子会染上"网络综合征"。就在特尔克的研究发表之后不久，另外一位心理学家约翰·舒勒便开始进行早期聊天室的用户行为研究。他发现，聊天室里的人们在网上比现实生活中更为强势激进而且更易怒。他解释说，这是因为在电脑屏幕的庇护下，人们感觉网络世界里不存在什么社会约束和责任规范。无论匿名性"真实地存在"还是"人们以为地存在"，都能促使用户探索自己的身份。但同时，它也可能导致用户不计后果地任意妄为（在2001年，舒勒将这种行为称为"网络去抑制效应”)。情况确实如此，从一开始，许多 BBS 和 Usenet 订阅用户就视网络空间为集合了各式各样行为的领域，不管是离奇的、有创意的行为，抑或是让人不爽的、非法的行为。在 Usenet “可替代”(“Alternative”，之后简称为 “alt.”) 的分类中，任何人都能设立他们想要探讨的话题讨论组。第一个创立的讨论组是食谱论坛 “alt. 吃货组”(alt.gourmand)，之后，“alt. 性爱组”(alt.sex)、“alt. 毒品组”(alt.drugs)，“alt. 摇滚组”(alt.rock-n-roll) 相继成立。“alt.” 讨论组渐渐出名，立即成为 Usenet 里最受欢迎的功能。除了目的性明确、内容较为正式的讨论组，例如文学、计算机、科学这些以外，Usenet 和 BBS 里更多的是以网络霸凌、黑客以及色情影像为主题的讨论组。

不自由，毋宁死

就在众人开始飘飘然的时候，极端自由主义者吉姆 · 贝尔首先提出网络匿名制的倡议，并得出了让人毛骨悚然的结论。在 1992 年底，被称为 “解密高手” 的加利福尼亚州极端自由主义者们通过发送电子邮件名单的方式，宣扬并探讨如何利用网络空间保障个人自由、隐私和匿名性。作为名单事件的始作俑者之一，贝尔认为，如果公民可以利用网络发送隐秘的加密信息，并使用无法追踪的货币来进行交易，就可以针对任何商品创造出正常运作的市场。1995 年，他在《暗杀政治》中详细阐述了自己的想法，并通过邮件的方式发送给其他同伴，然而，即便是忠心耿耿的自由主义者们，对此也避之不及。

贝尔提出建立这样一个组织，让参与者针对某位公众人物匿名捐赠电子货币，奖金池的捐款会累计成一份总奖金，而之后能够准确预测该公众人物死亡日期的参与者，就可以获得这份奖金。用贝尔的话来说，这不算违法犯罪，只是另一种形式的赌博。但是，问题在于，如果有足够多的人对某个特定人物心怀怨念——每个人只需匿名投几块钱——奖金池的金额多到一定程度，总会有人跃跃欲试，加入预测的队伍中来，甚至亲自让预言成真，从而把奖金一锅端。加密信息和不可追踪的支付系统这时可以派上用场了。一场群众策划且不可追踪的谋杀行动就此展开。首先，这些蠢蠢欲动的刺客们会以加密形式发送预言，且只有发送者本人知道解开预言信息的数字密码。若刺杀成功，将密码发给组织方，组织方可以解锁他的（准确）预言结果。只要被组织确认预测结果正确，多半是通过新闻报道得知。这份总奖金——由所有参与者捐赠的电子货币形式累计而成——就会以加密文件的形式放到网上。当然，只有做出准确预言的人才能制作打开文件的“密钥”。在参与者们无须知晓互相身份的情况下，组织就可以核实预言是否准确，并把奖金颁发给成功预言的玩家。

贝尔认为，整个过程中最值得称赞的一点是，互联网的匿名制保障了各方人士的利益，除了刺客本人（以及刺杀对象）。即便警方得知有谁曾为暗杀行动的奖金池“添砖加瓦”，这些募捐者也可以如实交代，他们并没有直接要求采取刺杀行动。

另一边，运营暗杀市场的组织方也无能为力，他们既不知道募捐者是谁、谁做出了预测行为，也不知道是谁打开了含有高额奖金的加密文件。但贝尔觉得，重点不在于逃脱法网的制裁，而是这套机制能够利用民意的力量向候选代表们施压，促使他们有良好的政治表现。

民意代表们表现得越差，越容易激怒选民，暗杀奖金池里的金额也会越来越多，从而诱使潜在的刺客们开始行动（贝尔认为，如果当时存在这样的暗杀市场，斯大林、希特勒以及墨索里尼都会遇刺身亡）。理想状态下，没有人会遭到暗杀。贝尔希望这类市场的存在，本身可以起到警示的作用——不要轻易参与选战。他提到：“完全的网络匿名制、彻底的保密性以及安全性，再加上暗杀集资的过程便捷又安全，政府公务员如果想滥用职权就得捂紧脑袋了。最有可能的是，市长级以上的大人物们在其位的每一分每一秒都非常煎熬。”

1995 年，贝尔完成他的著作《暗杀政治》时，一切都只是个假设。尽管他深信暗杀市场最终会导致这世上的任何一个政府班子垮台，但事实并非如他所想。20 年后的今天，由于比特币等数字货币、Tor 这类匿名浏览器以及强加密系统的出现，贝尔的预言成真了。2013 年夏天，网站“暗杀市场”成立。创始人 Sanjuro 这样写道：“大多数情况下，刺杀行为是错的……然而在技术迭代的过程中，这是大势所趋……当有人利用法律威胁你，或是侵犯你的生命、自由、财产以及追求幸福的权利时，现在你可以用一种安全的方式，舒服地躺在客厅里就能将对方置于死地。”

目前，网站“暗杀市场”至少列有六个人名。尽管有些骇人听闻，但据我所知，目前还没有人遇刺身亡。“暗杀市场”的重要性，不在于它能否起到暗杀的作用，而是网站的存在，其本身就已经意义重大了。这种创造性和革新性构成了暗网最典型的特征：没有限制，打破束缚，可以不经审查自由发表观点，对于任何事物的好奇心和欲望都能得到满足。而这些，正是人性中最危险、迷人且独特的侧面。

第一章

揭开网络引战的面纱

在生命之树的顶端没有爱，只有幸灾乐祸。

——匿名网友

一场生活的灾难

“嗨，/b/！”萨拉半裸的身体上写着这样的小标语：“2013年8月7日，晚上9点35分。”这是向臭名昭著的讨论区/b/的几百名甚至上千名登录匿名用户传达的信息——她要“直播”了。对此十分热忱的用户们直言不讳地向萨拉提出各种色情要求，萨拉会根据这些要求进行表演、拍照然后上传。

这个毫无下限的/b/区来自图片分享网站4chan。在4chan里，有针对不同主题的板块区，像是漫画、DIY、美食、政治和文学等等。然而，每个月浏览 4chan 网站的这两千万人中，大多数是为 /b/ 区（又称“灌水区”）慕名而来。在不断涌向 /b/ 区的各种奇葩以及色情图像构成的信息网络里，萨拉的照片只是不起眼的一角。在这里，没有自我节制，几乎每个人都是匿名发帖。不过，它还是有一些松散的规则的，这就是 /b/ 区的用户们，或者说是 /b/ 区的这些“流氓”们制定的《网络的 47 条规则》，包括：

规则 1：不要讨论 /b/

规则 2：不！要！讨论 /b/

规则 8：其实也没有什么发帖的规则

规则 20：认真你就输了

规则 31：要么露胸，要么滚，选择全在你自己

规则 36：世上永远都有比你眼前看到的更操蛋的事

规则 38：这里没有适用的条条框框——你想上天也没人拦着

规则 42：在这里，没有什么是神圣不可侵犯的

/b/ 区的用户们为了博人气出位，在这个匿名而又不受审查的世界里创造了数量庞大的原创内容，搞笑且没有下限。你有没有点开过 YouTube 的链接却突然跳出里克·阿斯特利 1987 年的大热

单曲《对你永不抛弃》？没错，那就是 /b/ 区的杰作；或是收到一些搞笑的猫的照片，还夹带着各种拼写错误的文字？这仍然是 /b/ 的恶搞；叫“匿名者”的黑客组织？不用我说了吧。

但是匿名也有不好的地方。这里女性用户少得可怜，且习惯性地被人忽视和侮辱，除非她们上传自己的照片，或者像萨拉一样当个“女主播”。这些途径总是能让女性轻易获取 /b/ 区“流氓”们的关注。4chan 网站有个关于视频的板块区，叫作 /soc/，用户可以在这儿好好地打赏女主播。每天都有几十位女主播在 /soc/ 上线，然后进行表演。不过，偶尔还是会有些姑娘傻乎乎地误点进 /b/ 区。

上传完第一张照片后，大约过了 20 分钟，有个评论说让萨拉在身上某个地方写下自己的名字，然后拍一张裸照。不久，又有一个评论说，让她拿着她现在在吃的任何一种药物，再拍一张裸照。萨拉都照做了，没想到却铸成大错。

匿名评论：我靠，希望不会有人人肉她，她竟然跟着做了！看着是个好姑娘啊！

匿名回复：我天，冷静冷静，她写了自己的名字、医生的全名，甚至她住的小区的名字！她是想上热搜吧！

匿名回复：她是新来的吧，摆出这种姿势还在身上写名字的，一看就是新人，她们真不知道自己摊上事儿了。

萨拉神经大条地暴露了相当多的信息，多到足够让那些看客去人肉搜索她到底是谁，/b/ 区的“流氓”们对这种事十分敏锐，迅速地加入了这场闹剧。在 4chan，人肉女主播是一种罕有的乐趣。没过多久，那些人就定位到了萨拉所在的大学地址、她的全名、住址以及电话。接下来，他们搜到了萨拉的脸书（Facebook）和推特（Twitter）。萨拉在电脑屏幕前，呆滞又无助地看着这一切发生。

匿名评论：别搜了！正经的！你们这些死宅！

匿名回复：萨拉，看到你还这么镇定我就放心了，对了，别客气啊！

匿名回复：嘿……萨拉，我能加你脸书好友吗？开玩笑的，快把那傻逼照片删了吧，别等发到你朋友手机里再后悔！

匿名评论：我在刷照片的时候，她把推特账号设为隐私了，妈的！

匿名回复：她删了也无所谓。我正在统计她通讯录里的人，还有她们的好友关系，一会儿就发她裸照！

匿名回复：哈哈哈哈她把脸书账号删了，不知道还能不能删除好友关系。

匿名回复：呃，保存好她的名字。只要这个事一过去，她肯定还用这个号，然后再被评论炸一次。反正现在是不得安宁了，她怎么好意思跟爸妈交代啊。

匿名评论：你们这群混蛋真去看她的脸书了？真他妈难以置信。只是一个把照片传在这破网站的女孩子，就被你们这些傻逼人肉了？去你妈的 /b/！

匿名回复：楼上的白莲花快滚出去！！

匿名回复：你们在这浪费多少时间了？有什么可大惊小怪的？

匿名评论：上传裸照的人不应该被伤害。

匿名回复：哈哈哈哈哈哈哈哈，楼上是新来的吧？开不起玩笑啊！

匿名评论：我不想在这充好人，然而已经是了。就想知道为啥 /b/ 区会干这种事，她就露了个胸，然后“我们”就这么对她？？真是网络暴力的最佳证明。

匿名回复：/b/ 区女主播（2004—2013）节哀顺变。谢谢。

匿名回复：让我吃惊的是，你们还在说“如果再人肉她们就没什么主播可看了”这种话！你们叨叨十年了吧！

匿名评论：总之，这是她所有脸书好友的名单，你们可以发给朋友以及朋友的朋友，然后只要跟萨拉有一点点关系的朋友们就都会知道了。

匿名回复：已经有人发给她朋友和家人了吗？还是从我开始？

匿名回复：应该没人发吧。不排除有回复的人一边唱红脸，一边在旁边看着，让你以为有人已经发了。

匿名回复：快发快发快发。

有人在脸书注册了小号，把萨拉的照片拼接成一张大图，发给了她的亲朋好友，附上这样的消息："你们认识萨拉吗？这个可怜的小可爱做了不可告人的事哦。这都是她发到网上的照片，是'任何人可见'的！"仅仅几分钟内，萨拉社交账号里的每一位好友都收到了照片。

匿名网友：×××××，是她的电话，确认了，是真的。

匿名回复：刚刚给她打电话，她一直在哭，伤心得像是啜泣的鲸鱼。

匿名回复：有人一直在打（电话）吗？

板块 /b/ 将其称为"生活灾难"——恶意的网络霸凌，为的是让受害者长期且持续地处于痛苦和不安之中。这已经不是板块 /b/ 第一次人肉搜索女主播了。其中一个参与的网友对此扬扬得意，还开了新帖，分享之前诸如此类的经典“灾难”事件的过程和截图，以庆祝胜利。例如，他 / 她讲到照片中的某个女生，脸书账号被盗，登录密码被篡改，但是她曾在板块 /b/ 发布的照片，却显示在脸书的时间轴上。

匿名网友：有点替她难过，其实她挺性感的，也很可爱。只是有点蠢，竟然暴露了个人信息，哎。不过人嘛，有时候运气不好是难免的。

匿名回复：如果她足够机智，早就滚出去了。既然不走，就得承担后果呗。

匿名回复：我才不管呢，她都有男朋友了还在这卖弄风骚，不是贱人是什么！

骚动持续了不到一个小时，没过多久，讨论就此结束，萨拉也被人们忘在脑后了。

“人肉”女主播只是人们在网上对他人霸凌、恐吓、挑衅、激怒或蓄意引战的行为之一，且这种趋势愈演愈烈。名人、记者、政治人物、体育明星，学者专家——没错，几乎每个在公众面前亮相或者网络上粉丝众多的“网红”——都会经常遭到陌生人的骚扰、恶评甚至是威胁。2011 年，肖恩·达菲因在脸书发表不当言论被捕，其中一例是他曾嘲讽过自杀的 15 岁青少年。2013 年，知名媒体人卡罗琳·克里亚多 – 佩雷斯等人发起过一项行动，让“简·奥斯汀”的头像登上了新版十英镑的纸钞。但此举让她被推特匿名网友的恶评骂惨了，更有甚者向卡罗琳本人寄出了炸弹和死亡威胁信，最后情况严重到警方都建议她暂时先搬到更为安全的地方。英国剑桥大学的古典学者玛丽·比尔德在 BBC《质询时间》节目亮相之后，就收到了一封性骚扰的私信。2014 年 6 月，作家 J. K. 罗琳因向反对苏格兰独立的“在一起更好”行动资助一百万英镑，遭到了网友们极为恶毒的诋毁和攻击。

网络空间的每个角落，都充斥着某种形式的引战行为。YouTube、脸书、推特，每个平台都有独特的引战模式，且每种模式为适应平台的环境而不断演进，就像达尔文雀的演化过程一样。MySpace 的引战有固定的语言套路和引战语气，这些套路特别容易激怒怀有梦想的青少年歌手们；混迹于业余色情影片网站的键盘侠们，也都知道针对影片主人公的吐槽套路是什么；一些大名鼎鼎的新闻网站评论区，也经常充斥着戾气满满的恶意言论。

在过去的五年里，发生这类行为的频率急剧上升。2007 年，英国和威尔士地区的 498 人因使用电子设备发送“恶意攻击、不当、猥亵或威胁语气”的信息被判刑；截至2012年，因同类言行被定罪的人数增至1423人；这意味着英国18到24岁的人口中，几乎每三个人里，就有一个人认识遭受网络匿名恶行的受害者。除此之外，在一项涉及2000人的调查中，有2%的人表明他们曾在网上以某种形式伤害过他人，由此推算，仅在英国就有近百万人参与过网络引战。

如今，“引战”（Trolling）已经成为任何“性质恶劣且具有威胁”的网络行为的代名词了。但是，除了恶意侮辱这个层面，“引战”本身还具有更多意味。扎克，30岁出头，说话带有轻微的泰晤士河地区口音，参与网络引战长达十余年。作为老手，他坚持认为：“‘引战’不是欺凌别人，而是一个‘解除’的过程，解除旧有的情境，开创新的局面，打破束缚，想法付诸实践，计算出触发对方反应的最好方式。在推特上威胁要强暴某个人可不算‘引战’，那只是威胁要强暴某个人而已。”

扎克费时数年优化自己的“引战”策略，他表示自己最喜欢的套路是这样的：先加入一个论坛，发言的时候故意写错几个字、犯些语法错误等人来找碴，然后把话题引向政治层面，让对方陷入困境。扎克给我看保存在电脑里的近期战果：他在一个热门右翼网站上发布了一条看似平淡无奇、错误满篇的评论，嘲讽右翼分子肚子里墨水太少。之后，有一名被激怒的用户开始反击，发布了一张扎克在某个小论坛里以相同的昵称上传的裸照。

鱼儿上钩了。扎克立刻开始回击：

“别装了，既然这照片让你这么想撸，那你就撸吧！如果你觉得力度不够，我还能多给你发几张——还是说你更喜欢露屁股的？你乐意的话，我们还能聊聊为什么落后的思想对人们有害，以及为什么思想落伍的人难以理解这个世界的规则，而乐于接受进步思潮的人们却生活得如鱼得水？”

扎克一个接一个地上传视频，内容是他处于各种兴奋状态时的生殖器，视频里不时出现对右翼分子的恶言恶语，还夹杂着莎士比亚和塞万提斯的名言。在给我看这些视频之前，扎克贱贱地说道：“睁大眼睛看好啦！”

对扎克来说，胜负差距实在太过悬殊。他的批判因为回复数激增被‘和谐’了，这些回复占据了网站评论区热门长达数小时。“他太弱鸡了，怼我的逻辑一点都不通顺，以为发几张黑历史的照片就能羞辱我，告诉你，我可没那么好欺负。”

“但这有什么用呢？”我问道，“我以为你是针对右翼团体的。”

“对，而且上传裸照可以吸引全网站的眼球，这样才是‘引战’——你只有搞点事情才能让更多人反思热议的话题。”

“那你认为达到这个目的了吗？”

一阵沉默。“不知道，但这很好玩。就算没有讨论出结果也没关系。”

扎克认为，网络引战是一种艺术、科学、玩笑和政治行为的混合体，但绝不止这些。他表示：“‘引战’是一种文化，也是一种思考模式。”而且自网络诞生之时它就存在着。如果我想知道这些貌似现代产生的问题从何而来，就必须从源头开始说起。

Finger 程序

互联网的先驱——阿帕网，直到 1980 年都是一小群学者和政府精英的保护区。然而，这些“阿帕网用户”发现，网上闲聊跟共享数据集一样有趣。此后的四年里，阿帕网的聊天功能（其原本是辅助研究内容传送而开发的附加功能，用途类似于便利贴纸）占据了四分之三的全网流量。聊天功能的出现具有革命性的意义，是后来电子邮件的雏形，也就是我们说的“E-mail”。只要坐在办公室部门的电脑终端前，就能立刻实现多人即时对话，无须面对面沟通。这项新技术带来的机遇，有时会刺激这一小群世界级的学者们表现出古怪的一面。

其中有个研究小组，于 1976 年成立，负责邮件标题的内容选择。他们自称为“标题怪人”，并且创建了一个自由讨论的聊天室来探讨这个主题。这个聊天室因尖锐强硬的对话方式而声名远扬（或者说臭名远扬）。在聊天室里，争论大于一切。肯·哈伦斯腾，聊天室的创建人，他事后将这些组员形容为“一群精力旺盛到能把死马撕成碎片的打手”。

1979 年，另外一组团队的学者们，在研发一项名为 Finger 的新功能，这项功能可以让用户得知其他用户登录或者退出系统的时间。卡内基梅隆大学的艾弗·德拉姆提议增加一个小工具：如果用户想保有隐私，隐藏网上的活动痕迹，可以选择小工具退出 Finger 功能的追踪。整个团队针对功能的利弊展开了多次讨论，但有人将这次（内部）讨论内容泄露至阿帕网，全网可见。德拉姆遭到了全美学者无情的抨击，因为他们认为，“小工具”会让阿帕网的开放性和透明度大大降低。

大多数学者是相互熟识的，这多多少少缓和了网络论战的氛围，毕竟双方极有可能在下个计算机科学大会上碰面，那就尴尬了。尽管如此，误解和义愤填膺的人们仍然遍布整个阿帕网。一位曾参与过 Finger 事件的当事人认为，网络中“戏谑式”的评论通常会被误解，于是提议在这些讽刺性的评论后面，加入一种笑脸状的标点符号；-)，避免读者曲解含义。但是史上第一个表情符号收效甚微，因为他们在阴阳怪气地贬低嘲讽时，再故意接上一个笑脸，结果让人更为恼火（妈的，这个混蛋竟然还跟我抛媚眼？）。阿帕网的用户们担心网络空间会迅速成为一个野蛮人的聚集地，因此对网络新手们发布了上网礼仪指南，其中提到，尽量避免讽刺和幽默的语言风格，因为“一般人难以通过电脑屏幕理解这类语气，且有时会被看作无礼和轻蔑的表现”。

战火蔓延的 BBS 论战

1978 年，沃德·克里斯坦森和兰迪·苏斯发明了拨号电子布告栏系统（BBS）。只需一个调制解调器（俗称“猫”）、电话和电脑，任何人都能建立或连接进入 BBS 发送消息。从 20 世纪 80 年代早期开始，BBS 就成为许多人网络生活的初体验。

之后的一年里，在电子布告栏上攻击陌生人慢慢成为众所周知且被接受的 BBS 文化。针对 Finger 和“标题小组”的内部争论不过是学者之间的小打小闹，更多是以讨论为主。但在 BBS，人们加入不同的群组和板块，就是为了掐架。这就是“论战”：惹恼路人，闯入其他群组捣乱，为了好玩故意制造矛盾。最高级的论战形式像是精心设计过的：含蓄婉转，机智高明，又话中带刺。精于引战的人（通常都使用化名发言）在网上还颇有名气。网友们迫切地等待他们发言，甚至把其中的名言佳句存下来。论战不仅仅是简单的恶意攻击，对于多数的引战喷子来说，这是一个实验、打破束缚、得以让大众阅读和评价他们成果的绝佳时机。一位知名的引战高手曾发布过《奥托的 1985 年 BBS 论战指南》这样一篇文章，建议想涉足论战圈的人们，要尽可能地发表争议性的言论，因为“想让人们阅读你的观点，这是唯一的途径”，他还写道：“毕竟人们很难忽视遍及整个群组或者遍及全网的论战。”

热衷于此的人们开始讨论如何用最有效的方式掀起论战。1987 年，一位名叫乔·塔尔梅奇的 BBS 用户发布了另一版指南《引战十二戒律》，指导引战新手和老手们如何确立自己的风格：

> 第 12 条戒律：存有疑虑时，开骂。如果你记不得前面 11 条，记住这条就够了。在你辉煌的引战生涯里，毫无疑问，总有一天你会深陷某场苦战，而对手比你更强……此时，你只需做一件事：骂死这个渣渣！“哦，是哦？快看你妈拿着黄瓜在干吗！”

BBS 的群组由系统管理员控制，管理员有权限开放或者禁止用户发言，也会在论战影响受害者之前删掉发言内容。管理员经常被称作“审查管理员”，他们也时常成为恶意论战的攻击对象，这种论战称为“虐待型攻击”——攻击者会以恶语辱骂、无意义的灌水内容等任何他们能想到的方式来折磨管理员。有时攻击者和引战网民会利用网站漏洞让群组陷入瘫痪状态，或者把木马病毒伪装成盗版游戏的链接，让不明真相的用户们下载。另一种方法是在发言里多次提及盗版，促使主管部门追查对此毫无防备的管理员们。

Usenet 论战

在 BBS 面世的同时，杜克大学的两位学者立下了更有野心的目标。汤姆·特拉斯科特和吉姆·埃利斯对阿帕网自带的精英属性和其高昂的费用愤愤不平——每年约 10 万美元的用户使用费——因此，在 1979 年，他们创办了一个全新的网站 Usenet，借此他们希望打造一个任何人都能进入并使用的网站。（“任何人”指的是拥有一台计算机且可以接入 UNIX 操作系统的用户，然而实际上这种人人数极少。）

Usenet 可以说是现代网络引战的发源地。Usenet 的用户们，其中有一小部分学界人士、学生、阿帕网用户和一些宅男宅女。他们会用昵称，然后加入全都是陌生人的“新闻组”。就像 BBS 一样，任何人都可以新建不同话题的 Usenet 讨论组；但与 BBS 的管理模式不同，负责运营的管理员有一些管控权，能决定哪些群组可以存亡。网民之间和平共处的希望几乎立刻就破灭了。Usenet 用户与自大的阿帕网用户之间就“游戏规则”的制定并没有达成共识，其中更有甚者说 Usenet 的“垃圾们”既无知又没什么经验。通常情况下，连一个简单的拼写错误都会产生连锁反应，导致用户之间长达数月的相互攻击与谩骂。

Usenet 的用户们让管理员十分头痛。1987 年，Usenet 的运营团队强制把所有杂乱无章的群组分为七大类，也就是所谓的“大换名行动”，分别是：comp（计算机）、misc（其他）、news（新闻）、rec（休闲娱乐）、sci（科学）、soc（社交）和 talk（聊天室）。在这七大类别之下，用户可以创建相关的子群组。命名子群组时，需要先选择它的主要门类，然后再进一步添加更细的分类即可。约翰·吉尔摩，1992 年他与蒂姆·梅和埃里克·休斯共同发起了“赛博朋克”（Cyberpunks）运动，在此之前，他也曾创建过关于药物的子分组“rec.drugs”（休闲娱乐 – 药物），然而他的请求被管理员拒绝了。

于是，吉尔摩和另外两名经验丰富的 Usenet 用户共同创建了他们自己的门类，这个门类可以免于管理员的审查，他们称之为“alt.”，是“alternative”的缩写（也被认为是无政府主义者、精神病和恐怖分子的聚集地）。Alt. 板块上的引战气息十分浓厚，口出恶言的用户们穷尽创造力与想象力，享受着欺凌他人的快感。上世纪 90 年代有一位叫“梅肯”的引战高手，活跃于 Usenet，经常发表 1500 字的史诗级言论来回应论战，这些天马行空的言论是他多年来积累的成果——“你这罗圈腿流浪汉和染梅毒的骆驼生的野种，还没说你装扮奇葩在奇怪的地方染上污渍了呢……”1993 年，有位名叫摩比的用户在群组 alt.tasteless 向他人请教，自己因为一对处于发情期的猫咪，感情生活搞得一塌糊涂。此番举动收到了各方轰炸式的回复，然而解决方法一个比一个荒谬：亲手把猫给阉了；把猫一枪毙了；焚猫。十有八九会出现这样的回复：跟猫做爱。

在 Usenet 以及 BBS 上面，新的流行语和规则层出不穷，这个世界即将被铺天盖地的信息所淹没。在 20 世纪 90 年代早期，互联网用户增长迅猛，许多新用户会直接奔向最为活跃、有意思的网络平台“alt.”。面对突然涌入的大量网络“移民”，Usenet 的“原住民们”十分不爽，费尽心思想把他们赶走。1992 年，在群组 alt.folklore.urban（都市传说）中，一种针对“新人”的网络骂战的形式首次露面——引战*。“引战”的核心内容就是“对新手发起进攻”：经验老道的用户们会发布关于 Usenet 的迷信说法或都市传说，希望激发出新手们各种震惊的反应，凸显出他们的无知。“看，吓到你了！”之后，这些反应过度的新人就会遭到无情的嘲讽。

这些潜在目标的数量之多，使得“引战”开始肆虐全网，愈演愈烈，发展出了各种花样。以“引战”为目的的若干个群组在 alt. 板块建立起来。1999 年，一位名叫卡比·汉普的用户在群

* 引战：troll 这个词多用于指代钓鱼时的一种技巧，将鱼饵吊在鱼线上垂钓，看有什么会上钩。

组 alt. 中列出了 6 种引战的方式，分别是：直截了当开骂式引战（据卡比·汉普说，这种方法极易上手，“只要在光头党群组（alt.skinheads）里打出‘你这个有种族偏见的马屁精去吃屎吧！’的标题，就绝不出错！”）；无头苍蝇菜鸟式引战；打完就跑旁观式引战；胸有成竹策略式引战；一箭多雕创意式引战；拉帮结派团伙式引战。

“喵族”（meowers）就是其中臭名昭著的引战团伙之一。1997 年，哈佛大学的一群学生加入了一个废弃的叫作“卡尔·莫尔登鼻子的粉丝”的 Usenet 群组，上传一些学校里的新鲜事。随后，他们开始悄悄对其他 Usenet 群组的用户进行言论攻击，按其中一位成员的话来说，目的就是为了“惹怒一群傻子”。马特·布鲁斯是哈佛群组的一位成员，他提议将目标锁定为喜爱卡通电影《瘪四与大头蛋》的 alt.tv.beavis-n-butthead 群组的人们。然而，alt.tv.beavis-n-butthead 的人们也不是好惹的，面对这些傲慢的大学生，他们也开始进行言论反攻。其他群组的成员们也纷纷揭竿而起，攻击的言论如此泛滥以致最后哈佛的学生们放弃了自己的领地，那些喜爱《瘪四与大头蛋》的群组成员们入侵成功，取而代之并自称为“喵族”，假意向一位名字缩写为“猫”（C.A.T）且总在发言最后署名“喵”（meow）的哈佛学生致意。“喵族”之后又建立起各式各样的新群组（包括以外星人和吸血鬼为主题的群组

alt.alien.vampire.flonk.flonk.flonk，以毫无逻辑胡说八道为主题的群组 alt.non.sequitur，还有以愚蠢为主题的群组 alt.stupidity）。在这些群组里，他们通过发布一些蒙提·派森式的荒谬段子攻击其他组的成员，借此阻断他们参与讨论或者发言的机会。这种技巧后来被称为“垃圾灌水”，现如今在网友中也颇受欢迎。1997 到 1998 年间，“喵族”继续秉持垃圾灌水的风格，逐个击破 Usenet 的所有群组，他们称之为“Usenet 行为艺术”。对于反击的个人用户，喵族会用隐藏寄信地址的方式发送匿名垃圾邮件进行狂轰；除此之外，波士顿大学的邮件系统在此次行动中也遭到了喵族的蓄意破坏，这场喵族的狂欢运动持续了至少两年。

引战小组 alt.syntax.tactical 则是以“一箭多雕”的引战模式扬名在外。群组成员会把某个群组认真写好的帖子（例如摘自吸烟主题相关的群组 alt.smokers）保留原始邮件地址，以匿名邮件的方式转发到另一群组，而这一群组通常是他们的死对头（例如支持禁烟的小组 alt.support.non-smokers）。这样一来，在双方毫不知情自己被卷入论战的情况下，引战已悄然发生了。alt.syntax.tactical 的攻击策略是经过精心策划的，并且他们还会采取栽赃陷害、假冒身份、双重间谍的手段参与引战。类似于 alt.syntax.tactical 成员的的网络菜鸟们并不喜欢速战速决，他们更希望事件能够引起轩然大波。这也是他们一直坚称的，所谓引战（trolls）与论战（flames）的不同之处。论战，通常是指铺天盖地的辱骂诋毁，尽管两者的概念之间有重合的部分，而引战常常指代“更谨慎、更细致、更具想象力”的网络行为。一位活跃于群组 alt.troll 的匿名用户这样形容引战：“引战重在‘克制’，高手们懂得‘蓄势待发’，才能给一记响亮的耳光。”而且耳光越响，效果越好：

> 进入棒球主题的群组 rec.sport.baseball，高喊“棒球垃圾”，这种事人人都能做到。但是策划一个“长线”的网络大战，则需要高超的技巧和自律。这才是我们的目的。不过，要想成功，只有依靠天赋，以及与之匹配的天时地利才能做到。我们只需把这些会动脑子引发骚乱的盟友领进门即可。

alt.syntax.tactical 的群组成员们对自己的目标十分清晰：

- 登上拒读名单
- 群组常客禁止踏足被入侵的讨论组
- 收到大量恶意邮件

随着引战行为的进一步发展，网络菜鸟的名声也越来越大。恰在此时，对于回复形式的“业界标准”也逐渐建立起来：“不要理会引战喷子！”一条标语让众多网络菜鸟做出更加极端且可怕的行为。上世纪 90 年代晚期，网络引战越来越无底线，且一发不可收拾。当时的网友们形成了一套不成文但被广泛接受的行事准则：“引战就是斗心眼……”1999 年，一位 alt.trolls 的匿名用户写道：

> 这场比拼只限于 Usenet 这个公平竞争的环境，人们在 Usenet 上面发表言论，是十分公平的。但在现实中，如果不使用真实姓名（或名字太普通且无法被追踪）的人调查某个用真实姓名发言的人在现实生活中的所作所为，不管对方是谁，这都是不公平的。

然而，对于新一代网络用户而言，数字生活与现实生活的界限变得越来越模糊了。两个长期霸屏且臭名远扬的事件彻底推倒了网络与现实世界的壁垒：在专注名人绯闻八卦的群组 alt.gossip.celebrities 里，两位发帖者玛丽安娜·基欧和杰夫·博伊德之间的小争吵急剧恶化成一场论战。基欧觉得博伊德一直在群里发些无意义的消息灌水，于是就向老板发邮件，请求老板惩治博伊德。而博伊德，这个可恶的网络菜鸟，现实中却是一位思路清晰的电脑工程师，且最近刚当上爸爸；另一边，游戏研发工程师德里克·斯马特因为 1996 年开发了饱受大众诟病的网络游戏《战略巡洋舰：公元 3000

年》，而遭受了无数的谩骂攻击，影响之大使得这场论战可能是互联网史上周期最长的引战事件。斯马特通过邮件告诉我：“他们就是那种普通的不合群的反社会分子，如果他们碰到像我这样不在意别人说些什么的人，一个个就都没电了。”这款游戏刚刚上线的时候，Usenet 上的争论就不绝于耳，舆论之所以愈演愈烈，部分原因也在于斯马特采取了“反引战”的策略。“当时，”他坦白道，“这种事确实挺闹心的。”直到 2000 年，大多数关于斯马特的评论都是议论他的个人生活以及职业资质，而这些信息大部分来源于一位名叫比尔·霍夫曼的人，他自称“德里克研究学家”，同时还担任加利福尼亚州一家软件公司的经理。斯马特也曾被一个声称自己持有枪支的 16 岁青少年跟踪。于是，斯马特向法院申请了限制令，也向摸不清楚状况的警方递交了投诉状。整个事件起源于霍夫曼之前创立的一家网站，纷纷扰扰直到 2013 年才得以平息。

网络世界的领地逐渐被新来的用户们所占据，Usenet 上与引战相关的所谓行为规范也渐渐失去了意义，然而，事情却没有好转的迹象。

美国黑人同性恋协会和 Goatse 网站

上世纪 90 年代末，就有人担忧没完没了的引战事件将会毁掉 Usenet。然而最终，却是创新的浪潮将 Usenet 拍在了沙滩上。随着上网的门槛降低，网络下载速度（以及更为重要的上传速度）的大幅提升，越来越多的用户得以在网上发布更多样化的内容，比如图片和视频。Usenet，具有与许多新颖且富有吸引力的科技相同的命运，走进了历史。

千禧年的到来，促使网络菜鸟将引战战场从 Usenet 搬到了新的地盘：这里不受拘束、以用户为本，也没有审查制度。之后，这种网站统一被贴上了“工作不宜”（Not Safe For Work，简称 NSFW）的标签，且常常是由一些学生和青少年创立的。例如：SomethingAwful.com，Fark.com 和 Slashdot.com 等。不同于以往的传统媒介，这些网站是由故事、各种超链接以及来自读者的建议和评论组成的。不管故事是什么内容，只要阅读量高、分享次数多就可以在排名系统中上榜，也就意味着人气的高低，在于是否能抓住社群内读者的眼球，而不是由编辑的管控权决定。这跟线上许多以内容为主的媒体一样，用户自然而然就想发布耸人听闻的消息，妄图一夜爆红。越是低俗、粗暴、奇葩、戾气重的故事，人气就越高。Fark 网站在开站的第四年*，访问者人数突破 100 万人，对当时的互联网市场而言，这个数字极为抢眼：要知道，2000 年使用互联网的网民仅有 3 亿 6000 万人。

---

* 鉴于在创站的前两年，Fark 网站的内容只有一幅长着巨大生殖器的松鼠图片，这个数据在当时十分可观。

泡在这些新网站的网友们继承并发扬了前辈们的引战哲学：憎恶审查制（审查已被视为模拟信号时代的老一套）以及看待网络的态度——认真你就输了。网络世界中的“幽默”至今仍是网络文化的代表特色：抽象，自我参照，动不动就炮轰他人。

网络引战将“惹怒他人”作为具有幽默感的表现，且经常都是以脑洞大开而又令人恶心的方式。Goatse 是 Goat sex（山羊的性爱）的缩写形式，同时也是 1999 年创立的一家网站的名字（建议你不要去搜索比较好）。主页上是一张裸体的中年男子撑开肛门的照片，好事的网友们喜欢用这个网站来玩“偷梁换柱”的把戏：他们会发布一条看似安全的网络链接，实际上点开以后跳转的是 Goatse 网站。这类恶作剧也被称为“休克引战”（shock trolling）。2000 年，Goatse 网站的链接不停地被抛在《奥普拉脱口秀》的“心灵故事”的讨论区，同时还附有误导读者的信息：“最近过得很糟糕，链接里是我写的一首诗。”这一举动惹怒了不少奥普拉的粉丝，甚至于讨论区一度被关闭。在背后参与这场恶搞的 SomethingAwful 的用户们，则为他们掀起全网风波的成果而欣喜若狂 *。

美国黑人同性恋者协会（The Gay Nigger Association of America,

---

* SomethingAwful 的用户持续利用同样的招数攻击了不少其他板块及论坛，据传 GNAA 的前主席也曾以“Weev”的昵称参与黑客及引战行动。

以下简称“GNAA”)，创办于2002年，正是以上述极端的引战手段而出名。一进入他们的主页，便抛出了这样的问题：“你是同性恋吗？你是黑人吗？你是黑人同性恋吗？如果答案皆为肯定的，GNAA就是为你而生的！”

据传GNAA的创始人是一群极为优秀的工程师，他们花费了巨大的心血来策划吸引眼球且毫无下限的内容，目的是惹恼那些人气博主、名人、热门网站以及他们视之为眼中钉的任何对象。这些人经常会“灌水洗版”整个网站，就是用各种无聊的废话填满留言板，正如十几年前“喵族”的所作所为，此外，他们也会黑掉热门网站篡改其信息。GNAA把他们的目的定义为“埋下扰乱互联网的种子”，然而最终他们又成立了一个网络安全组织，对各种网站进行黑客攻击，彰显自家的实力。他们把组织命名为“Goatse安全网”，组织的信条为“暴露网络安全的大漏洞”。尽管组织成员曾以非法黑客入侵的罪名遭到FBI（美国联邦调查局）调查，然而“Goatse安全网”的确为数个互联网主流产品及软件识别及修复了一系列安全漏洞。扎克是GNAA以及Goatse网站早期的支持者之一，他说道：“人们都是自愿被Goatse这种东西调戏的；惹恼这种自愿上钩的人很有意思，如果他们真的中计了，就越发证明你的判断是对的，这是双方相互作用的结果。”

就是要逗你玩

在某种意义上，扎克、GNAA 以及其他打着“工作不宜”旗号的网络菜鸟们高呼自己才是“受害者”，他们认为属于“自家地盘”的网络空间正受到营销专家、名人、大型企业、政府机关以及万千普通人的入侵。1993 年，Usenet 网民们也曾感受过相似的境况。

那些新来的网民，都太把网上的信息当回事了。在这种情势下，克里斯托弗·普尔，一名年仅 14 岁的 SomethingAwful 网站狂热粉丝，发现了日本一家图片分享网站“Futaba”，这个网站可匿名发布任何内容。虽然 NSFW 的网站十分吸引人，但有一点，用户的身份信息是可以辨认的，且网站本身也经常受到管控限制。

Futaba 网站的匿名用户创意十足，言行十分冒失且完全不受控制。此网站充斥着学生屠杀老师的血腥暴力小说、动漫成人电影以及各种不可描述的内容，引发许多道德层面的争议，网站也因此名声扫地。Futaba 网站的地址是 www.2chan.net，以此致敬与其内容十分相似的网站 2channel。于是在 2003 年，普尔决定创立一个英文版的“Futaba”，命其名为“4chan”。被问及原因时，他以“穆特”的昵称发言称：“这是他妈的 2chan 再乘以 2！”

扎克立刻表示入伙：“我们就想打造属于自己的地盘，我们自己的网络空间。”半强制的匿名性使得 /b/ 区自然而然变成了滋生网络菜鸟的温床。/b/ 区的引战十分普遍，且花样百出，有数十种类型。黑客组织“匿名者”的成员都是 /b/ 区的忠实用户，自称是“/b/ 区的流氓”*，并以此地为据点，计划并开展他们的行动。此组织成立以来的首个大动作，针对的就是山达基教会（又称“科学教”）的“山达基教计划”，起因是教会试图将著名教徒汤姆·克鲁斯的宣教视频在全网下架。尽管“匿名者”有话要说——对审查制及事件的透明度的质疑，但除了正式的示威行动和黑客行为之外，打爆山达基教会的热线电话、散布源自 4chan 的抗议标语、发送数百张“黑色传真”**，也都是他们的所作所为。

强制匿名的特性、PK 掉其他用户的竞争心态、以“反审查制”为幌子实为侵犯他人的心理，这些特点聚集起来便组成了 /b/ 区的引战核心——“就是要逗你玩”。如果菜鸟们的主要目的就是将自己的快乐建立在他人的痛苦之上，那么他们所有的行为都将以此为基准。但是问题在于，按扎克的话说，这种“乐子”就像是毒品：为了保持同样的快感体验，你得不断增加剂量。而引战，很有可能以迅雷不及掩耳之势失去控制。著名的社交及新闻分析网站 Reddit 曾组织一个名为“引战游戏”的活动，规则很简单：如

---

* 译者注：/b/tards，谐音为“bastard”

** “黑色传真”指的是一份满是黑色的传真，目的是浪费收件人的传真机墨水。

果你在 Reddit 上成功激怒了某个人，前提是对方并不知道这是在“引战”，就可以赢得一分；相反，如果你的“菜鸟”身份被揭穿，就会丢掉一分。得分最高的参赛者将会荣登排行榜。其中一位参与者进入了一个 Reddit 的热门板块，并发表了一个杜撰的故事，吐槽他 / 她与同事之间发生的矛盾。之后他 / 她又佯装是这个故事中的同事，要求发帖人道歉，然后开始哭诉自己并没有什么朋友。有不少 Reddit 的读者们被故事深深吸引，甚至有人要主动给“被欺负的同事”送花安慰。所有人都上当了。“场面很壮观。”一位目睹事件全过程的当事人回忆道。最终，“引战游戏”被 Reddit 叫停。这对于向来标榜自由言论的主办方来说，确实有些反常，但另一方面也证实了 Reddit 的网络菜鸟并不是少数群体。

不顾一切进行辱骂和挑事的引战竞赛，常常会导致令人毛骨悚然的极端后果。2006 年，一位住在明尼苏达州的 15 岁少年米切尔·亨德森，使用其父母的来复枪自杀。米切尔的同学在社交网站 MySpace 上为他举行悼念仪式，并为他写了一篇简短的悼文，其中多处将米切尔称为“英雄”：“他如同一位英雄，在扣动扳机的瞬间，离我们而去，上帝啊，我们真希望能阻止这一切的发生！”语法错误再加上将自杀行为“英雄化”，这在 4chan 的网友中间炸开了锅。得知米切尔在自杀不久前曾丢过一个 iPod，/b/ 区的那些“流氓们”又坐不住了,PS 了众多米切尔和 iPod 的照片。

甚至有人在其墓前拍了一张 iPod 的照片，寄给仍处于丧子之痛的米切尔父母手中。在米切尔过世后的两年间，他的父母仍会陆陆续续接到一些匿名电话，声称他们找到了那台 iPod。

初遇菜鸟

找到现实中的网络菜鸟并不简单。毕竟许多人会用代理服务器来隐藏 IP 地址，此外，也有不少人有数个账号，在不同平台使用的登录名都有所不同。万一被某个网站封号，只要用新的名字重新注册即可。不过就跟以前的“喵族”一样，如今的网络菜鸟们十分享受跟其他同好扎堆的感觉。许多史上最为恶劣的网络引战活动，都是通过隐蔽或秘密通道与聊天室紧密相接才得以进行。

扎克同意向我透露他的藏身地之一，邀请我进入一个他两年以来经常造访的秘密通道。这是一个隐藏于知名社交媒体网页的私人群组，扎克形容这里为“网络菜鸟的海盗基地”，群组主页——也就是一般用户都能看到的页面——是一组自慰的照片，扎克告诉我：“这只是做个样子，就是为了吓跑那些蠢货。”要想打入内部，必须得到现任群组管理员的许可，才能拿到权限，进入群组内部的邮件系统。进入群组之后，才发现内部混乱不堪：每天都有持续不断、长篇大论的争辩及忍俊不禁的讨论，有的讨论甚至会引来 20 名管理员一齐加入，他们当中有些人是相互熟识的，有些人则并不熟悉。群组成员都使用假名，因为每个人都曾被网站封过号，所以我的存在并不显眼，毕竟我可以是他们当中的“任何一位”。这里时时刻刻都上演着彼此间的“引战”，然而大多数的言论都令人捧腹，且内容极为尖锐。按扎克的话来说，其中至少有两位参与者是大学教授。这个群组就像是网络菜鸟训练营，成员之间可以彼此操练新的战术、打擂作战，同时也不会导致严重的后果，另外还可以在此休息，与同辈一起放松释压。

在秘密群组内部卧底期间，刚好有位臭名昭著的菜鸟成了群组管理员。扎克告诉我，这哥们管自己叫“非单”（incel），意为“非自愿单身”。他在引战圈可是小有名气，原因是在博客中事无巨细地阐明过为何政府该为自己寻找一位女性性伴侣；他还吹嘘自己实在太过饥渴，甚至曾经想过要睡自己的妈妈。“我想上谁就上谁”，“政府有义务支持我这么干”，“反正所有女的都是贱货”，当他在群组说出这些话时，没人能搞清楚他是为了引战而这么说，还是他的真心想法就是如此。总而言之，网友们的好奇心被激发了，开始打探起他来，玩起了反引战套路：

网友1：“非单”你恐同吗？假如咱俩在一个屋子里，我和某人开始接吻，你是什么感觉？如果气氛上来了，我一边揉捏他软软的小屁股，一边把舌头伸进他的喉咙，你会有什么意见吗？

非单：没有。

网友2：非单，你妈漂亮吗？十分算作满分的话，你妈有几分？有七分以上吗？我只是好奇你泡妞的那套是不是也适用于你妈……

非单：嗯，是啊……除了呵呵我还能说什么。

群组的其他人还在默默观望，寻找他的弱点，好有机可乘。这种情形就叫作“高手对高手”：没人能够确定谁才是上钩的那一方。此时输或赢并不是关键，双方更像是相互试探比画。老霍尔本因其无数次的网络恶行，被《每日邮报》称为全英国“最卑鄙的菜鸟”，其中之一便是恶言侮辱1989年希尔斯堡惨案*遇难者的家属。老霍尔本经常使用推特和博客发表言论，用盖伊·福克斯面具**隐藏自己的面孔。然而摘下面具的他，并不如想象中那么可怕：是个穿着考究、语速偏快、来自埃塞克斯的中年男子，同时也是一位优秀的电脑工程师及人事专员。他对我说：“你可以骂我蠢，”喝完一口咖啡继续说道，“我一直都是

* 1989年，英国希尔斯堡体育场举行利物浦队对阵诺丁汉森林队的足球比赛时，发生踩踏事件，造成96位利物浦队球迷死亡。

** 形象特点为有着特大的笑容、微微上翘的八字胡，该肖像已成为各种各样抗议活动的象征符号，也是“匿名者”的代表符号。

这样，反对权威。”不仅如此，他还是小政府主义者，主张尽可能缩小政府的权力及角色，“我们只需有人来保护私人财产不受侵犯，至于其他的事，我们自己都能搞定。”总而言之一句话：“政府应该少管我们的闲事。”网络引战就是他反抗体制的一种表现，“我想成为政府后背挠不着的痒痒，卡在收割机里的那粒沙子。”2010 年，老霍尔本在剑桥参加议员竞选，他戴着面具签署了更名函，正式将自己的名字改为老霍尔本，这一举动令选举委员会头痛不已。同一时间，他还以曼彻斯特的一处警察局为终点进行游行示威，同样戴着面具，还提着一个装满五英镑钞票的箱子。游行目的是为了保释一名酒吧老板，他曾因违反 2007 年颁布的密闭公共场所禁烟条令被捕。老霍尔本说，这也属于引战活动。

在推特上辱骂希尔斯堡惨案遇难者家属，和小政府主义者似乎八竿子打不着，但其实，两者确实有联系的。老霍尔本心中有个自由无政府的乌托邦，在这里人们必须坚强、独立、勇于为自己的行为负责。他对沉默而又顺从的社会感到恐慌，认为如果社会大众处在容易被激怒的环境当中，人人将会走向自我审查的道路。老霍尔本将自己的角色使命定义为探寻激怒大众的底线，以使整个社会保持警觉。他之所以把目标锁定为利物浦队球迷的家属，正是为了“证明”他们有受害者综合征。跟 Usenet 菜鸟一样，他认为引战的成功关键在于对方的反应："或许我的手段有争议性，但我就想证明他们喜欢当'弱者'的感觉，他们的反应太赞了，有人威胁说要烧了我的办公室，烧了我家，甚至还有人要强奸我的孩子。哈哈！我没说错吧！他们的反应证明了我说得没错！"

然而最终，老霍尔本也因此遭到人肉搜索，距我们见面没多久之后，他就搬到了保加利亚南部地区，按他的说法，搬家是为了在那里可以安心地"全职找碴"。"我才是好人！"老霍尔本在咖啡馆里发出一声大吼，"我才是揭露虚伪、努力让社会更自由的那个人！"

菜鸟背后的真相

在上世纪80到90年代，随着网民数量的不断增加，心理学家开始关注电脑是如何改变人们的想法和行为这个议题。1990年，美国律师兼作家迈克·戈德温针对Usenet的行为模式提出了一条自然法则（也就是著名的"戈德温法则"）：网络上的讨论持续时间越长，用户发言中将纳粹或希特勒作类比的可能性就越接近百分之百。换句话说，在网络上的发言越多，就越容易变得邪恶肮脏；如果上网聊天的时长达到一定程度，就必然存在这种"恶性"。（时至今日，在大多数新闻报纸的网络留言板中仍可观察到符合"戈德温法则"的言论。）2001年，心理学家约翰·舒勒提出著名的“网络去抑制效应”，解释了这种行为的成因。他指出，有六种因素*促使网络用户忽视了现实生活中的社会法则和规范。舒勒认为，一方面我们无法了解也无法看到对方是谁（对方也是如此），双方的交流模式是即时性的，表面上毫无规则，也无须担负责任；另一方面，网络的一切都好像是一个新的现实世界，人们会做出现实生活中不会出现的举动，舒勒称这种心理为“恶性去抑制化”。据其他学术研究成果表明，65% 到 93% 的人际交流属于非语言类型：面部表情、语气和肢体动作等。简而言之，人类的大脑经历数百年的演变，会下意识地观察到这些“暗示”，因此我们得以更有效地解读彼此，产生共情。然而，通过电脑交流时，这些“暗示”通通被抹掉了，以至于人际沟通变得模糊且没有判断依据。或者，又正如连环漫画《便士游乐场》里提到的：“网络大笨蛋理论：正常人 + 匿名 + 观众 = 彻底的笨蛋。”

对付网络菜鸟，最简单的招数就是拿掉“匿名”这顶帽子，强制网站或平台规定用户以实名制登录。当然，这也无法避免网

---

* 舒勒提出的六种因素分别是：分离匿名性（dissociative anonymity，我的网络行为无法追溯到本人）；隐身性（invisibility，没人知晓我的长相，或分辨我的语气）；非同时性（asynchronicity，我的行为并不会即时发生）；自我中心的内射（solipsistic introjection，我看不见其他人，只能猜测他们的身份和意图）；分离想象（dissociative imagination，这不是真实世界，这些网友也并不存在）；权力最小化（网络不存在权威式的人物，我可以为所欲为）。

络的恶劣风气，不过至少可以迫使菜鸟能多为自己的行为负责，或者提醒他们在口出恶言之前三思。然而取消网络匿名制也有它的弊端，匿名制并不是为庇护网络菜鸟而生的现代产物，而是提供一个手段，让大众在某些情况下可以坦诚相待，无须顾忌身份。考虑到这点，取消匿名制会是很冒险的做法。

若想摆脱网络引战，我们可能也需要做出一些牺牲。犯罪、威胁、侵犯、讽刺之间的界限十分细微，像老霍尔本这样的网络菜鸟，有时的确能够透过他嘲讽的目光，瞥到社会妄自尊大的一面，同时也暴露出现代生活的错乱、道德恐慌以及过分夸张的24小时新闻文化的荒诞。网络菜鸟的众多派别中，有一群人叫作“安息悼念菜鸟”（RIP memorial trolls），他们的攻击目标，是在近期过世人物的悼念主页上发布信息的网友们。惠特尼·菲利普斯，是一位专注于网络菜鸟的学者，其博士论文也是以网络菜鸟为主题。据她而言，这群菜鸟的攻击对象是所谓的“悲痛访问者”：他们与逝者在现实世界中毫无关联，完全不会因为逝者过世而感到悲伤。“安息悼念菜鸟”表示，这些访问者做作又恶心，活该被人喷。GNAA（美国同性恋黑人协会）常常发表一些荒谬的新闻故事，希望懒惰无能的记者前来抄袭，他们的做法经常是：一篇来自GNAA的报道指控有黑人在飓风袭来之时强抢民宅，偷窃主流媒体版面曾多次报道过的宠物。这群菜鸟一致认为，现实中的引战天王非美国喜剧演员斯蒂芬·科尔伯特与英国喜剧作家克里斯·莫里斯莫属，两人都因善于嘲讽过度膨胀的政治家和名人而名声大噪。

扎克表示，他的所作所为也是有其价值和目标的——为公众利益而引战，揭露社会的虚伪和愚昧。为此他创立了一套属于自己的信仰体系，整合了以往数年的心血，将其作为一种引战工具使用，他称之为“自动说教式时空穿梭实用主义”，融合了荒诞的幽默、物理学知识以及各种源于其他信仰的元素。扎克用这套理论来攻击其他宗教及政治团体。“这种方法屡试不爽，他们根本不知道眼前说的东西是真是假，也看不出哪里是笑点，哪里是真话。”这套战术确实高超，而且出乎我意料的是，这将对现代神学的论争产生极为重大的影响。（嗯，你们中计了吗？）

尽管许多网络菜鸟的身份，只是闲得无聊又想搞点事情的中学生，但也有部分认真的菜鸟属于广义上的自由主义者。他们认为，生活在自由社会的前提之一，就是接受任何观点都可以受到挑战或讥讽，而对自由言论而言，没有比“伤不起”的心态更让人沉闷的了。网络菜鸟自互联网诞生之初便存在了，也从侧面表明了许多人内心都有探索人性黑暗面的欲望。我访谈过的每个菜鸟都坦言，他们的行为并不奇怪，挑战未知的极限，是人之本性。

然而这种挑战极限的哲学观点也有其弊病，用不好反而会被当成不顾一切霸凌及威胁他人的正当理由。当我问到扎克有时是否会玩得过火时，他点点头："有啊，我猜应该有几个人被我逼得不想再上网了，还有一个都精神崩溃了。"

他会觉得自己有责任吗？

"当时我没什么感觉，我们都清楚自己在干什么，虽然现在我没那么确定了。"

然而老霍尔本则是坚定不移地表示："我的攻击对象可是精心挑选的，他们都活该。"但菜鸟的攻击目标并不总是有钱有势的人，更多的反而是像萨拉一样的弱势新人，毕竟他们是最容易下手的对象。/b/ 区的匿名用户们之所以盯上女主播，是因为她们的照片和相关话题人气最高，比一般的"/b/ 区流氓"话题要热门多了。最后老霍尔本选择跟 /b/ 区站到了同一阵营："你会跑到网上发布自己的照片吗？那为什么她要这么干？我不是要教她做人，但她必须要为自己的行为负责。"扎克则对萨拉的遭遇表示不安，不过最终还是得出这样的结论："她还是不该这么做，虽然后果对她而言太沉重了。"

对我来说，萨拉的人肉搜索事件是个残暴的恶行。而这群坏人却只想用站不住脚的言论为自己的行为洗白："今晚那个贱货可是学到了她短暂人生中最重要的一课：在网上发布裸照会是你一辈子的耻辱。"我深信她的确学到了痛苦的一课，但这仅仅是属于

“生活灾难”的副作用之一：

> **匿名用户**：我就是白莲花本尊。
>
> 人肉搜索萨拉没什么问题啊。
>
> 玩玩而已嘛。
>
> 生命之树的顶端没有爱（love），只有幸灾乐祸（lulz）。

不管这群网友的动机如何，即便是最恶劣的行径，我们也能从网络菜鸟身上学到一点东西。引战是一个非常宽泛的概念，从/b/区的恶霸到业余哲学家，从轻微的冒犯行为到非法犯罪，都属于引战的范围。我们对在数字世界得到赞赏的渴望日渐增强，导致越来越多的人乐于在网络上分享个人生活中最为隐秘的一面，且分享对象常为完全不相识的陌生人。个人的喜好、想法、下一处目的地，在网络中分享的个人信息越多，就越容易成为菜鸟的攻击对象。尽管社交媒体网站的信息管控更为严格，引战行为仍然随处可见。自20世纪70年代中期以来，引战便成为了网络生活的主要特色，从一个小众群体间电子信息交流过程中无意间诞生的衍生物进化、突变为现如今的主流现象。对于像扎克这样的高手而言，引战从一门创意十足的艺术行为堕落为充满挑衅和霸凌的胡作非为，这种转变让人十分沮丧，但他们也并不会因此罢休。

无论我们是否欣赏，引战都是如今网络世界的一个特色。随着现代人对网络生活的依赖，网络菜鸟的存在，或许有助于我们认清这种行为的危害性，提醒自己多加小心谨慎，顺带把脸皮也练厚点。说不定有一天，还要因此而感谢他们呢。

后记

经过了萨拉事件饱受折磨的四天后，另一位 /b/ 区女主播惨遭人肉，她的所有家人、老板以及男朋友都收到了附带信息的照片：你知道你女朋友在网上晒裸照吗？点击这里查看吧——

有人写道："新的一天，又来一个残酷的现实。"

"她还会再回来的。"有人这么回应。

第二章
独行者

我第一次见到保罗是在英格兰北部一座小城的工人俱乐部，当时是一个清冷的秋夜。他看上去很年轻，英俊的面庞，深色的短发，身上的文身图案一直盘旋到脖颈。他待人非常友好：礼节周到，认真倾听，且不会冷场。简而言之，在话题开始引向政治之前，保罗和我算是十分投缘。“想一想会有多少美好的事物消逝，杰米。”保罗解释道，“如果由黑人或巴基斯坦佬或棕色人种来统治世界，你觉得这世界会变成什么样子？你能想象吗？如果全世界最后只剩下 1000 个白人，我希望他们之中能有人把这该死的地球烧焦，地球上的东西全都烧毁。”

保罗属于一人政党，是个不折不扣的宣传机器。每天，他都在试图唤起英国白种人的种族觉醒。此外，他也是人气博主，经营一个以种族中心主义和“白人骄傲”（White Pride）为主题的博客，制作并发布一些攻击少数族裔的视频。保罗打开笔记本电脑，向我展示他的最新成果：与左翼政治团体的激烈争论；支持希腊极右翼政党“金色黎明”的言论；与美国白人至上主义者的交流对话。紧接着他登录了自己的脸书和推特主页，来自世界各地的成千上万个用户关注着社交网络中的保罗。社群内部可以分享相同的观点，且有人欣赏保罗的主张，因此他在网络中找到了归属。同时，他也招来了一群旗鼓相当的对手，不仅提出与保罗相反的观点予以抨击，且一心想把他赶出网络。保罗生活在非敌即友、是非分明的单维度世界，而他停留在这个世界的时间也越来越长。网络中的保罗是个活跃分子，是激进的“白人骄傲”身份拥护者；而现实中的保罗，则是独居在一间小房子里的30多岁单身待业男青年。

某次访谈结束之后，在回家的火车上，我给保罗发了一条短信表示感谢，保罗则一如既往地秒回：“别客气，杰米：-）回程一路顺风，和你聊天很开心！”但与以往的会面不同，不久之后，我们的联系不再那么频繁。平时那个畅所欲言的保罗变得十分沉默，他的社交网络也停止了更新。我幻想着，也许是我们的交谈对他产生了一些作用？又或者是，最终他还是被警察追踪到真实身份了？还是，发生了比这更糟的情况呢？

一个全新的平台

网络是散布言论的绝佳去处，发现这一点的不止保罗一个人。网络俨然成为世界范围内各政治团体发展的重要平台。从利用脸书在美国开展竞选活动的巴拉克·奥巴马，到“占领运动”中的快闪一族，再到收获了大量网络粉丝的意大利喜剧演员及政治名人毕普·格里罗，这一系列事件都能说明，评判价值是非及事件影响力的战场正逐渐转移到网络世界。在过去的十年间，保罗等数千名网友将以往的民族主义运动阵地，转向了脸书、推特以及 YouTube。他们是第一批懂得利用网络的政治团体。极端组织遭到主流媒体平台的围追堵截，无法在公众面前宣扬主张，因而十分珍惜这个全新的平台带来的机遇。例如，在上世纪八九十年代，美国白人至上主义组织“风暴”和“雅利安兄弟会”都曾在 Usenet 及电子公告栏系统 BBS 创建并经营过热门的组织团体（事实上，“风暴”组织是以做网站起家的）。据亚历克斯 a 排名（美国一家著名的统计网站流量排名公司）显示，极右翼党派英国国家党的网站流量明显优于工党或保守党。“鲜血与荣耀”（Blood and Honour）是乐坛极端新纳粹分子的集中地，不仅在 YouTube 上有多个公开权限的主页，还有不少隐蔽的在线论坛。“风暴”的网站（stormfront.org）上有个经久不衰的论坛，会员人数多达 30

万人，且会员之间的发言量将近一千万条。此外，推特尤为受到新纳粹分子的欢迎，这些用户常常使用带有数字“14”至“88”的用户名，“14”代表的是“14字箴言”——捍卫白人存续及白种儿童的未来；“88”代表的是字母表中的第八个字母“HH”（Heil Hitler，希特勒万岁）。据伦敦国王学院的调查表明，偏爱推特的新纳粹们不仅仅是为了宣扬政治理念，搞宣传那一套，更是为了维持一致的自我认同感。在推特搜索栏随便一查，便不难发现这样的言论——“若要拯救白人必先毁灭罗斯柴尔德家族！14/88！胜利万岁！”一些民族主义者会加入儿童聊天室或表面无害的雅虎群组，例如盎格鲁－撒克逊历史讨论板在英国民族主义分子中就颇受欢迎，其中有数百名用户会化名为英国国王“埃塞尔雷德”或者“哈罗德”的名字，一齐讨论如何建立更纯粹、更白种化的英国。2007年年初，法国极右翼民族主义党派“国民阵线”，成为第一个在游戏“第二人生”（Second Life）的虚拟世界中建立办公室的欧洲政党，这一举动引发了诸多抗议浪潮。同年，该团体的虚拟角色在参观游戏中的清真寺时，故意坐在《可兰经》上，并打出了反闪米特族的标语，之后又启动黑客脚本，自动驱逐了该建筑中的所有虚拟人物。据犹太人权组织“the Simon Wiesenthal Center”统计，截至2013年，全网约有2万个运营中的“仇恨网站”（hate websites）、社交网络群组及论坛，而且这个数字每年都在增长。网络世界已然成为种族主义者和民族主义者的避难所，在此极端政治分子得以发声，宣传政治理念并号召支持者们加入。

尼克·洛莱斯，反歧视团体“希望而非仇恨”的负责人，自上世纪 90 年代中期以来，就一直效力于反法西斯主义团体。尼克对我说：“网络给予了每个普通人接近右翼分子的机会，这在十几年前是完全不可能的事情。”但网络也改变了以往民族主义者的人口特征，尼克继续解释道，这些人已不再是过去那些穿长筒靴的光头党了。如今的民族主义者们趋于年轻化，时间充裕，且都是“科技通”，这便足以让他们快捷且轻易地在网络世界中找到来自世界各地的同好，比如像保罗这样的极端分子。

在这群新兴的网络极端分子中，最臭名昭彰的非安德斯·贝林·布雷维克莫属了，而他也就是曾在 2011 年 7 月的挪威恐怖袭击中杀害了 77 人的右翼极端分子。毕业之后，布雷维克曾从事过客服工作，但由于自身有电脑编程方面的天赋，于是就开始了码农事业。当时 20 岁出头的布雷维克，每天花费数小时阅读网络博客和文章，多是关于白种人即将灭绝及“文化马克斯主义”对欧洲文化产生的威胁等等内容。之后的布雷维克开始相信，伊斯兰教势力将会逐步控制欧洲，唯有暴力抵抗才能压制伊斯兰势力的崛起。

在发动恐袭的前几年，布雷维克曾以安德鲁·贝里克的化名写下长达1516页的宣言，标题为《2083：欧洲独立宣言》。其中部分内容为个人传记，另一部分则是实战指南，他坚信一场种族大战即将打响。宣言的大段内容都是来自网页的复制粘贴（之后布雷维克在法庭承认，许多资料都是摘录于维基百科），内容源可谓兼收并蓄，上至17世纪的哲学家托马斯·霍布斯，下至英国电视节目主持人杰里米·克拉克森，布雷维克还大段引用杰里米发表于《泰晤士报》主题为多元文化主义的文章。

对于如此量级的恐怖袭击来说，这些行径极为反常。挪威警察安全局表示布雷维克没有同伙，事件全程都是自己一手操办的，像极了"独狼"（lone wolf）的作风。"独狼"这个称谓的走红，源于上世纪90年代美国白人至上主义者汤姆·梅茨格的"倡议"，他认为要想成功躲避侦查，新纳粹的同胞们不要抱团，应单独进行暴力行动。《"独狼"恐怖主义——理解正在崛起的威胁》的作者杰弗里·D.西蒙认为，"独狼"是所有恐怖主义分子中"最具革新、最有创意而又十分危险"的一个群体：组织内部没有三六九等的层级限制，也不受特定意识形态的束缚，然而他们也不必担心组织是否会解散。更重要的是，无须与他人交流这点，让人很难在人群中找到他们的身份。在西蒙看来，随手可得的大量信息源催生了"独狼"群体的兴起。过去的十年间，"独狼恐怖主义"

的发展势头十分迅猛，2009年胡德堡枪击事件*就是其中之一，有人猜测，这起事件的起因是对伊拉克和阿富汗战争的抗议。

布雷维克就是典型的“独狼”，而与其他“狼”不同的是，他并没有断绝与外界的交往。布雷维克痛恨多元文化主义，他坚信社交媒体（尤其是脸书）会协助他所在的白人群体实施一系列抵制多元主义的行动。社交媒体为政治宣传提供了新的机遇，此外，还可以借助平台拉拢世界各地的同好。布雷维克希望能与同道中人散播他的宣言，并以此为方针继承民族主义的大业，要是更有甚者能成为他的信徒，模仿他的言行举止就更好了。于是，布雷维克借由两个脸书账号，建立起一个庞大的极端分子虚拟社区，经过两年的苦心经营，现有成员数千名，坐标横跨欧洲大陆。在《2083》宣言中，他写到为找到这些人，花费了无数心血，过程虽然枯燥，却也是完成计划必不可少的一步：

> 我现在在用脸书找各种各样民族主义话题的群组，向里面每一位成员发邀请加好友…啊啊啊啊啊啊啊我要疯了（哭）…每天找三四个小时，找了整整两个月，天呐，没想到他妈的这么无聊（微笑脸）。

* 2009年11月5日，美国胡德堡军事基地发生枪击事件，造成13名士兵死亡，32人受伤。事件嫌疑人为该基地精神科医生尼达尔·哈桑。

布雷维克不停地发送申请、加好友，然后收集邮箱地址。

2011年年初，他的列表里已有数千个脸书好友，之后就开始在一些博客网站发帖，其中一个就是挪威著名的右翼网站document.no，他曾对里面许多抨击伊斯兰教的文章回帖留言。据南方贫困法律中心透露，2008年10月布雷维克以“year2183”为登录名注册了“风暴”（Stormfront）的账号，截至2011年6月，他总计收集到8000个“高质量”的邮箱地址。布雷维克坦承：“毋庸置疑，这是个极为枯燥的活儿；然而我实在想不到，有什么方法能比这更简易地直接接触到全欧洲的民族主义分子。”

在布雷维克的眼中，互联网遍布着机遇。他提到，如果想动摇大众对某件事情的看法，维基百科是个很合适的平台——只需对词条的内容进行微调即可。布雷维克通过射击游戏《使命召唤》来锻炼射击技巧（他也喜欢玩《魔兽世界》），并且建议他的同伙们使用匿名浏览器Tor来躲避政府的追查。在宣言《2083》的结尾处，布雷维克呼吁所有的爱国主义者要“创建一个优秀的网站、博客、主页，要像脸书一样上档次……这样才能好好地对组织进行包装”。

而事情的转机发生在2011年7月，一夜之间，向来振臂高呼的布雷维克突然销声匿迹了。他的社交媒体也再没更新过。7月22日早上，布雷维克在YouTube现身，发布了一个号召同志殉道的视频；几小时后，他又向脸书收集的1000多个邮箱发送了宣言《2083》；当日下午3点25分，他在奥斯陆市中心的政府大楼外用自制炸弹发动袭击，导致8人死亡，之后又在乌托亚岛开枪射杀69位当时正在参加夏令营的挪威工党青年。

究竟有谁收到过《2083》，目前无人知晓。已知在英国收到邮件的人数为250人，其中部分人与布雷维克的交集点在于，他们都关注了一个英国热门脸书主页：2010年初，布雷维克曾用某个小号在该小组主页点过赞。此外，他还在《2083》中对该主页的运营表示十分赞赏。而这一切，也是保罗引战之旅的开端。

保卫英国联盟

架构松散的民族主义行动波及了整个欧洲，而保卫英国联盟（English Defence League，以下简称“EDL”）的出现，则标志着新的浪潮即将到来。该组织行踪难以捉摸，但却深切关心着国家大事，他们认为：不接地气的自由派们推崇的大规模移民（尤其从穆斯林国家而来）正在破坏民众的国家认同，精英主义者并不知晓，或者换句话说，并不在意这些移民对普通人来说意味着什么。这种通常都是表面上的“反种族主义”，把“平等、民主、自由”当成口号来喊，同时也是英国传统文化（有时是基督教文化）的价值要求。总之，他们坚信伊斯兰民族的人们和英国人的价值观念体系水火不相容。

自二战以来，英国正规的政党成员数量已从20世纪50年代的300多万人降至2013年的不足50万人。不同于传统的政治党派，EDL对成员的申请资质没有任何限制：无须会费，不费精力，不耗时间。截至2012年，EDL已成为英国最具有标识性的街头行动组织之一：支持者们在全国范围内发起上百个示威活动，并以数以千计的人次加入脸书小组。对于一个民族主义团体来说，EDL的蹿红速度十分惊人且史无前例。1973年，当时英国上下都被移民分子的恐慌情绪包围，极端右翼政党“国民阵线”的成员达到其巅峰人数14000名；直到2009年，这个数字才被英国国家党的成员数所持平；然而，多少政党年复一年、通力合作的成果，EDL仅仅用了几个月的时间，就轻轻松松打破了纪录。就在2014年4月，EDL的脸书点赞人数已突破16万人——点赞数与英国工党持平。此外，EDL在全国各个地区都有地方分部，且线上线下联系紧密，每个月都会号召成员进行示威和抗议活动。活动的规模之大常常让人忘记这竟是由一个简陋的脸书账号所发起并倡议的。

2009年3月，一小部分来自卢顿镇的激进伊斯兰分子，声称他们将在英国军队荣耀归来的游行上，向伊拉克战争和阿富汗战争中驻军的英国军队发起抗议。斯蒂芬·亚克斯利－伦农——现在的名字是托米·鲁宾逊——曾读过这份抗议书，并且知道该组织的存在，因为他们经常在卢顿镇中心他家的美黑沙龙附近分发传单。尽管托米曾是英国国家党的一员，但对政治兴趣寥寥；然而看到这次抗议军队的行动，他的怒火却难以平息。与几个朋友商讨后，托米决定不让他们得逞，他要支持军队，向世界宣告“伊斯兰极端分子没有占领卢顿”。

虽然第一次只有几十人参与，但示威行动还是引起了小范围的轰动，甚至还登上了当地报纸。托米和朋友们想趁热成立一个新团体，专门妨碍卢顿伊斯兰组织的集会和招募活动。他在零零散散的爱国主义和民族主义组织里，搜集到了一些新的联系方式，其中就有统一英国联盟（the United British Alliance，以下简称“UBA”）。伊斯兰团体们自称为“团结的卢顿人”（United People of Luton，以下简称“UPL”），且在同年 6 月，发动了第二次规模涉及上百人的示威行动：当事者们与警方发生冲突，导致 9 人被捕。示威行动后的一个月间，UBA 与 UPL 双方爆发了一次冲突事件，影响极为恶劣，数名成员因此被捕。UBA 趁此向外界推出了一位发言人，名叫“韦恩·金”，实际上就是托米。“我选这个名字纯属好玩，”托米告诉我，“这样维多利亚·德比希尔 * 在 BBC

---

* 维多利亚·德比希尔：BBC 著名广播员，媒体人，播报新闻时以沙哑的嗓音风格出名。

介绍我的时候，就会说成‘玩鸡’*了，哈哈哈哈！”

托米之前花450镑雇了一名摄影师，在事件当天拍了条短视频，随后就发布在YouTube上面。我与托米在伦敦警察局所在的街道附近的一家小酒馆里见了面，他告诉我：“这次，我把视频在各个足球论坛和聊天室里发了个遍。”不一会儿，他就收到了遍布英国各地的支持者的回信。没多久，约有12位初期成员聚集到了线下一家酒吧，开始商讨未来的规划。他们决定打造一个线上组织——冲出英国，走向世界。于是，托米跟一个朋友一起注册了新的脸书账号，“保卫英国联盟”由此成立。

点赞

对于初出茅庐、招人困难、资金有限且缺乏支持的小型民族主义者团体来说，脸书的平台优势是无可比拟的，它简直打开了新世界的大门。就在小组刚刚建立的几小时内，数百名成员的入群通知扑面而来。托米回忆当时的情景时，说道：“那阵势就跟疯了一样，好像全国各地的人都在加入。”确实，不论是招募组织成员，交流最新的活动消息，还是相互分享之前的活动轶事和照片，脸书都是性价比极高的一种方式。奎因·拉里弗是EDL的一位女

---

* “韦恩·金”，原文为“Wayne King”，此处为谐音，容易发成“wanking”，意为手淫。

性支持者，加入群组的时候将近 30 岁了。她最初被 EDL 的脸书主页吸引，是看到朋友在脸书讨论一则新闻时，附上的一条网页链接，她说："当时人们在讨论脸书直播焚狗事件，我看到有人点赞了 EDL 的主页，就顺藤摸瓜找过去，我也点赞评论了，有人回复我，就这么聊起来了。"就在关注 EDL 之后的一个月里，奎因参与了她人生中的第一场示威游行。

截至 2010 年底，EDL 已借助脸书在全国组织过近 50 场街头示威活动，甚至有几场活动的参与者高达 2000 人。尽管组织方多次声明主张和平示威，然而现实情况中的集会却经常充斥着酩酊大醉的参与者、反社会分子和暴力主义者，恐伊斯兰色彩的口号接连不断，去警局喝茶也成了家常便饭，不时还会与左翼示威团体"联合抗击法西斯"发生点摩擦冲突。小动作不断的 EDL，渐渐声名鹊起，在各媒体版面也占有一定席位，反过来又助推了其脸书页面和 EDL 官方网站的红火。

就在托米为每月全国范围的示威活动忙得风风火火之时，保罗还在沉迷于聚会和毒品的花花世界之中。2010 年夏天的一天，他收到了一封脸书消息提示，有位好友"点赞"了 EDL 的主页。"在那之前我从没听说过 EDL，"他告诉我，"但是这名字让我有点好奇了。"在这份好奇心的驱使下，保罗也去凑了热闹，点赞之后，他便可以接收到这个主页的日常更新了。

跟保罗一样，任何人都能通过简单的一点，关注脸书主页，当然也可一键取消关注。但对 EDL 来说，向来都是进大于出的，毕竟很多人所“觊觎”的，不只是随意地“关注”而已。不久，许多嗅觉敏锐且热情高涨的支持者们开始自立门户，建立分部的 EDL 主页和群组，策划各地的示威活动。2010 年，面对当时迅速扩张的子部门和组织，EDL 领导班子们想梳理出更为正规且官方的组织层次和架构——根据地区和活动类目的不同来分配管理和行政部门——然而截至目前，组织结构仍是十分松散，中央地方各自为王。

这种形如散沙的成员模式弊端丛生。2012 年底，各成员意识到，与长期的政治变革相比，网络聊天灌水和周末的示威行动，是胳膊拧不过大腿的，组织内部对活动的原始热情开始渐渐消散。此外，松散的组织层级，使 EDL 从原来众志成城的同伴迅速分解为冷目相对的派系斗争。到了 2013 年初，EDL 已处在分崩离析的边缘。当时托米因违反禁止参加示威活动的保释条例，已在狱中待了数月。听到消息的托米十分焦虑，再加上铺天盖地的死亡威胁信，他决定就此退出。事情的转机发生于 2013 年 5 月 22 日上午，热闹喧哗的伦敦南部大街，光天化日之下一位叫李·里格比的英国士兵被两名极端伊斯兰分子杀害。此后的数周里，EDL 的网络呼声空前高涨，托米发觉自己已身处主流媒介的浪潮之中，全身而退是不可能了。

管理员与主页运营

保罗加入 EDL 的脸书主页后不久，就与其他成员打成了一片（EDL 的主页是公开状态，允许任何人发言）。他频频发言，立场清晰有力，这些特点都被运营主页的资深成员看在眼里。几周后，保罗受邀加入 EDL 的脸书私密群组，该群组以化名状态经营，组员都是EDL的核心成员。之后，他又被任命成为一个新主页的管理员，该网站旨在驱逐伊斯兰极端分子。对保罗来说，当管理员是一件大事。然而他就在毫不知情的情况下，卷入了一场是非之争。

不管是私密论坛还是开放性论坛，总需要有人来规范发言秩序、维持讨论纪律，因此管理员是一个相当重要的角色，手中不仅握有禁言还有编辑及删帖的权力。2012 年初，保罗管理的讨论版面里就有超过 1000 个用户，他不仅拥有话语权以及发挥的平台，也有相应的权限和责任。保罗说："那种感觉太爽了，我会成天泡在网上发帖，以及运营账户。"

对民族主义团体来说，管理脸书群组和推特账户是极为重要的岗位。在李·里格比遇难时，托米立即联系了负责 EDL 社交媒体的同事们，他要求推特账户的负责人即刻电话联系军方。当日下午约 6 点 30 分，通告已发布：

EDL 负责人托米·鲁宾逊已前往伍利奇镇，大家行动起来吧，我们受够了。

最开始，只有数百名用户在推特上转发了这则消息，之后数字又扩展到上千个。看到消息的 EDL 支持者们迅速行动，聚集到伦敦东南部一带。

EDL 的推特负责人是一位彬彬有礼的 16 岁少女，名叫贝姬。笔者撰写此书时，EDL 的官方账号在她的精心运营下，约有 35000 名粉丝关注她发布的日常内容更新：重要事件报道，示威游行信息，政治宣传等。贝姬的“仕途之路”与保罗并无大异，EDL 的前推特负责人注意到了贝姬经常在私人账号上发布相关信息和链接，就向她抛出了橄榄枝。在贝姬大显身手之后，另一位管理员也看中了她。自此，贝姬便成了永久管理员。这是一份十分辛苦且重要的工作，她解释道：“忙的时候我一睁眼就要开始工作，直到晚上上床睡觉才能休息。”即使在外面与朋友约会，贝姬也要不停地发推特。对此，她说：“这对他们没什么影响，朋友都知道我在做什么，并且他们也都挺理解我的。”贝姬对这份工作非常负责，发出去的一字一句都要仔细斟酌。“我不想去做别的事，我喜欢这个工作。”

目前，共有 8 个管理员负责 EDL 脸书主页的运营。每个人分工不同，有人要负责搜集发布相关文章，为之后的示威游行提供方法建议；有人要负责删除不和谐的评论，回答私信收到的问题；还有人负责回应支持者的鼓励，同时也回击网络喷子的谩骂。“我们招来了不少骂声。”其中一位管理员告诉我。据托米·鲁宾逊的私人助理赫尔·高尔说，EDL 脸书管理员的工作之一，就是花大量时间删除这些包含种族色彩的恶意评论。这项工作之所以费心费力，原因在于有许多反对 EDL 的用户也同时关注了主页，表面上他们是 EDL 的粉丝，暗地里就给 EDL 穿小鞋，每个管理员大约每天要花一个小时的时间来处理这些恶评。

正因为职责如此之重，领导层对管理员的权限范围管控得十分严格（一般而言，管理员是整个主页或小组的负责人，而编辑及删除用户评论的工作实际上是由版主来操作的）：这就意味着就要死守密码不放。2010 年，某组织的一名卧底成员就成功在 EDL 地方分部的脸书管理员那里套到了账号密码，密码到手之后，该成员不仅篡改了密码、把原管理员踢出了群组，还以此为要挟进行敲诈勒索。托米·鲁宾逊花费了整整两周时间才将管理权限争夺到手，最终还是找到了新的登录密码。我问他是怎么做到的。

“我们有几个小伙伴试了试，然后把密码改回来了。”他说。

“那他们具体是怎么做的呢？”

“我只知道账号保住了。”他回答道。

保罗泡在主页上的时间越来越长，作为尽职尽责的版主，他时时刻刻都在小组里分享故事，为组建虚拟世界的朋友圈添砖加瓦。这种社交活动，也充满着政治色彩。成员们在相互了解相识的过程中，同志之间建立起了团结一致惺惺相惜的感情。“我们有共同的敌人，是一个团队，团结就是力量，一定可以做出一番成就！”他如此说道。然而，虚拟的社群也会把人压得喘不过气。随着保罗的在线时长越来越久，他的观念也变得极端起来：他开始关心起伊斯兰分子，且认为他们可能会造成种种“威胁”。“我看过他们的作战策略，阴险狡诈，他们想潜移默化地影响大众的国家认同，然后推翻我们的政府。”也正是在这些针尖对麦芒的脸书主页上，保罗第一次与穆斯林正面交战。他发现穆斯林群体对此话题的气愤程度并不亚于他，保罗面对着潮水般的谩骂与攻击，且每次交战都是一次火力的升级，对手的气焰也十分嚣张。“你们这群渣渣！低等动物！”回忆起当时的“骂战”，保罗怒气冲冲地向我吼道。诸如此类的网络争吵是他日常生活的重要一部分，且占据他越来越多的个人时间。“你每天大约花多长时间上网？”我问。“仔细算一算的话可能得吓一跳，大概 90% 的时间都在吧，我几乎没有时间去做别的事情或者去见什么人。”保罗答道。他承认，泡在网络上的这段时间让他有些“社交恐惧”，与父母的交流越来越少，因为与网络聊天相比，生活中的交谈实在是“平平无奇”。网络与现实，似乎是此消彼长的关系。保罗的网络档案日新月异，生活丰富多彩，而真实世界的人际网络却渐渐消弭了。

保罗和我漫步在他居住的小镇上，小镇十分安逸，也没有什么娱乐活动。保罗告诉我，在某种程度上他十分希望参政，然后搬到大一点的城市生活。然而，缺乏工作经验、没有相关资历和钱财支持，保罗意识到这一切不过是痴人说梦。他告诉我，不久前，他曾在街头偶遇过 EDL 的支持者们，但是他没有过去打招呼。在线上，他已是知名政治团体人人敬仰的核心成员，坐拥来自世界各地的粉丝支持者和好友；然而走出网络大门，他只是芸芸众生的一介平民。

网络空间的战役

2012 年初，保罗决定主动出击。他发现，许多传统的民族主义政党和团体的核心都十分老套死板。团队面临如此困境，保罗没有坐以待毙，抑或是被花言巧语洗脑，而是另辟蹊径，趁机成立了自己的团体。保罗花费了数周学习如何制作视频，还创建了个人博客、推特以及脸书账号——做这些准备工作，是为了让一切看上去确实像那么回事。“我在尽力创造一个标志性的、实实在在的东西，如果有人有幸看到，他们会觉得这是可信的。”之前在脸书的运营经历让保罗意识到，为了免除潜在报复行为的后顾之忧，他必须使用假的身份信息。

自此，保罗便与网上的各种骂战纠缠不清，双方多是民族主义者及反法西斯团体。极右翼组织与反法西斯团体曾多次发生街头冲突（如今也是），然而现在战场的重点已从线下转移到线上。反法西斯团体时刻监视着EDL组织及保罗等人的一举一动，不仅监控其社交网络账号，还卧底潜入各个组织的内部，等到他们掌握了一些自认为饱受争议的劲爆截图和证据后，下一步就将其公之于众，甚至把资料直接交给警方处理。

在这些组织中，最为坚挺的是“揭露种族主义及网络零容忍小组”（Exposing Racism and Intolerance Online），通常被称为“Expose”。Expose是活跃于推特和脸书的网络小组，约有12名管理员，偶尔也会招募上百名志愿者协助管理员管理。他们的主要活动之一是将极右翼分子的网络发言记录截图并保存。在过去的四年间，Expose已累计收集了上万份的截图资料，其中也包含布雷维克和EDL有关的截图证据。

反法西斯团体内部几乎都是新一代的公民活动家，米凯伊·斯韦尔斯自团体成立之初便成为其中一员。我通过脸书联系到他。“我们只不过是平民百姓，”他说，“就像普通家庭的一家老小那样。一旦有种族主义的苗头，我们一眼就能看出来，然后就会联合其他反法西斯团体一起反击他们，让他们看看 EDL 那些人是什么嘴脸。”反法西斯团体的成员们泡在网上的时间跟保罗不相上下，推特上有一位叫“@Norsefired”的民团成员，他一直在监控 EDL 的行踪，且每天至少发布上百条推特，目的是“挑战极端分子组织的淫威，揭露其黑暗内幕”。跟保罗的遭遇一样，偶然间，这位成员也因与 EDL 的支持者在推特上撕逼，而卷入了网络的是非争端中。与此同时，他也坦承在网络上花费了太多的时间和精力，在邮件中他写道：“我家那口子已经把我唠叨得耳朵都要长茧了，说我该把时间花在更有利可图的事情上。”@Norsefired 认为，用昵称发言，让他在网络骂战的时候更有底气。他说，在线下，“我不可能接触到像 EDL 这类群体的人，但是在 @Norsefired 的人设中，‘我’是个很直爽、画风很尖锐的人。”他最喜欢的策略之一就是占据 EDL 推特用户们的时间线——使用若干个推特小号加他们为好友——然后即时发布反 EDL 的新鲜事和消息。亚历克斯，是 Expose 的一位成员，他透露“幽默感”是做这一行很重要的素质，“基本上，就是要嘲弄对手，我会自制很多的图片和小视频，好在恰当的时机嘲笑他们”。这些花样百出的招数确实奏效。当名模凯蒂·普莱斯被爆出曾是 EDL 的支持者时，亚历克斯联系到了她，并说服她公开否认这则新闻。

如果你是反法西斯团体的一员，能够潜入“私密群组”——

那些需要认证或密码才能加入的群组——是一种莫大的褒奖。因此，许多反法西斯团体成员会注册很多小号（或被称为“马甲”），装作是同道中人请求加入 EDL。有时，一人可以操作十几个不同的马甲账号，每个账号都有不同的档案和所属团体。我的一位受访人，已参与“养小号”的事业达两年之久，每个账号都要关注特定的主页，发布符合人设的评论，还得有自己的朋友圈关系网。大多数的论坛和主页——不论是 EDL 还是反法西斯团体——都遍布着各种“僵尸粉”。托米·鲁宾逊告诉我，几乎每个 EDL 群组都有这样的“粉丝”，“极右翼势力和左翼分子都有”。“那你的人潜伏得好吗？”我问道。他有点不好意思，“嗯……可能有人会这么干吧，听听对方是怎么议论我们的，我可没指使他们啊。”他说道。

实际上，双方在彼此队伍中都安排了卧底。近日，某 Expose 群组就在内部揪出了一位极右的卧底分子，该名卧底共加入了 650 多个脸书群组，其中左翼及反法西斯团体的群组就有上百个。一开始，她只是窝在反法西斯团体的小组里发布一些支持帖来谋取对方信任，之后便开始潜水，静观其变，目的是获取对方的作战策略以及目标群体的情报。另一方面，对深植于足球流氓文化的极右翼群体 Casuals 来说，潜入卧底是个难以根除的隐患。去年，反法西斯团体中成立了一个叫作“解放布莱尔菲尔德 5 号”（此处监禁了几位 EDL 支持者）的假团体作为圈套，果真有几位好事的 Casuals 加入进来并透露了一些有用的情报。“这些变态在网上跟踪了我们三年多，我们竟然毫不知情。”在 Casuals 的内部博客里，乔・斯塔比・马什气冲冲地写道。

每次，只要出现能惹毛爱国小粉红的事件，反法西斯团体便会趁机建立群组吸引这些人过来，你吐槽也好，怒骂也好，最好能留下一些足以进局子喝茶的证据。如果你的档案里记录下了公司地点，或不慎在对话框里提到在哪里工作，他们就会把对话截图发到你老板手里，之后你就等着傻眼吧。

某些组织精妙的内部运作绝对让你瞠目结舌。他们的支持者组成非常冗杂，有穆斯林、无神论者、时尚模特，还有退役军人等等，多数是女性，且此处潜藏着许多高素质的网络人才。在这些人中，最接近领袖气质的大概就属查利・弗劳尔斯了。查利 40 多岁时还是一名玩朋克摇滚的音乐人，最初他站队的是 EDL，但随着 EDL 逐渐走向极端，他也就离开了组织。网络大众对于抨击任何形式的极端主义乐此不疲。来自世界各地的支持者们经常在脸书的私密群组集会，商讨行动计划。他们也常被敌人称为“网络暴徒”，这个说法不太公平：尽管他们有时会因为同意其他团体的观点，而被视为“帮手”，虽说他们的行为不太光明，但也在合法范围内。查利已多次通过在个人网页上发布《数字千年版权法案》的条例，导致几家网站接连关门；之后他会静待好事者们截图为证，在网上随意散布他的个人资料（实际上他也经常这么自爆）。当然，如果他们愿意用真实姓名和地址签署一份面向公众的誓约书，他们是可以这么做的。然而这些博主们绝不会这么乖乖听话。“如果使用得当，这将会是个强有力的武器。”查利面露喜色地告诉我。在众多脸书主页中，我观察到的最为诡异的，是一个在李·里格比遇害不久后建立的主页，创建人自称是反法西斯团体的一员，主页名称为“李·里格比活该”。管理员在群组公布了一张自己的照片和宣言，上面写道：“我是‘希望而非仇恨’（Hope not Hate，反法西斯团体）的成员，也是一名共产党员。我坚信，李·里格比是一名极右翼殉教者；有心人利用他的死为暴力行为开脱，为 EDL 的苟且行径开脱。我希望能够领导一场共产主义革命，走上街头，为我大英帝国呐喊，成立苏维埃英国联盟。”主页的负责人根本不是什么反法西斯团体的人，而是个极端右翼分子。我推测，他只是在反法西斯团体之中当搅屎棍，把 EDL 的名声搞得越极端越好。尽管演技十分拙劣，但架不住还是有人动了“真情”，一石激起千层浪，主页被各种激烈言论霸屏达数小时。一位叫戴夫的用户留言威胁道：“老子把你头打爆。”一会儿，又有一位叫凯文的用户表示，他要查到管理员的住址：“孙子，祝你能活过这周。”

花样百出的伎俩，让人很难在网络中分辨出究竟谁是谁。菲亚斯·马尔，Tell Mama 组织的负责人，该组织致力于发掘反穆斯林黑子并将其记录在案。目前，Tell Mama 雇佣了多名侦探，利用网络中的公开信息，顺藤摸瓜找到现实中对应的个人及其人际关系网络。即使是这样，菲亚斯也承认“不过只有 60% 的把握”。找出人们在真实世界中的一面（“人肉搜索”）虽说技术上得以实现，但也饱受争议。因为这一行为与互联网行业的规矩背道而驰，此外，对于“被人肉”的一方来说，也会造成巨大的伤害。反法西斯团体的两大组织 SLATEDL 和 Expose，曾就是否可以公布家庭住址和单位信息、进行线下跟踪一事展开了激烈的争论。来自 Expose 的米凯伊表示，人肉搜索“是个绝对的禁区，组织绝不会允许这种事情发生”。然而赫尔·高尔告诉我说，有人曾在英国公司登记处查到她的信息，然后公布在 Expose 的脸书主页上。事后我跟米凯伊说了这件事，他的说法是，他们只会发布在公开权限的网站中已有的信息，其中就包括英国公司登记处。

说到人肉搜索，其中最臭名昭著的就是于 2001 年创立的极右翼网站 RedWatch。该网站的宗旨就是“找出左翼叛徒”，只要犯下“威胁及骚扰英国民族主义者及其家人”的罪名，就会把住址、工作单位、孩子姓名等他们能获取到的任何个人信息，通通挂在网上。虽说 RedWatch 最近没什么动静，但事件在网上造成的恶劣影响仍难以消除。2003 年，有两人曾在网上声称引爆了自家的私家车。保罗和 @Norsefired 开始害怕自己有一天也会遭到“人肉搜索”，至于原因，则各有各的说法。保罗因为收到过死亡威胁信，因此坚决不用真名上网，尽管他有些“身不由己”的意思；而 @Norsefired 则担心他的命运会被 RedWatch 终结，他要我再三保证不会泄露他任何的个人信息。热衷于人肉搜索的人们似乎没有什么下限，然而在事件还没有对当事人造成直接的威胁时，警察是可以有所作为的。人肉搜索，是一场全民的狂欢。2010 年，两个黑客组织 ZCompany Hacking Crew 和 TeaM P0isoN，试图黑掉 EDL 的脸书账号，然后下架其主页。接下来的一年里，TeaM P0isoN 再次入侵了 EDL 的账号，与上次不同的是，这次他们不仅黑掉了账号，还泄露了负责人的电话号码、邮箱地址、家庭住址，甚至管理员的所有账户名和密码都未能幸免于难（其中确实有些密码很有意思，比如：卡梅伦，Winston1066，Anglosaxon1，allah666 等）。

我跟保罗在一起的时候，他告诉我曾有一个反法西斯团体的成员试图人肉他，而且差一点就成功了。保罗有种四面楚歌的感觉，他说：“这些人越是这么对我，我感觉自己就越极端……我不是个暴力分子，但是我能冷眼看着这些人痛苦的德行，甚至还有点开心。”

故事结局

许多民族主义者感到他们与传统政治之间有难以逾越的鸿沟，十分困惑的同时还伴随一丝愤怒。然而，有时这并不是空穴来风。跟保罗坐在一家老旧的酒吧里，能明显感觉到威斯敏斯特市与这个世界已格格不入了。在加入 EDL 之前，奎因·拉里弗从未投过票："我觉得还挺丢人的，之前一直觉得我享有的那些民主都是理所应当的。"为了能以更加和平的形式追求政治理想，托米·鲁宾逊在 2013 年底离开了 EDL。他曾是一个典型的足球流氓，但如今的托米决定为工人阶级发声，建立自己的政治调研团体。不论人们的信仰如何，网络和社交媒体确实降低了个人参与政治的门槛，大众前赴后继而来，这本该是一件好事。

另一方面，网络的浪潮也卷入了数百个小型的私密社群和个人，四周充斥着与他们的世界观相契合的信息和群体。与此同时，暴力的种族主义分子与排外者也找到了合适的据点，可以快速且高效地散布其理念。制造属于自己的真相早不是什么新鲜事，只是到如今，想要逃出回音室，已是难上加难了。民族主义者和反法西斯团体都身处回音室之中，然而这会把人们带入十分危险的境地：布雷维克已成功进行自我洗脑——挪威已在亡国的边缘；保罗的回音室让他对白人是"美丽、智慧、高雅、创造力、气度的化身”这点坚信不疑（然而今日的英国，处于“少数族群”地位、被冠以“暴力分子、毒贩子”名号的移民数量已达百万），在保罗的世界里，网络世界里，这就是他眼中的真相。我提醒他，英国白人的比例只有 85%，他却不以为然。

保罗深信，他做的一切都是在维护自己的国家和文化，因此并不畏惧极端伊斯兰分子的威胁。反法西斯团体认为法西斯分子正在扫荡这个国家，EDL 的每位成员都是潜在的种族主义暴徒，他们正面临着法西斯主义抬头的危险。尽管现实有所出入，但在封闭的自我世界里他们的坚持都有道理。在脑海的回音室中，他们为对方树立起了所谓敌人的形象；而事实上，双方可能并非彼此想象中的那个恶人。

在采访保罗的几个月里，我尝试着分析，是什么让他产生了如此大的转变，是回音室效应吗，还是公共领域的影响呢？在线上，保罗始终表现得很冲动，观点十分尖锐，他对于自己的“公知”身份很是自豪。尽管保罗一直视布雷维克为“英雄”般的存在，但同时他强烈表示虽然自己言辞尖锐但并没有伤害任何人。我开始担心他的所作所为会不会招致报复行为，毕竟网络喷子的数量庞大，虽说最后付诸行动的比例甚少，但人心都隔肚皮，更何况网络，你永远都不知道下一秒捅刀子的会是谁。因此，每次跟保罗见面，我都有种如释重负的感觉。保罗的吐槽和谩骂，永远都以一句抱歉为开场白，毕竟对他而言，线上和线下完全是两个世界。

然而当保罗突然消失的时候，我开始紧张起来。我担心这两个世界中的他已全面崩溃：警察可能已经盯上他了，或许实际情况更为糟糕。两个月后，我收到了一封匿名地址的邮件，是保罗发来的。他没有消失，只是需要休息一段时间。他在邮件中说："我太负能量了，这种偏执好像渗入了我的血液和骨髓……"保罗承受了太多引战谩骂的压力，而且他也开始担忧这种网络攻击带给他的消极影响。最后保罗决定，亲自"解决"掉他一手打造的人设，"这个决定很难，因为我确实有表达的欲望"。

最后一次与保罗联系时，听闻他已经换了一个全新的网络身份——女性，档案还在风风火火地建立中，主要活跃于多家政治网站的留言区。尽管过程缓慢，且步履小心而谨慎，然而保罗一如既往地透过电脑屏幕，致力于拉拢更多的人走进他的网络世界。

第三章

潜入“高尔特峡谷”

赛博朋克将致力于打造匿名系统。

——埃里克·休斯

《赛博朋克宣言》(1993 年)

位于伦敦北部的一家废弃的比萨快递公司可非同一般，尤其当你发现这里其实是个策划革命的窝点时，感触就更深了。我们一行 70 多人聚在这里取经，探讨比特币将会如何改变世界。这个会议的分享人很多，但大多数人是慕阿米尔·塔基——一位年轻有为的程序员的大名而来的。分享会的听众之多，许多晚到的人都没地坐了，只能蹲在地上，面露难色，努力想跟上演讲人的思路。人们前前后后递送着罐装啤酒，空气中弥漫着香烟的薄雾，对我这种老实呆坐着又不抽烟的人士来说，整个分享会因此罩上了一层叛逆的诡异氛围。这时，有位胡子拉碴、梳着黑色小马尾辫的男人走到前排，示意大家安静。阿米尔虽然年纪不过 20 来岁，却已经是公认的天才程序员了，2014 年，他还登上过“福布斯 30 位 30 岁以下精英企业家”榜单。在科技领域，无数高薪工作向阿米尔抛出了橄榄枝，然而他却选择在他称之为“科技产业基地”的西班牙一家叫 Calafou 的旧工厂定居。如今，阿米尔正专心于研发比特币软件，这样的工作状态已持续了四年之久。毋庸置疑，他已是目前世界上最了解这一新兴货币的专家。阿米尔现在在台上分享的，就是他最新的比特币项目——他称之为“暗黑钱包”。

阿米尔以及众多如他一般的有识之士们热衷于比特币的原因，在于它是数字货币的一种，具有难以想象的发展潜力。看上去，比特币不过是一串数字，本身并没有什么价值，也不与真实货币挂钩。它的价值来自人们对数字货币的信任，并且货币能够在使用中流通起来。人人都能在电脑上下载一个比特币钱包，然后在货币交易所用真实货币兑换成相应的比特币，之后就可以使用比特币购买或售卖商品和服务了，操作流程像收发邮件一般简单。交易全程十分安全、快速且不受任何限制，没有所谓的中央机构来管控货币的价值与供应，也不存在中介的分成。甚至人们不需要用真实姓名开户，没有人掌控着比特币的价值走向，换句话说：

人人都是比特币的主宰者。

比特币于2009年问世，最初，只有在某个特定名单上的程序员们才能收到相关邮件，随后比特币迅速发展，成为网络毒品市场“丝路”的专属交易货币。之后不断有人用真实货币来兑换比特币，直接后果是从2009年到2013年的四年间，比特币的兑换比率从不到0.001美元飙升至100美元。同年10月，一位美联储的发言人表示，将来比特币有可能成为“流通货币”；接下来的一个月，比特币的价值突破每枚1000美元。如今每时每刻，都在进行着价值上百万的比特币交易，在世界的某些角落，你甚至可以完全靠比特币生活。

异军突起的比特币，刺激了投资界及交易所的市场繁荣，甚至连自动取款机前也有络绎不绝的人流。业界许多玩比特币的人们也敲开了政府和监管部门的大门，针对如何在传统货币体系下合理利用数字货币的问题相互磋商。比特币基金会于2012年成立，是负责比特币事务的半官方机构，目的是将比特币的核心产品及操作流程化，保证系统能安全高效地运作。尽管所谓的“官方机构”是不存在的，然而没有比较就没有伤害，比特币基金会已是众多比特币机构中最有“领导风范”的一家了。2013年，比特币基金会的年会主题为“支付的未来”，这个主题也揭露出许多玩家的心声：比特币将会成为未来支付系统的一环。然而，并不是所有玩家都报以如此乐观的态度。

阿米尔以他遇到的技术难题为开篇，来隆重介绍“暗黑钱包”的诞生过程，情到深处不免激动起来：“比特币才不是什么革命性支付方式，它是个妥妥的政治工具。”

“那跟政府合作不好吗？”底下有位听众问道，“政府应该会推广比特币吧？”

“不可能！”阿米尔回答，“政府就是一群臭流氓，流氓才不会听你的话！现在，主动权在我们手里，而且我们绝对不会松手！”

与阿米尔持有相同观点的人们认为，比特币只是为争取匿名制及实现网络自由而打响的第一炮。阿米尔坚信，只有消除网络审查与监管，人们得以自由地畅所欲言，“为所欲为”，成为任何一个自己想成为的人——这种自由甚至可以引导政治革命。

阿米尔的理念，是典型的赛博朋克主张。

电邮名单

1992 年的一天，应退休商人蒂姆·梅、数学家埃里克·休斯以及计算机科学家约翰·吉尔摩（alt.* 的创始人）的盛情邀请，精挑细选的 20 位程序员及工程师齐聚加利福尼亚州奥克兰，来到休斯的家中做客。拿到美国加利福尼亚州大学圣塔芭芭拉分校的物理学学位后，梅在1974年加入了英特尔公司，在这里他也做出了突破性的业绩——参与重设英特尔计算机的内存芯片。梅在34岁时选择退休，一心投入了书本的海洋里，涉猎范围甚广：计算机、编程、物理学、数学，且对政治学产生了浓厚的兴趣。吉尔摩是大名鼎鼎的太阳计算机系统公司的第五位员工，可以说是开朝元老了，但是为了追求政治理想，跟梅一样，年纪轻轻就退休了。休斯是加利福尼亚大学伯克利分校的数学高材生，跟随大卫·乔姆在荷兰工作多年，可能是当时最为著名的密码破译高手。梅、休斯和吉尔摩这个三人小组是天生的合作伙伴：三人都极为推崇自由主义，且都属于较早接触计算机技术的一拨人，对技术如何影响政治及社会有莫大的兴趣。然而，尽管有许多西海岸的自由主义者看到了数字时代的苗头，为自由解放的未来而兴奋不已，三人小组却对此并不乐观，他们料想，计算机网络极有可能预示着国家监控即将大行其道。他们认为当今政界的重大议题，要么是针对政府——“是否会利用互联网及网络监管手段，来限制和窥探个人自由及隐私”，要么就是针对有自主行动权的个人——“是否会通过计算机系统生成具有颠覆性效果的工具，来破坏甚至摧毁这个国家”。

首次的聚会上，来的都是一些二三十岁的年轻人，梅对这个叛逆的年轻团队规划了美好的愿景，他认为，如果政府无法监视人，就无法控制人。梅说，幸运的是，多亏现代计算机技术的发展，个人自由能够在人为制定的法律之外得到一个更为可靠的保障：附在无法删除的软件里的那些牢不可破的数学和物理学规则。1993 年他写道："政治从未赋予人们长久的自由，且永远不会。"但是，计算机系统可以做到这一点。梅提出，目前的需求是开发出可以帮助人们避开政府监视的新兴软件。建立这个组织的目的就是找出解决问题的方案。

之后，组织每月都会在吉尔摩的新公司"Cygnus Solutions"的办公室里举行例会。在 1992 年的一次早期会议中，一位名叫祖德·米尔霍的成员为这次行动命名为"赛博朋克"行动，他曾以圣·祖德为笔名长期为 Mondo 2000 杂志供稿。祖德的灵感来源于以威廉·吉布森等科幻小说作家为首，曾引起风潮的小说分类"赛博朋克"。此名一出，让组织名声大噪。"实话说，这就是一个营销手段，"位于加利福尼亚州的梅通过电话跟我说，"匿名者组织不也总是戴着盖伊·福克斯面具吗，跟这个有点像。"

组织开始慢慢发展起来，为方便联系旧金山湾区以外对此事感兴趣的政党组织，埃里克·休斯决定建立一个电子邮件名单。该名单存放在吉尔摩个人网站 toad.com 的服务器上。在休斯还未正式介绍之前，第一封邮件就已通过名单发送出去了，内容是数学家查克·哈米尔 1987 年发表的一篇名为《从石弓到密码学：技术如何摧毁国家》的讲话。这篇文章为下面的结论建立了良好的基调：“与其投入时间、金钱和精力，来劝服国家废除大规模监听及各种形式的审查制度，”哈米尔写道，“倒不如教给每一位对此感兴趣的自由主义者学会使用密码学自行废除这些制度，自谋出路。短时间内，名单上的成员迅速扩大至上百名，几乎每天都有人通过电子邮件发表意见：交流想法，探讨发展计划，提议及测试密码等。名列邮件名单的人们可不简单，他们的想法超前，并在技术层面几乎更新并发展了每款防政府监控软件，至今仍被大众所采用，甚至还有人参与了软件开发的全程。蒂姆·梅提议除此之外，还需进一步开发安全的加密货币，为人们提供匿名浏览网络的工具，继而建立一个不受约束的地下市场，他称之为“暗网”（BlackNet），在这里人们可以任意交易而不被追踪，是一套原始的匿名举报系统。

确实，赛博朋克是一群麻烦制造者：他们饱受争议，行为极端，不屈不挠；但同时，又很注重实际。他们也会干点儿正事，有人会通过电子邮件发布自己写的代码，其他人会进行测试反馈和更新。当休斯在名单内部测试“匿名转发器”（发邮件时可不受定位追踪）时，有位叫哈尔·芬尼的牛人发现了其中的技术漏洞，修改之后，发布了更新后的版本。《福布斯》杂志记者安迪·格林伯格在叙述担任检举者的经历中写道，在这些赛博朋克群体中，创造力是第一位的，比什么理论框架重要多了。休斯之后将这种理念改写成朋克群体的一句代表性口号：身为赛博朋克，就是要撰写代码。

总之，他们就是想做加密性的编码。编码是一项可以实现向部分人开放权限的技术，使用者可以针对发布内容的受众不同，将其设为私密或公开状态。自罗马帝国时代开始，直到20世纪70年代，运行的都是“单钥”（single key）密码体制，就是使用同一密码既可保密信息又可解锁信息。现代计算机技术使得编码功能更为强大，但是实际上原理并未发生变化：如果你想与某人进行私密对话，仍然需要解锁的密码，这里就出现了一开始遇到的那个问题。惠特菲尔德·迪费和马丁·赫尔曼，两位来自麻省理工学院的数学家在1976年发明了“公钥加密系统”，提供了解决问题的方案。每位使用者都有一个专属的加密系统，里面含有两把“密钥”，其组成虽有不同，但都来源于同一个共享的原始号码，它们在数学领域其实是有意义的。如果要从数学层面来分析，过程就很复杂了，但是理念很容易理解：“公钥”的权限是公开的，其他人也可以利用它将想传递的信息通过加密，编成一堆无意义的乱码，而这堆乱码能且只能被你手里的“专用密钥”来解读。公钥加密系统的问世，改变了编码的应用前景。双方无须交易密码，甚至可以在毫不认识的情况下，相互发送加密信息。直到上世纪 90 年代初，这类强加密系统都一直为政府专用。此外，美国政府曾于 1976 年将强加密系统归为“军需品”一类，且多次对加密系统进行无证非法出口。

随着越来越多的人涌入网络空间，美国政府愈发关心起网民们究竟上网做些什么。1990 年，FBI 发起了一项名为 Sundevil 计划的打击黑客犯罪行动，然而雷声大雨点小；紧接着，1991 年初，美国参议院的部分议员提议，要求电子通信服务商向政府提交民众的私人信息数据（其中最核心的条款是由当时的司法委员会主席、议员乔·拜登提出的 S.266 条款）。更糟糕的是，1993 年美国政府推出了加密芯片“剪刀芯片”计划：将网络加密系统列为工业标准——也就意味着美国安全局将掌控互联网中的所有密钥。

许多互联网的深度用户都把这一举动视为美国政府进行网络监控的一次尝试，是在国家监控之外的又一“壮举”。一位反核活动家及电脑工程师菲尔·齐默尔曼表示，数字技术并非解放人性的天使，而是吞噬民众隐私的蛀虫，他对此表示十分担忧。几年来，齐默尔曼梦想着能为大众建立一套基于公钥的加密系统，这样政治活动人士就可以无惧政府的监控，得以自由地交流对话。然而，迫于自由职业的不稳定及抚养两个孩子的重担压身，他根本抽不开身去做这些事情。得知拜登推行 S.266 条款的消息，齐默尔曼下定决心要完成这个任务，虽然过程十分曲折，某段时间他差点儿要变卖掉自己的房子来维持生计。1991 年，由齐默尔曼开发的加密工具顺利完工，他第一时间就全部放到了网上（平台自然是热门的 Usenet 的小组），提供免费下载。这个系统被他称为“完美隐私”（Pretty Good Privacy），简称 PGP。几周之内，PGP 的全网下载及分享量高达数千人次。在之后的采访中，齐默尔曼表示：“在 PGP 诞生之前，如果不通过电话、联邦快递和传真的方式，要想实现长距离的两人之间通话且数据不被拦截，是根本不可能的。”直到如今，PGP 都是使用最为广泛的邮件加密工具。

自不必说，美国政府对此极为不满。他们认为，使用 PGP 等强加密系统的人数增多，会大大增加安全部门的工作量及监控难度。与此同时，英国政府也十分不安，观望着事态如何发展。戴维·奥曼德先生，当时任职于英国情报机构政府通信总局，他清晰地记得当时发生的情景，他说道：“PGP 一类的强加密工具应用极广，发展速度也很惊人，这件事情我们当时都非常苦恼。”英国政府甚至考虑过要效仿法国，通过立法来管控加密系统的应用。他们最终还是放弃了这个想法，因为一旦齐默尔曼在网上发布了源代码，要想从开放的公共领域把这些代码的痕迹完全抹掉几乎是不可能的。另外，人们越来越无法忽视这样的事实：互联网目前的发展势头十分迅猛，而加密技术对于网络的健康发展，尤其是对电子商贸的意义极为重大。更安全的网络环境，才能得到更多人的信赖。而美国政府采取了相反的策略，他们对曾在网上发布 PGP 源代码的齐默尔曼以“出口军火”的名义介入调查。美国海关总署立即对此展开刑事侦查，企图以违反《武器出口管制法》的罪名起诉齐默尔曼。

这场介于加密系统的争斗，一方是想要捍卫强加密系统所有权的民众，一方是对此不以为然的政府官方，被后来人称为“加密战争”。而对于三人小组梅、吉尔摩和休斯而言，确保大众的密码使用权不过是他们达到目的的一种手段。赛博朋克们坚信，他们的努力最终将掀起一场波及经济、政治和社会的全方位变革。由他们而起的“电邮名单”风波，已甩不掉政治极端主义的头衔了。1994 年，梅通过名单发表了一篇名为《赛博法典》（或称《密码法典》）的宣言，为赛博朋克发声，传递他们对于世界的看法和观点。《赛博法典》中提到：“我们之中有很多人明确表示对民主不抱期望，因此，我们期待通过加密工具撕开所谓‘民主政府’的假面。”总的来说，赛博朋克是一群坚定的自由主义分子，他们认为，民主政府的直接投票干涉了诸多关乎个人自由的决策。赛博朋克们酷爱《1984》，宗教科幻小说《冲击波骑士》（*The Shockwave Rider*）《真实姓名》（*True Names*）以及戴维·肖姆发表过的一篇文章《无识别的安全性：让“老大哥”臣服的交易系统》，然而这之中影响最深远的一本是《阿特拉斯耸耸肩》。在安·兰德的巨著中，描绘了一群生活在反乌托邦式美国社会的高生产力公民，因拒绝缴纳税款而消失在一个与世隔绝的宝地——高尔特峡谷，在这里人们可以不必追求伟大卓越的人生，自由自在不受拘束。梅渴望建立一个与高尔特峡谷类似的虚拟社区，社区的经济活动不受国家掌控，而是依靠内部成员之间的协商一一安排。

电邮名单随即成为世界各地的数百名天才程序员和黑客青睐的小家园，很多人会通过这个平台学习密码学的知识，之后便以各自的方式走上实现“同一个梦想”的道路。其中有一位叫“普罗夫”的程序员，在 1993 年底左右加入了邮件名单。刚加入不久，普罗夫就陷入了赛博朋克们极为擅长的攻击谩骂当中：辱骂新人；对他人在技术方面的不足进行无情的抨击；攻击之余，一群人还策划着如何让政府垮台。电子前线基金会（Electronic Frontier Foundation，简称“EFF”）是一个公民自由组织，致力于保障互联网言论自由及个人隐私，吉尔摩是该组织的合伙人之一。EFF 主席埃丝特·戴森曾通过名单表示：如果我们有严密的法律制度保障个人隐私不受侵犯，放松对匿名制的限制也未尝不可。普罗夫回击道：“显然，EFF 组织成员的信念里都充满了妥协，屈服于政治现状，且普遍缺乏基本的道德品质。”普罗夫甚至怀疑戴森是中央情报局派来的间谍。对此，戴森回应：“本人在此郑重声明，我绝对不是中央情报局的一颗棋子，也没有受到它的指使；当然，我也没有理由请大家相信我。”（起初，尽管双方针尖对麦芒，但两人之后也成为了好友。）

“普罗夫”的真实身份是澳大利亚的一位年轻天才工程师，真名叫朱利安·阿桑奇。阿桑奇本身是自由主义者，然而，他对梅十分露骨的精英主义却不以为然。《赛博法典》里，梅语带不屑地提到了“毫无生产力”的公民、“贫民窟后代”以及最受人诟病的“95%无知群众”。通过邮件名单最后发布的几篇文章中，阿桑奇（像是回击似的）回复：“95%的乌合之众从来都不是我的目标，也不该是你们的。我只关心在正常人群里面，两边极端的那2.5%而已。”当我向梅问及他是否认为阿桑奇是“真正”的赛博朋克时，他回答说：“当然了，我把他视为我们中的一员。他不仅有能力，会制定计划，而且他的做法都是有成果的。”

梅对政府的厌恶感主要来自思想的启蒙，是废寝忘食饱读诗书的结果。而阿桑奇的厌恶情绪则更饱含个人情感。1991年，阿桑奇曾以化名门达克斯的身份黑入澳大利亚电信公司北电网络（Nortel）的系统，因此被警方逮捕。尽管避免了牢狱之灾，但刑事诉讼的威胁一直烦扰了他两年之久。最终于1994年，阿桑奇承认25项指控罪名，也承认了黑客行为。在之后的回忆中，他写道，这段经历使他“看透了资本主义‘口嫌体正直’的虚伪假面”。

与此同时，阿桑奇发现加密系统既可作为“武器”，也可用来

"防御"。他认为通过加密系统实现的匿名性质可以使检举人毫无顾忌地揭露国家机密。对阿桑奇而言，密码是撬开政府大门、"看穿其虚伪假面"的利器，可以迫使政府更加公开透明，肩负起责任。当然，如果能顺势扳倒政府，那就再好不过了。阿桑奇的这些灵感都来自名单上另一位赛博朋克的启发，其名叫约翰·扬。扬在 1996 年创办了网站 cryptome.org，并以此为据点发布各类泄密文件，尤其是政府机密文件。阿桑奇在 2006 年与扬取得联系，上来便自报家门："你认识我，我当时在赛博朋克用的是另一个名字。"之后阿桑奇说明了来意，他计划成立一个全新的组织，名叫维基解密，并且坚信这个组织可以改变世界：新科技和加密技术不仅减少了机密文件泄露的技术难度，也使得这类活动的大规模推广成了可能。我们的初衷是，在人类政治的天空中捧出一颗冉冉新星。

近十年的时间，赛博朋克电邮名单一直占据着密码世界的中心。成百上千人通过它来学习并发布编码，躲避有关部门侦查，探讨极端政治事件，等等。然而电邮名单最终还是被吉尔摩从主机 toad.com 撤下，于 2001 年停止了运营。下架原因至今不明，据吉尔摩的说法，电邮名单已开始"走下坡路"。尽管被迫解散，电邮名单却留下了辉煌的成就：匿名转发器遍布网络；用户不受追踪即可浏览网络的匿名浏览器方兴未艾；检举网站 Cryptome 俨然成为情报机构的眼中钉肉中刺；更值得一提的是，美国政府已放弃对菲尔·齐默尔曼的调查，而 PGP 的使用者已遍布世界的各个角落。

百密也有一疏，赛博朋克的蓝图中有一项是建立匿名的数字支付系统，尽管他们做过种种尝试，然而成果甚微。在吉尔摩关闭原有的电邮名单后不久，其他网络站点如雨后春笋般取而代之，其中有几家网站专门致力于提升加密系统的性能。最为瞩目的，还属佩里·梅茨格创立的密码邮件名单，许多原来的“赛博朋克”们也纷纷跟随至此。同时，它也吸引了一批翘首企足的网络新人，他们对如何避开政府监管及保护个人网络隐私的话题倾诉欲十足。2008 年初，密码邮件名单中一位颇具神秘色彩的成员中本聪（Satoshi Nakamoto），发布了一条震惊世人的消息。

前往 Calafou

与阿米尔的访谈结束一个多月后，我继续上路，沿着满是砂石的山丘下行，穿过水泥桥墩，走入一座巨大的 19 世纪风格的纺织厂建筑群。“Calafou：后资本主义时代生态工业部落”一行黑色和绿色相间的大字赫然印在外面的墙上。我来时已是下午了，有位蓄胡子的长发男子正在门口闲逛，我走近他想打听一下阿米尔在哪儿。“他在‘黑客空间’呢，”紧接着又说，“要不就是在睡觉。”话音一落，我便悠闲地走了进去。

Calafou 是一处探索合作社居住模式的实验社区，目前由住在这里的约 30 位永久居民具体运作并管理，同时也与合伙人“卡塔兰整合合作社”（Catalan Integral Cooperative，以下简称“CIC”）合作经营。CIC 的想法是挖掘资本主义体系之外的全新生活方式，一种可持续且符合道德伦理的公社生活模式，一切都立足于经济和政治自治的原则。

Calafou 的所有设施都很庞大。首先，社区的地基就有约 200 英亩，具体数字我不是很确定，因为这里的建筑物太多了，挤得满满当当；此外，还有约 30 栋公寓，每栋公寓有 4 个小房间；之前的工厂占地面积超过了 10000 平方米，其中包括一个共享的餐饮区，还有一座老旧废弃的教堂，为过去居住在这里的工人提供精神上的安慰。这个地方似乎是长久处于一种创造性破坏的状态中，到处堆满了摩托车零部件、半组装好的自行车、一排排石膏板、喝光的啤酒罐，旁边还有一个拖拉机轮胎、一摞堆砌的砖块，还有两台 3D 打印机。一直往这些建筑群的深处走，穿过一个宽敞的露天走廊，再沿着混凝土台阶往上走几层，最终，我找到了“黑客空间”的藏身之处。“黑客空间”的面积跟一个网球场差不多大，配备的都是老式计算机，周边摆着一箱箱的调制解调器、数据线、电缆以及电话（后来我得知这里的每台电脑都是回收来的或者是二手电脑）。远处的墙根排着一些破破烂烂的沙发，屋子中间的大桌子则摆了更多的电脑、食物和固定电话。墙上的喷绘图是 20 世纪 70 年代臭名远扬的电话黑客 Captain Crunch 和英国天才程序员艾伦·图灵的巨幅图像，让人无法质疑该组织的忠诚信念。

我去的时候有人正在编写代码，两个年轻人坐在角落；一个穿着卫衣、看上去年纪稍大些的男子坐在三台电脑前，边抽烟边写，十分专心；这一定是巴勃罗没错，阿米尔的首席合伙人。巴勃罗负责“暗黑钱包”的前端代码，也就是人们能在电脑前看到的那些。此时我走进来，没有人抬头，也无人关心来者何人。我向巴勃罗介绍了自己的身份，并询问他是否有空一起聊聊。他说现在没有时间，因为手头有一个程序问题亟待解决，也许一会儿可以。于是我坐在沙发上等着他。绝大部分程序员及网络黑客的工作模式就是如此。阿米尔在伦敦时曾告诉过我，编写前沿的代码是一项十分具有创造性的工作，一旦进入状态，就绝不能随意喊停。显然，巴勃罗此时正处于“状态”之中。后来有人告诉我，他有时会连续工作 48 小时，然后再睡一天恢复体力，之后巴勃罗透露那次是他使用“隐匿地址”（不会被追踪）首次完成第一笔成功的比特币交易。

最终，他停下敲代码的双手，熟练地点上一支烟，向沙发区的我走来。我们开始谈论起身处的这家工厂，巴勃罗是 Calafou 的全职居民，他告诉我在 CIC 的日子很舒适，居民目前正在协商买下整个工厂的楼房，每人只需支付 25000 欧元即可购买一套公寓。现在所有的住户都是租客，一个房间加上工作区域的租金，每月也只要 100 多欧元。厨房系统是公用的，分摊下来，每人的花销很少，在这可以自由发展自己的项目。巴勃罗说，“暗黑钱包”不过是 Calafou 众多项目中的一个分支。就在我来之前不久，这里还曾举办过 3D 打印的活动。隔壁的房间在进行一项科学实验，正在培育一串可储存能量的阿米巴变形虫，他们的长线计划是发明有机计算机。住在这里的其他居民们，有人在研究堆肥厕所，有人忙于制造太阳能板，有人在售卖窑炉，还有人在致力于搭建开放源代码的电子通信设施。目前所有的公寓都处于满房状态，再加上这里经常举办公共活动，更是有许多人慕名前来。

巴勃罗告诉我，Calafou 不仅仅是一个居住空间，也是一种哲学。Calafou 概念的诞生及创立得益于一位名叫昂里克·迪朗的人。“他真的很棒。”巴勃罗激动地说。事实的确如此。迪朗被称为“银行的罗宾汉”，2008 年末，他对外发放 20 万份免费报纸，阐述自己如何花费两年时间从 39 家银行“骗”走 50 万欧元。起初，为确保良好的信用等级，迪朗会按时归还借款，之后他越借越多，并不再向银行还贷，转而把钱用于扶持各种社会运动（其中包括 Calafou），以及报纸的出版事宜。2009 年，迪朗开始推广 CIC，因为 CIC 完美地实践了他所创办的第二份报纸中阐述的理念：没有资本主义的生活，我们可以做到！2009 年，迪朗遭到六家银行起诉并被逮捕，两个月后保释出狱。2011，他又被国家公诉人要求判处八年有期徒刑，不得已走上了亡命之徒的道路。

大约过了一个小时，阿米尔慵懒地走进一间屋子，同行的还有前来拜访的两个朋友，都来自反资本主义抗议活动“占领伦敦”。他并没注意到我，而且似乎也没有留意巴勃罗的存在。“阿米尔，”巴勃罗朝他喊道，“我已经从隐匿地址完成第一笔的比特币交易了！”阿米尔认真地盯着巴勃罗的屏幕看了一会儿，眼珠飞快地转动着，缓缓地点了点头，心情似乎异常平静，只留下一个字：“酷”。

阿米尔出生于伦敦，父亲是伊朗人，母亲是苏格兰人，成长于肯特郡附近的城镇。在学校时，他自学电脑编程，曾经因切断学校的监控摄像网络而陷入麻烦；阿米尔尤其擅长数学，因此升入大学后也继续学习，选修完又停修了三次。之后他成了一名“占屋者”，在这个过程中结识了巴勃罗，两人花费了五年时间研发出开放源代码的电脑游戏，而就在游戏上线前几天，这个项目竟然“夭折”了。“政治和人群是最大的绊脚石，”阿米尔说道，“突然间我发觉自己一没钱二没学历，白白浪费了这五年时间。”尽管阿米尔与巴勃罗相处良好，然而在大团队中工作的经历并没有教会他什么，他表示：“一生之中最糟糕的事，就是被别人牵着鼻子走。”

阿米尔花费大量的时间泡在网上，同时作为一名职业扑克选手赚钱糊口。在两年的时间里，他每天都参加数百场牌局，且有时多场同时进行。尽管没有挣到大钱，但填饱肚子是足够了。此外，阿米尔还在这里开始了政治启蒙之路。2011 年 4 月的“黑色星期五”，美国三家最大的线上扑克公司的创始人在一次刑事侦查中均被起诉，之后 FBI 便关闭了这些网站。（2012 年美国政府撤销了针对 PokerStars 及 Full Tilt Poker 的全部民事诉讼。）数以千计的扑克玩家（包括阿米尔的一些扑克网友）都在这一过程中散了点儿财。于是，阿米尔开始试着搭建自己的 P2P（点对点）扑克网站，来取代线上抽成的扑克公司。然而他找不到一家合适且安全性高的支付系统。就在 2011 年，他发现了比特币，便开始进行一切与比特币相关的计划，甚至创办并运营了英国第一家比特币交易所“Britcoin”，在这里，人们可以不用通过美元，直接用英镑就能换到比特币。在对比特币进行深入研究之后，阿米尔发现比特币并没有大家想象的那么安全和匿名。当然，比特币是一项伟大的发明，然而只需再增加一些附加功能，就能产生更具颠覆性的效果。“暗黑钱包”的构想便由此而来。于是，阿米尔拉上巴勃罗和另外一位小伙伴科迪·威尔逊，三人一同搬到了 Calafou。科迪是一位无政府主义编码者，史上第一支 3D 打印枪就是他发明的。三人还通过众筹网站 Indiegogo 一个月内募集到了 50000 美元的启动资金。

尽管阿米尔的专业技能和经验没得挑，但对于日渐壮大的比特币社群来说，他的理念和动机却把他推向了边缘的境地。“暗黑钱包”将枪口对准企图以资本主义模式掌控比特币及市场的团体组织。从它的简介上可以看到这样一段文字：“许多优秀的比特币开发者与执法机构联系密切，他们积极地奔走于政府机关，寻求立法部门的批准，我们认为这并不是站在玩家个人利益的立场上，而是为自诩‘比特币基金会’的富商企业谋取商业利益。”在2014年《新闻周刊》的一次采访中，比特币基金会的负责人加文·安德烈森提到，他将比特币视为一种“更完善、效率更高、不易受政府摆布的货币，而不是被无政府主义者用来推翻政权的黑市工具”。有些玩家担忧阿米尔的极端政治思想会把比特币变成“玩票”性质，在一个人气颇高的比特币论坛上，一个帖子这样评价：“他妈的这家伙才是最大受益者……我们社群该考虑考虑把他们踢出去了！”我向比特币基金会的首席工程师迈克·赫恩发去邮件，他表示，虽然自己并不在意通过管控银行来控制人民的政府权力是否有所削弱，但是他认为：“比特币基本上只是一种技术工具，如果事实证明，银行体系之外的货币并不能孕育出无政府主义制度，那么这些人（例如阿米尔）会很失望。”

阿米尔对这些言论根本不放在心上。在他眼里，比特币就是用来推翻政府的工具。他告诉我“基金会那些人试图控制比特币”，他和科迪都表示希望“暗黑钱包”能让人们更安全地购买毒品，任何与政府妥协的协商都违背了比特币的目标。他担心比特币附带的自由主义特质会被削弱。阿米尔承认，为使比特币作为一种支付系统能更有效安全地运作，比特币基金会引入了审查机制及大力度的中央管控机制；然而，他提到这种方式同时也会弱化开源技术的优势，即人与人之间直接交易的模式。

中本聪

虽然蒂姆·梅和其他赛博朋克没有研发出数字加密货币系统，但是却预见到它们能够带来的巨大效力。这个伟大的构想归功于一位叫戴维·肖姆的编码者。尽管他从未参加过任何会议，然而他对匿名支付系统的研究启发了包括梅在内的许多同行。加密货币系统的基本原理是，每一单位的货币代表一串独一无二的数字串，用户之间可以通过网络相互传送货币进行交易。但问题在于数字串极易复制，且无法避免多次交易的情况，这样一来货币就变得毫无价值。肖姆为这个问题提出了解决方案，他创建了一个集中分类账簿，记下每个人的交易记录，以此来验证每一单位的货币不会同时出现在两个地方。为此，他还在 1990 年创办了自己的公司“DigiCash”来实现这个构想。然而仅仅依靠一个中央系统来管控全网的交易账户，听起来有些不太靠谱，因此 DigiCash

并没有引起什么反响。

中本聪通过加密邮件名单提出了一种全新形态的数字加密货币，即创建分布式而非集中的验证系统来解决这个问题。他称这种货币为比特币。一位经验老道的赛博朋克哈尔·芬尼回忆道："起初，他的举动引发了很多争议。"见惯了业界浪潮来来去去的芬尼一开始也不以为意，后来他注意到中本聪的方案有其与众不同之处，其中提出了一个他从未见过的叫作"区块链"的概念。

这个概念是指，一定数量的比特币存储在某个比特币的地址，打开地址的密钥是一串独一无二的字母和数字组合，可以放在网站、桌面、移动电话甚至一张纸上。每当有人用比特币支付进行交易时，就会有一笔交易记录储存在区块链中。交易记录集中放置在区块中，每个区块可以存储 10 分钟长的交易内容，区块按时间顺序排列，后面的区块都带有前一个区块的数字签名，确保顺序不会弄乱，且新的区块只能链接在前一个区块的末端。区块链交易记录（即每次交易都会产生的记录）由安装比特币软件的用户共同维护。为确保系统正常运行，区块链经常需要每个使用软件的用户的电脑端进行验证。这样做的目的就是在任何时间节点，系统都会准确记录用户钱包中的比特币数目，因此这些货币无法二次复制，也无法重复消费。比特币的发明，首次使货币所有权的转让成了可能，无须复制，且全程不需经过任何中央掌控的账目系统审核，这真是天才之举。

就在中本聪和芬尼完成史上第一笔交易（同时也解决了一些技术问题）之后，中本聪将其变成一个开源项目，邀请各位同行加入，完善其程序代码。因此越来越多的用户加入到电邮名单中来，并开始相互传送比特币。其中很多人抱着看热闹的心态，期待着系统某天崩盘，然而这种情况从未发生过。

比特币如此受自由主义者的喜爱，究其原因，是它将货币供应的控制权从中央手中夺回。中本聪对全球银行体系极度不信任，而且他将自己创造的加密货币视为破坏这一体系的重要工具。他痛恨银行家和政府把控着货币供应的钥匙，却利用职位之便塞满自己腰包的不齿行径。他在《创世块》（genesis block，比特币区块链上的第一个区块，也就是中本聪与芬尼完成第一笔交易的区块）中写下格格不入的一行字："《泰晤士报》2009 年 1 月 3 日，财政部陷入银行寻求二次紧急援助的困境。"

为避免政府和中央银行的介入，中本聪为比特币的供应总数设定了上限：2100 万。尽管比特币能够使用现实世界的真实货币进行买卖，但比特币不会通过任何中央机构铸造发行。用户只能借助计算机的运算，每次在区块链验证交易后，赚取数量微薄的新的比特币（这个过程俗称"挖矿"）。随着越来越多的比特币产出（目前已"挖"出的比特币数量为 1300 万），要想开采余下的比特币，则需要更为强大的计算机运算能力。比特币的单位可以分割到小数点后八位，不可分割的最小单位是“中本聪”。据预测，最后一枚比特币将在2140年开采完毕，但这并不是终点，中本聪把比特币设计成一套P2P、加密的匿名系统。这就意味着很难将比特币交易与现实世界中的个人身份联系起来，因此缴纳税费及追踪用户会变得十分困难。虽然区块链会记录下每个人的交易明细，但并不会记录用户的真实身份。

比特币的这些特性，都在中本聪的计划之内。多数时间，他只在加密邮件名单的平台，探讨货币系统的技术难题，但是他对自己的理念十分明确。在中本聪的早期发言记录中，曾对芬尼说：“比特币对自由主义者的吸引力是很大的，只需简单说明一下即可。”在一个回复中，有人对他说：“密码学无法提供解决政治问题的答案。”中本聪这样回复：“没错，但是我们可以在军备竞赛中赢得重要胜利，还能在很长一段时间内占据新的自由领地。”

中本聪在名单的最后一次发言记录定格在2010年。之后，正如一名真正的赛博朋克一样，他突然消失在网络的大潮中。阿米尔的预见是对的，比特币的核心是一场政治运动。但同时，它也是一个开源项目，对众多像是比特币基金会的人来说，比特币的未来不过是一套支付机制；但对阿米尔来说，它的存在违背了赛博朋克的初心。于是，他萌生了创立“暗黑钱包”的想法。

暗黑钱包

阿米尔惬意地坐在“黑客空间”，跟我聊起了他的最新计划。总而言之服务一个目标：使比特币更加匿名化，更值得信赖。因此，“暗黑钱包”会增加很多新的特性，如果使用方法得当，将会对“体制”产生很大的冲击。其中一个核心创新点是“多方签名”（multi-signature），只有系统三方中的两方同时签字，比特币交易才能顺利验证；第二个是“去信任混合”（trustless mixing），这项特性使得比特币交易过程更加难以追踪。此功能建立在CoinJoin项目的基础之上，CoinJoin将同时进行的所有比特币交易打乱，混在一起，然后变更其原本的交易路径和终点。最终每位用户会收到正确的交易数目，然而关于发送方、收件方以及传送内容的信息，无人知晓。第三个创新点是“隐匿地址”。“暗黑钱包”会生成假的比特币地址作为接收方，这一举动，进一步增加了将钱包与现实中的个人身份相连接的操作难度。尽管这些功能特性并不能使比特币交易过程完全匿名化，但确实是一个重大的进步。阿米尔预计，将会有大批用户利用暗黑钱包提供的全新功能，来提高系统的安全性。

作为一名电脑程序员，阿米尔对每个细节的要求十分严格。然而当我与他谈起政治时，他总是怒气冲冲，无法清晰地阐述思路连贯的观点。每每他谈起比特币及比特币的前景，对话经常会急速走向一场论战：国家强行监控，政府腐败无能，企业贪婪黑心，以及社会压迫、环境破坏等话题。然后他提出，有一个简单而有力的方案，能解决所有问题：去中心化。他强调，技术是每个人手中的武器，“我做的一切都是为了反对强权，为了人类精神。”阿米尔意识到，他的角色是为他人打造作为武器的技术工具，确保个人自由不受侵犯。（阿米尔的确致力于分享技术，而不是利用他发明的技术谋取利益，这种精神实为难得。）

阿米尔与蒂姆·梅都坚信，数学才是拯救世界的救世主，而不是人为制定的法律：“比特币是一种建立在数学基础上的货币，而且是最纯粹的数学。它所形成的市场也是最真实的，点对点，过程中不存在贪污以及想要掌权的第三方。”从这个意义来看，他把“暗黑钱包”视为一种反抗工具，用来对抗这个世界中无能且又被过度赋权的政府：“一群匪徒操纵着虚伪的民主。”比特币体系将现实世界中随体制而生的“摩擦冲突”和“无能低效”一扫而光，之后阿米尔也提到，比特币的潜能远远超过货币本身。就广义上的概念来说，有不少比特币社群的用户跟他持有相同的观点。

在我看来，这些想法或许有些乌托邦：过度依赖数学及物理知识来解决社会问题，而对于解决问题的具体实施方案则欠缺考量。阿米尔却表示不同的看法：“我在社群里待了很久，观察现在很多人面临的难题，然后我会拣选手头可以利用的技术工具，思考解决方案。这个过程并不乌托邦，而且需要不断调和才能得出答案。”我接着问：“政府再不济，不是也履行了很多服务职能吗？公共医疗、基础教育，为底层人民提供帮助，这些你怎么看？”

阿米尔开始岔开话题，问道：“你想玩游戏吗？”然后开始加载一个名叫《镜之边缘》的网络游戏，游戏设定在一个未来社会的独裁国家，以近乎疯狂的监管及了无生气的过度消费主义维持统治，温驯的大众为求和平而放弃了自由，除了一批反叛分子。他们要依靠“送信人”通风报信，与地下反抗组织保持联系。作为“送信人”的玩家，游戏的任务就是各种飞檐走壁，走街串巷来躲避警察的追踪，顺利把信送到地下组织。阿米尔说：“我喜欢玩游戏，小孩就是通过游戏来了解政治的。”在玩游戏的时候，他整个脸都要贴到屏幕上了，头歪歪地一斜，每次他的角色躲来躲去时，他也要从椅子上蹦下来。对此他笑笑说：“这是训练。”就在他匍匐着迂回前行之时，接上了我们在游戏开始时聊到的话题：“实话说，人民会因此饱受折磨。虽然听起来很难过，但没办法，这就是生活。”

赛博朋克走向主流

比特币为阿米尔等赛博朋克提供了解决问题的出路，正如当年蒂姆·梅的想法一样，它可以实现在网络中人与人之间进行自由沟通和交易，不受任何监管和追踪。“货币只是第一步，”阿米尔对我说，“区块链真正的厉害之处在于，它可以帮助建立一个去中心化的网络，也就是不受监管的网络，这比比特币的意义更为重大，我们将改变整个互联网。”

“这是什么意思？”我问。

“这么说吧，此时此刻，掌握你的脸书账号数据的人并不是你，而是马克·扎克伯格的服务器，脸书管理员可以利用这些数据做任何事，因为他们是服务器的所有人，只有他们拥有你的数据。这并不是真正的自由，这是集权式的数据管理模式。而由区块链搭建的社交媒体平台则完全不同。你发布的消息只是公共区块链记录中的一部分，平台的任何用户都有自己的记录备份，任何网络行为都可以匿名进行，审查几乎是不可能的。更重要的是，没人能随意关闭平台，因为它的所有权并不属于任何人。”

目前已有许多人在做这样的尝试。其中有一家社交媒体平台叫作 Twister。米格尔·弗雷塔斯是其主要开发人员之一。起因是英国首相戴维·卡梅伦表示 2011 年伦敦暴乱事件之后，政府曾考虑让 Twitter 退出英国市场。借由这个契机，米格尔连续工作数月——无薪工作，就像齐默尔曼当年开发 PGP 一样——将区块链模型转换为社交媒体平台，于是 Twister 诞生了。他表示：“我尝试找过几家 P2P 的微型博客平台，但没有一家合适的，如果以脸书为首的社交平台掌控着所有话语权，仅凭网络本身是不能促进信息流通的。”

目前市场涌现了许多定位为大众市场而非小众人群的新一代社交平台，这些平台不仅为用户自由言论及个人隐私提供保障，而且界面十分友好，性价比也高，Twister 只不过是众多平台中的一家。Jitsi 是一款免费、安全、开放源码的语音、视频会议和即时通信应用，难以相信它的前身竟是斯特拉斯堡大学的一个学生作业。Jabber，另一款即时通信服务应用，采用业界标准 SSL（Secure Sockets Layer，安全套接层）加密，运营团队均为志愿者，并且内部所有信息已存放在一家实体的安全数据中心。菲尔·齐默尔曼目前正在参与一个叫作“黑暗邮件”（Darkmail）的项目，提供自动端对端的加密邮件服务。

现如今有成百上千位跟阿米尔和米格尔一样的人，正在研发各种精密技术来躲避审查制度，保障网络安全。这些人通常需要投入大量的私人时间，有时还需要借助群众的力量，发动众筹来支持他们的工作。斯马里·麦卡锡就是其中一位，他是个坦坦荡荡的电脑极客（geek）：不仅是电脑达人，同时也是极端组织冰岛海盗党的创始成员。他还曾在维基解密创立之初跟朱利安·阿桑奇一起共事过。严格说来，斯马里算不得典型的赛博朋克——他的想法与安·兰德的理念格格不入——然而他坚信，网络隐私是公民的基本权利，并且对国家的网络监管表示十分担忧。此外，他也认为加密是政治课题中不可或缺的重要组成部分。斯马里希望用户使用 PGP 加密所有的邮件，即便发送对象是亲近的家人和朋友。他解释道，这么做是为了向确实需要加密服务隐藏秘密的人提供足够的“掩蔽流量”。如果人人都用 PGP，那加密技术就失去了它存在的意义：群体中的差异便不复存在。斯马里曾查看过美国国家安全局的几项计划，以及美国政府的总体安全预算，据他估计，目前美国政府每天花费在监控全球每一位网络用户的成本是 13 美分，他希望能通过默认的加密服务（就像他发明的这种），让这笔费用提高至一万美元。斯马里并不希望政府解除对大众的监控——他承认监控有时是必要之举——而是要合理地控制监控力度和范围。随着监控成本的膨胀，他预估美国政府只能担负三万人左右的监控费用。“如果我们不信任政府会在必要且合理的范围内进行监控，其实也不能相信政府会这么做，那只能通过经济手段来发声了。”斯马里表示，加密系统十分冷门的原因在于，人们认为启动这些程序复杂又费时。相比之下，谷歌邮箱就很显得便捷、简易上手。于是，斯马里和其他两位同事在 2013 年 8 月通过 Indiegogo 网站众筹到 16 万美金，自行开发了简单好用的邮件加密系统 Mailpile。斯马里说：“Mailpile 的功能完备，使用方法也很简单。”说完便打开笔记本电脑给我预览了一下界面，看上去确实不错。

2013 年，爱德华·斯诺登披露的文件，揭露了美国国家安全局联合英国政府通信总部及其他机构，在进行其他机密行动之余，还通过海底光缆搜集周边情报，在私人公司服务器安装后门程序窃取数据，试图降低其加密标准。通常情况下这些行为都是越过法律进行的，更没有经过认真的公众讨论。出于对政府监控的恐慌，民众开始自发行动起来维护个人网络安全，斯马里等人开发的软件便在此时派上了用场。

赛博朋克的声音并没有淡出公众视线：越来越多的用户开始使用加密技术，对于 Mailpile、PGP、Jitsi 等提供加密技术的服务需求会不断增长。就在斯诺登事件后的一个月内，PGP 的日均活跃率翻了三倍。上世纪 90 年代中期，赛博朋克一直高呼要警惕“国家监管”的威胁，事实证明他们的预言又将成真。而时至今日，没想到因为一条推文，赛博朋克渐渐走向主流的视野中。

什么都比不上加密派对！

2012 年，澳大利亚国会通过了《网络犯罪法修正案》(Cybercrime Legislation Amendment Bill)，修正案赋予政府更多权力以“合法”的形式监控网络通信，此举招致了众多公民自由团体的反对呼声。

法案通过不久，有位推特网友跑到隐私维权人士阿舍·沃尔夫账号的时间线上留言："什么都比不上加密派对！"几分钟后，沃尔夫回复："我要在墨尔本办个大型派对！自带设备、啤酒和音乐，我们一起定个时间地点吧，还有谁想加入？"她事后回忆起当时的情景时，说："我发完那条推文就去喝了一杯茶，回来查看消息的时候，发现柏林、堪培拉、卡斯卡迪亚都已经订好日期了。第二天早上，又有六七个国家的网友表示他们也要举办派对。"

对阿米尔等人来说，使用科技已成为生存本能。然而大部分人都还不知道如何用匿名浏览器 Tor 上网、如何使用比特币支付以及如何用 PGP 发送加密消息。举办加密派对的目的，就是向听众普及如何使用加密技术，保护个人隐私。每场派对的参与人在 20 人左右，由志愿服务的网络专家为参与者讲解基本的网络安全知识，活动全程免费，地点通常会选择在某个人的家里，或是大学的教室，甚至会在酒吧举行。沃尔夫的推文引起了一场全球性的草根运动。自 2012 年起，据本人统计，在全世界范围内，至少举办过 350 场公开性的加密派对，且活动横跨各大洲，每场的参与人数在 5 至 500 人不等。坊间甚至还流传着一本免费的加密派对手册，来自世界各地维权人士在 24 小时内以众包（crowdsourced）的方式编纂完成，时至今日，手册上的内容还在不断更新。

就在斯诺登事件过去不久，一部分隐私维权人士在伦敦大学金史密斯学院举办了一场盛大的加密派对。我有幸与 200 人共同参与其中，全都是来学习如何在匿名状态下使用网络的。派对的讲座课程每期为一个小时内，我们学到了如何使用浏览器 Tor 匿名浏览网络；如何支付比特币，如何使用 PGP。派对参加者都是些很有意思的人，比如一些上了年纪的女性十分热衷于通过 PGP 相互发送信息。很快我们便开始互传信件，只需轻轻一点：

Jklr90ifjkdfndsxmcnvjcxkjvoisdfuewlkffdsshSklr9jkfmdsgk，nm3inj219fnnokmf9n0ifjkdfndsxmcnvjcxkjvoisdfuewlkfJflgmfklr90ifjkdfndsxmcnvjcxkjvoisdfuewlkf，nm3inj219fnnokmf972nfksjhf83kdbgfhydid89qhdkfksdfhs8g93kkkafndhfgusdug892kmgsndu19jgwdnngskgds8t48senglsdpss9sy31bajsakf7qianfkalhs19jaslfauwq8qoafall2kjhagfasjf993hamfalsfuqiejfkallnjksd732j1ls0dskj

这些乱码瞬间变成：

你好！

在派对上还遇到了一些人，其中有一名记者，十分忧心来自海外危险地带的消息源；还有一些学生，因找到了情绪发泄口而雀跃不已。一位来自德国的女性告诉我，自己曾经历过前东德国家安全局的年代，而且她确信，我们正浑浑噩噩地进入奥威尔式的反乌托邦。“你相信警察吗？”她盯着我问。我回答她大部分时候吧。“你不该信他们！”她突然激动起来。我问她有没有听说过蒂姆·梅以及赛博朋克，她摇摇头。事实上，也没有多少人听过。但那又如何？长期的调查显示，每位公民都对隐私权十分重视，十个英国人里有九个表示他们期望对自己的网络个人信息拥有更多控制权。社会需要在个人自由与国家公权之间谋求一个动态的平衡，大多数人都会同意这样一种观点，即便是在民主国家，监控有时是十分必要的，但是监控权必须有所限制，且不可滥用、误用。因此我们制定法律，来规范政府的权力范围。然而现代科技的发展日新月异，强大的运算技术层出不穷，有越来越多的人在公共平台上分享自己的生活，这一切让大众（不仅是赛博朋克族群）意识到，自己的隐私权正在遭受侵犯。

负面影响

菲尔·齐默尔曼以及斯马里等人致力于加密技术的研究和开发，他们坚信自己的努力可以使公民自由权得以保障，免受国家监控，尤其是在专制政权的压迫下。毋庸置疑的是，加密技术确实可以做到这一点。但实际情况却并不这么理想化，因为使用类似工具的人不仅仅是自由斗士及民主革命者们；恐怖分子、极端分子、有组织的犯罪团伙以及儿童色情传播者，这些从不使用主流媒体通道的群体，反而是新技术的第一批核心用户，当然他们有理由保持隐蔽秘密行动。儿童色情产业的制作者和传播者（观众反而不是）都是加密技术的专家。如果没有比特币，线上毒品市场“丝路”可能永远不会出现。

戴维·奥曼德，政府通信总部的前负责人，目前的身份是伦敦国王学院的客座教授，虽然已离开前东家，但是戴维与英国情报机构联系仍然十分密切。他表示：“为了保障公众安全，情报机构监视可疑的对象是十分必要的。网络为躲避监控提供了更多样化的技术选择，一般情况下确实是这样，恐怖分子和犯罪团伙会运用他们可接触到的最新技术，且实时跟进通信安全的最新进展，整个过程像是一场军备竞赛。”尽管未经证实，有传言说9·11事件的恐怖分子就是使用PGP技术进行通信的。“这个我不太了解，”奥曼德回答，但他确信，恐怖分子对斯诺登事件很感兴趣。“可以确定他们很关注事情的动态发展，俄罗斯政府和中国政府也是如此。”

我问他是否担心加密派对卷土重来，或者Tor、Mailpile以及暗黑钱包的广泛应用是不是会让使用者的安全系数降低。“我对此确实担忧，但你无法阻止情报机器的运作。”奥曼德认为情报机构总会找到解决方案（或者说不得不找到解决方案），这样做可能导致的后果是，一种比斯诺登所揭露的监控方式更具侵犯性的监管工具将横空出世。他提到冷战期间，因为苏联的加密技术太过强大，英国政府通信总部多次攻击无果后，便转换思路继而雇佣更多苏联情报员，来解决技术难题。如果政府将个人列为安全调查的重点打击对象，却因匿名浏览查不到任何网络记录时，放心，他们会用尽各种原始的方法将你制服（比如在你床头装上窃听器）。奥曼德估计，将来会有更多情报人员采取侵入式策略，“这将进一步挑战人们的道德底线。”

对赛博朋克来说，将加密技术送到犯罪分子手里，是意料之外的事情。但考虑到这种技术为人们带来的自由，付出点代价还是值得的。齐默尔曼在多种场合被问及，9·11恐怖分子可能使用了他设计的加密软件，对此他有什么看法。“PGP作为一种工具，是为保障全人类的自由权益而诞生的，跟这比起来，恐怖分子的事根本不算什么……总的来说，强加密系统对民主社会的贡献利大于弊。”不论是齐默尔曼还是蒂姆·梅，都没有义务担负保障大众信息安全的责任，他们也没有借此之便查看顶级机密的安全文件。奥曼德才是真正看过文件的人，但是他并没有以此责备齐默尔曼：“这不是一个他能拎得清的道德问题，当然他发明 PGP 是没错的，如果没有这项技术，我们不会感受到网络带来的这些好处。然而只有当权的民主政府才能判定，新技术是否会给公众带来威胁；且如果需要采取措施把风险降低在可控范围之内，政府又该如何行动。”

进入峡谷

在早些时候，加密技术只是自由主义者的一个梦想——是足以燎原的星星之火。赛博朋克是一群典型的安·兰德式的自由主义分子，对个人自由十分敏感。如今，隐私权及网络匿名的议题已跨越政坛，成为所有人关心的话题。梅消极地说：“政治层面来说，赛博朋克无处不在。”大部分的赛博朋克一直都在寻觅躲避政府侦查的有效方式，他们对自由市场并不买账，也不像蒂姆·梅一样信奉安·兰德的理念。斯马里是个很有想法的无政府主义者，一方面，他跟梅的想法一致，支持废除政府，然而同时他也相信，在没有巨大利益诱惑的前提下，人们会倾向于联合起来、建立一个更加繁荣的社会，而不是选择隐世。此外，与梅不同的是，斯马里等人十分关心社会贫富问题、少数族群权益及其他改革议题。不过他们的共同之处，就是对政府及中央权力极其不信任，尤其是国家安全机关。加密技术对于他们，是依托于数学之上，来平衡民主与大众的有效方式。昂里克·迪朗，自称反资本主义，他对比特币的看法与蒂姆·梅如出一辙，他通过邮件向我表示："（比特币）它是一枚关键棋子，有助于实现整体合作的最终目的。"一个没有国家和政府的世界。加密货币可以让我们"摆脱对欧元的依赖，削弱政府对人们的控制"。

虽然各方持有极为不同的世界观，但他们始终坚信，维护匿名制及隐私权对于建立一个健康、高效、自由的社会有着举足轻重的意义。对赛博朋克而言，不论是无政府主义者还是自由主义者，匿名制关心的是，大众是否有权可以自由转换多重身份。而加密技术在支持这项权利的同时，也拓展了个人自由的范围。从长期来看，这有利于人们追求更富有生产力且独立的生活状态，也为人们提供了不同生活方式的选择余地。阿米尔认为："这是为人类自由拓展新的空间，通过匿名制人们可以做更多有价值的事情，建立起人与人之间的信任网，比起以法庭、官僚机构和警察为基础的网络要好得多。"阿米尔的想法很多，他计划下一年研制出可批量生产的工业机器，用于建造永续农业及废物处理系统，"我们要打造自己的工业经济"。他相信在未来可以建造一个成本为1000欧元的房子，以五倍的价格卖出，然后将卖房子的钱再用来投资在其他地方，成立一个类似Calafou的社区。他说："如果我们被迫参与这场愚蠢的经济游戏，我们能做的，就是狠狠地击败他们，恢复这个世界本来的样子。”目前在埃格姆附近的一片森林中，已有一家这样的社区，距离伦敦约 40 分钟车程。阿米尔将这个 40 户人家的社区形容为“自治联邦”。

如果人人都使用比特币，政府的税收功能便会大大削弱，这样一来，用于医疗教育及社保的各项财政支出便会受影响。这些都是民主社会中大众的基本需求。社会的运作机制并不像计算机代码一样，出了错，修修补补即可；它们也不会遵循既定的数学规则运行。假设匿名制的交流方式成为常态，那这个模式不可避免地将会被犯罪分子所利用。一些高呼数字匿名制的进步团体和个人只看到了这件事积极的一面，然而他们没有意识到的是，这些做法也将现行的政治议程推向源于加利福尼亚州的政治主张：强硬派的激进自由主义。

蒂姆·梅对于背后的势力不以为意，他认为这场争端终会结束，事情已成定局：除了早已面世的 PGP 以及匿名浏览器，现在匿名货币也粉墨登场。“放心，兄弟，”他兴奋地说，“这些就足够把‘老大哥’赶跑了！”梅预计在接下来的十年中，人人熟知的政府将会分崩离析，取而代之的将会是一个数字“峡谷”，他称之为“网络之地”。在那里没有政府的统治，公民可以自由地成立利益共同体，一对一直接交流。梅对短期内引发社会底层的骚动不抱幻想，尽管从长期来看它会产生积极作用。1994 年他曾写下：

"加密无政府主义的未来掌握在抓住机遇的人手中，在握有资本的人手中。"现在的他仍然没有丢掉激进的本质："我们将见证乌合之众的毁灭。"他半开玩笑地说道，"地球上大约有四五百万人的命运是悲惨的，加密技术只能保护这个世界 1% 的人的安全。"他认为，短期内人们的生活会很煎熬。只有丢掉辅助双腿的拐杖——条例、法律、社会福利——人类才能发挥潜能并获得成长。

我怀着对阿米尔等人的崇敬之情离开了 Calafou，但对他们终将走向何方仍持保留态度。阿米尔跟梅在很多方面的看法都不相同，他相信 Calafou 这类的社区会给每个人提供生活方式的更多选择，不仅仅是前沿的 5%，甚至 1% 的人才可以享受到这种待遇，这也是它会成为笑到最后的终极选择的原因。然而，他跟梅都认为，加密技术会实现这一愿景，却没有仔细考虑过该如何实施，且会产生怎样的后果。一道无情的绝对性数学公式将会创造出一个 Calafou 型的世界：小型部落，自给自足，自治管理，由众人拥有及管控。

在 Calafou，有一个叫作"民众集会"的制度，住在这里的居民会聚在一起商讨项目，共同解决问题、分摊责任义务等。这有点像古希腊时的集会模式：小社群内部的每个人都可以参与到集体决策的过程中来。"黑客空间的人都不参与这个，"阿米尔说，"我们不相信这种花里胡哨的东西，我们只想要个人自由，如果你有想法，抓紧去做就是了！”就在我要离开 Calafou，穿过水泥桥墩到外面的世界时，阿米尔对我说：“这世界有很多人遇事只会自怨自艾，我们是真正做出行动、解决问题的人。身为赛博朋克，就是要写代码。”说完他便走进了他一手创建的“峡谷”。

第四章

三次点击

Tor 的隐匿服务网站很难进入浏览器。虽然这种服务和普通网站在很多方面类似，但是它很少连接别的网站。而且 URL 地址与我们较为熟悉的 .com 和 .co.uk. 形式不同，只是一串毫无意义的数字和字母：h67ugho8yhgff941.onion。更糟的是，Tor 的隐藏服务网站更是随意变动地址。为了帮助访问者，一些“索引”页面会列出当前地址。2013 年时，名为“隐匿维基”（Hidden Wiki）的索引页面最为有名。隐匿维基看上去和维基百科一模一样，其中列出了十多个在这一古怪的平行网络中最受欢迎的网站，如：维基解密缓存，无审查博客，黑客聊天论坛，《纽约客》杂志的匿名信箱。

2013 年末，我曾浏览过隐匿维基，想搜寻一个臭名昭著的暗黑网络市场，名为“丝路”。下拉页面时，突然发现了一个儿童色情图片网站的链接。我便不再继续下拉。它没什么特别之处，只是一个普通的链接，通往一个由一串数字和字母组成的网站，和其他所列网站一样。我呆坐了好一会儿，不知道该做什么。关掉电脑？还是截图？最后我联系了警察。

网络从根本上改变了儿童色情图片的生产、共享以及浏览方式。依据联合国定义，儿童色情图片（一些专家更愿称其为虐童图像）指儿童以任何形式从事真实的或者模仿性行为的图片，或者以性为主要目的展示儿童性器官的图片。而英国法律规定，依据图片，可分为五个等级的猥亵罪。

有一次，我打开了 Tor 浏览器，点了两次鼠标，进入了这一链接的宣传页面。如果我再点一次，就会犯很严重的罪。我真想象不出还有其他什么事，可以让犯罪变得如此轻而易举。

如今，分享文件和信息都变得前所未有地简单、快速和便宜。总的来说，这是件好事。但也不尽如此。如果儿童色情图片真的如此简单易得，这意味着什么？是谁在制造并浏览呢？在一个匿名的年代，这些行为可能被制止吗？

追溯历史

让人惊奇的是，禁止儿童色情图片的传播是从最近才开始的。20 世纪 60、70 年代的性解放运动中，儿童色情图片在一些国家，尤其是在斯堪的纳维亚地区和美国中部地区进行公开售卖，这一空白期如今被称为“疯狂十年”。20 世纪 80 年代晚期，许多政府开始颁布严厉的法律条文，杜绝这种风气，儿童色情图片一时很难在市面上找到。北美地区销量最大的儿童色情图片杂志发行量约有八百份，分布在一些店铺，进而流通到某些专业藏家组成的小型关系网之中。在英国，竟有许多恋童癖跑到海外进行走私。然而在美国，执法机关认为该问题多多少少得到了一些控制。1982 年，美国国会会计总署（the US General Accounting Office）的报道中称：“由于商业儿童色情图片产业的衰落，负责执行儿童色情图片流通相关法令的首要联邦机关——美国海关和美国邮政——不再将儿童色情产业作为重要对象进行管理。”1990 年，据英国防治虐待儿童协会（NSPCC）估算，大概有 7000 张已知的儿童色情图片进入流通渠道。这些图片获取方式较难，因此真正获得图片的人数也微乎其微。想要获取图片需要付出努力和决心，而只有动机最足的人才能够得到它。即便是在“疯狂十年”期间，你不会，也不能偶然地得到它们。

互联网的到来改变了一切。20 世纪 90 年代初，儿童色情图片制作者就已利用网络，查找并分享非法资料。1993 年，“长臂行动”（Operation Long Arm）瞄准了两个 BBS，两者皆为数百个非法图像提供了付费通道。Usenet 群组，例如“幼童色情图片”（alt.binaries.pictures.erotica.pre-teen）和“校园少女色情图片”（alt.binaries.pictures.erotica.schoolgirls），都曾是 20 世纪 90 年代后期分享过儿童色情图片的热门网站。1996 年，虐童组织“兰花俱乐部”（Orchid Club）的成员犯下虐待罪，且利用数码相机，直接接通到美国、芬兰、澳大利亚和英国等国家分布的计算机，实况“转播”犯罪现场的情况。两年后，警方发现了一个由数百名来自三十多个国家的成员构成的组织——仙境俱乐部（Wonderland Club），他们通过强大的加密软件在网上进行秘密交易。有意向加入的人必须得到现有成员的推荐，同时还需收藏至少一万张不同的儿童色情图片方可加入。警方在该组织总共发现了 75 万张图像和 1800 段视频。2001 年，又有 7 名英国人因在互联网中的不法行为而获罪。

随着互联网的普及，全新的制图据点开始涌现。21 世纪初，臭名昭著的乌克兰网站洛丽塔之城（Lolita City）在网上散布了约 50 万张色情图像。2004 年该网站关闭，其两任负责人都曾被拘留，但之后也都被释放。

2007 年 10 月，“虐童图片数据库”（Child Abuse Image Database）是由国际刑警组织搜集的图片集合，已累计搜集到 50 万张不同的儿童色情图片。截至 2010 年，由儿童性剥削和网络保护中心（CEOP）专家组织建立的英国警方数据库，储存了超过 85 万张图片（之后他们仅仅从一名罪犯的藏品中，便发现了高达 200 万张图片）。2011 年，由美国执法机关交给国家失踪及性剥削儿童中心（National Center for Missing and Exploited Children）的儿童色情图像和视频就有 220 万份。

距英国防治虐待儿童协会的调查统计已过了 25 年，现如今的网络存在着大量儿童色情图片，它们极易获取并广为流传。2006 到 2009 年，据美国司法部统计，约有 2000 万不同的电脑 IP 地址曾使用“点对点”文档共享软件分享过儿童色情图片。儿童性剥削和网络保护中心表示，在英国约有 5 万人曾浏览并分享过儿童色情图片。

事实上，使用隐匿维基的人不止我。2014 年 3 月曾有一名黑客入侵隐匿维基，且控制该网长达 3 天，据他表示曾有 10 万人访问过此索引，且十分之一的人都访问过我曾看到的链接。此外，2013 年 7 月 29 日至 8 月 27 日，Tor 的隐藏服务网页浏览量达 1300 万次，其中 60 万的浏览数据都来自儿童色情图片的网页，它也是仅次于索引页面之外最受欢迎的网页。

儿童色情产业的规模之大，就算并不存在所谓的“典型”儿童色情图片消费者，也不足为奇。尽管有大致趋势，例如几乎所有受众都是男性，而且通常都有良好的教育背景，不过其中也包含其他各种各样的人。一位学者曾记录下了九种不同类型的儿童性侵害罪犯，其中包括搜寻图像的“拖网捕鱼者”，沉浸于秘密建造大型藏品库的“安全藏家”，以及自己制作图像并传播的“生产者”等。很多罪犯在互联网出现之前，便开始寻找和收集非法图像：互联网不过是当下最方便的途径。然而现在出现了一种新型罪犯，且仅仅是在互联网时期才会出现：浏览人。

浏览人

“我真的不知道为什么会这样，真的不知道。其实我一点儿都不了解我自己。”迈克尔*看上去十分迷惑，他正向我解释，为什么自己因电脑藏有 3000 张儿童色情照而被判有罪。尽管大部分资料被归类为“一级”——罪行最轻的一类，也就是说这些照片只展示色情姿势但没有性行为——他的收集范围还有更为严重和猥亵的第二、三和四级，照片中大多数是年龄介于 6 岁至 16 岁的女孩子。

迈克尔五十多岁，穿着时髦，仪容干净。他自信地走进房间，并友好地同我握手。直到最近，他还在伯明翰郊外的一家中型企业忙碌工作。此时的迈克尔不仅已婚，女儿也已成人，是个热衷于社交的足球迷。“我只是个再平凡不过的异性恋者，”他告诉我，

* 此为化名。

“我从来——从来没有对小姑娘有一点儿好奇！我压根儿就没有这种想法。”二十多岁的时候，他无意间开始看色情图片，三十多岁时则会偶尔看看。“直到四十多岁，我才开始习惯性地在网上看片儿，都是为了发泄性欲。”他认为是好朋友的去世和无趣的性生活才使得他这样做，但是他的习惯并无特别之处，只是偏好十几岁的少女。“我只是被青春吸引了，年轻的面孔和年轻的身体。我只是觉得十几岁的女孩比和我差不多年纪的女人更有吸引力。”

关于性欲，一个令人不安的事实是，法律规定和社会偏好并不重叠。在英国，虽然法定年龄是 16 岁，但是自 2003 年《性犯罪法》通过之后，色情图片中不得出现小于 18 岁的人士，否则便属于非法。然而，以少女为对象的色情制品却持续性地有大量市场需求。“合法青少年”的相关内容一直是成人行业中竞争最为激烈且最受欢迎的小众市场。互联网成人电影数据库显示，在线商业成人电影储存中心中，最常出现在电影标题的词是“青少年”。2013 年美国学者奥吉·奥加斯和沙伊·加德姆分析了 2009 年到 2011 年间热门搜索引擎中将近 5000 万个与性相关的关键词，其中六分之一与年龄有关，最流行的词则是“青少年”，其次是“年轻的”。奥加斯和加德姆同时也收集了包含特定年龄条件限制的情况。按照热门度排名，男性在搜索时最常搜索的年龄分别是 13 岁、16 岁和 14 岁。

与泛泛的“合法青少年”内容齐驱并行的，则是广阔灰色的色情图片地带，专家们称之为“伪儿童色情”（尽管这些网站通常称之为“未成年”或“未满法定年龄”的情色图片）。图片里的青少年们正处于或是看起来处于奥加斯和加德姆所指出的年龄阶段。这一灰色地带的存在，并非由于法律规定模糊宽泛，而是因为要想判定青少年的年龄实在太困难了，特别是有些人试着让自己看上去更年轻，而另外一部分人，则想让自己看上去更老。英国互联网观察基金会与警方和互联网服务提供商合作，致力于共同铲除网络儿童色情产品。该组织成立于 1996 年，在此不久前，伦敦警察厅曾命令英国互联网服务提供商关闭约 100 个疑似分享儿童色情图片的 Usenet 群组。这些供应商提议基金会应该成为行业自律的标杆。基金会每天都会收到几十人的报案，举报线上某些疑似非法的内容。而分析师收到举报后，会仔细研究网址内容，确定网站是否包含可能违法的图片或视频。他们会依据犯罪严重性的级别不同将这些内容分为五类。如果判断为非法，分析师会提示警方，并联系互联网服务提供商或网站管理员，要求他们迅速将资料移除。如果网站在英国本土运行，基金会则会在一小时内移除非法内容。而大多数情况下，如果该网站在海外运行，基金会则会尽力与当地的互联网服务提供商或警方合作，删除非法内容。另外，基金会也保存了一张相关链接的黑名单，协助互联网服务提供商，确保非法内容不会再次出现。但是当基金会依据经验判定，照片或视频的主人公为 14 岁及以下时，这些案件就必须转交给其他机构处理。没有人确切知道基金会里有多少关于未成年少女的材料，但据基金会的全球运营总监弗雷德·兰福德说，在过去十年间，他们收到的群众举报数量越来越多。

兰福德声称，只需通过网站链接及弹出窗口，从合法的网络领域进入非法的色情图片世界就会变得异常简单。点击合法网站上的一条链接，比如许多名称中含有“管（Tube）”的视频网站，就会进入一个隐蔽的青少年色情网页；这一页面里又会链接“未成年”页面的选项；之后可能还会有另一个链接……这样一来，未成年色情网站就成了门户，这不仅仅是比喻义，实际上也是如此。根据慈善机构露西·费思富尔基金会的调查，90% 的网络性罪犯表示他们并未刻意搜索过儿童色情图片，而是在浏览成人色情网站时，通过弹出窗口或相关链接找到的这些色情照。

然而查证这些人的账号非常困难，罪犯们似乎都想摆脱自己的罪行。但是迈克尔声称，这一切都和自己的经历大致相仿。久而久之，他会定期访问青少年色情网站。每当他点进一个新链接，尤其是免费网站的时候，接着其他的一些网站色情广告就会自动跳出，这就是“弹出式”或者“弹跳式”网站和广告。这些弹出的网站让迈克尔产生了无限迷恋和幻想，已被它深深地吸引住了，全部是十五六岁的未成年少女。于是，他禁不住开始点击进入。

迈克尔坦言道，他在未成年分类的色情图片上花费越来越多的时间，而对主流的成人色情网站花费的时间却越来越少。他从来没有用过 Tor 或者加密软件，只是在表层网站进行搜索和浏览。但是他会逐渐开始保存那些他找到的图片或者网站链接。虽然自慰过后会有些愧疚，然而他从来没有删过那些已保存的内容。她们并不是孩子，只是未满十八岁而已，他如此说道。接着他努力解释后来发生的事："我没法确切地告诉你这一切是从什么时候开始的。但就是在某个时间点，确实，我跨越了法律的界限。"一开始迈克尔只是浏览青少年色情图片视频，渐渐地，这种趋势蔓延到了儿童色情图片。"这种转变是一点点累积的，"他接着说道，"我真的不记得是从什么时候开始看儿童色情的东西，但是我得说，我确实看了。"

一些学术研究曾深入探讨过青少年色情与儿童色情内容之间的联系。伦敦大学学院吉尔丹多安全与犯罪科学研究所所长理查德·沃特利教授称，很多男性都曾触及未成年这一类别的色情产品。有些人浏览过一两次就停了；有些人如果一时心血来潮，也会多多少少接触这些内容；而对于一些像迈克尔这样的人，这些内容则会引起他们的性冲动和性需求。另一项学术研究则发现，相较于其他人而言，经常接触未成年色情的成年人，认为"年轻"

和“性行为”这两个概念之间有很强的联系。奥加斯和加德姆回顾收集到的与性相关的搜索关键词数据时，惊奇地发现很多人都会搜索禁忌主题，如乱伦和兽交。他们推测，禁忌之举也会唤起人类的性欲，不过这更多是心理上的刺激，而非生理层面。迈克尔告诉我，每当他看到一条禁忌内容时，便会接着想找下一条。“有时候看到一张图或网页，我会立刻关掉，也觉得这些东西太恶心了，但是还是忍不住会回想。”他说。

有一次，大概是他开始接触未成年色情内容的第三年，他点击了一个弹出广告窗口，进入一个网站，里面有两个文件，他都下载并保存了。其中一个是一段视频，内容是一名成人男性正在与一名八岁儿童性交。“当时我觉得这太可怕了，再也不想看了。不过最后我还是没有删掉，以防万一吧。”

迈克尔自认品德高尚，多次声明他从未伤害过任何人，特别是儿童。“这些看上去一点儿都不真实，”他向我说道，“现在我承认我做了错误的判断，但在视频和图片里，他们看上去并不像是受害者。我在脑海里一直为自己的行为找理由开脱，甚至有段时间，我会告诉自己我的所作所为并不犯法。”

恋童癖和认知扭曲

埃琳娜·马尔泰洛佐是一位学者，与儿童性剥削和网络保护中心合作十分密切。她向我解释道，像迈克尔这样的犯罪者往往声称，数字世界有别于真实世界，甚至还会编造不同寻常的理由，来说服自己其网络行为是在可接受范围之内的。约翰·舒勒著名的网络去抑制效应理论中，一个重要的层面就是“分离效应”，即屏幕会使得个人将真实的自我从线上行为中分离出来，用来构建一个或多个虚拟身份和另一种“真实世界”，在这里，社会约束、责任和规范均不适用：网络世界好像是异于现实的领域，显得与众不同。

这种分离想象在一些线上恋童癖社群中表现得尤为突出。在这些“仅合法内容可见”的论坛里，虽然用户不会张贴或分享任何非法材料，但他们会聚在一起公开谈论自己的性欲所向。这类论坛遍布世界各地，既有开放式的也有封闭式的，通常会吸引数千名会员及游客造访。这些用户并不会对自己的欲望感到羞耻，也不认为自己的性取向有何诡异之处。在这类论坛中，恋童癖并未受人诟病，因为用户们会为其正名，宣称大众对它的误解，掩盖了其本身作为一种自然现象的本质。我曾浏览过一个网站，里面的网友组建了“男童喜爱者互助组”，成员们在组内公开探讨男童身上的吸引力在哪儿，还使用了一系列特定的术语：成人之友（AF，adult friend），妙龄芳华（AOA，age of attraction），男孩时刻（BM，boy moment——成年人与男孩在日常生活中相处的经验）。论坛规则上写道："发帖人都有一种吸引男孩子的神奇魔力。"

埃琳娜·马尔泰洛佐认为，这些仪式的行为让不论是喜欢男童还是女童的恋童癖者创造了一个特定于论坛内的"现实世界"。其中一些论坛还建立了复杂而奇特的等级制度，按照严格的规则在社群内建立信任，并促使社群进步。马尔泰洛佐研究了一个名为"隐秘王国"（Hidden Kingdom）* 的论坛，该论坛基于中世纪的称号，构筑了一个金字塔般的层级体系：国王指代整个网站域名的所有者；而王国骑士团和皇家骑士对论坛起到规范作用，并有权禁止用户发布非法资料；一般市民想要提升等级，必须一天在该网站上至少发布五十条信息。此类"仅合法内容可见"的论坛在很多方面与其他论坛并无大异：等级制度，内行人才懂的笑话，一触即发的爆款内容，以及各种投诉和抱怨的声音。在另一家同类的论坛里，我看到有人因对老用户的引战行为不满而发牢骚；也有人因用户们未对儿童色情网站上传的视频提供任何反馈，而对他们进行了投诉；还有一些人在探讨法律机构和儿童保护机构是如何迫害他们对儿童那自然而又正常的感情。

在这些组织中最为人熟知的，就是北美男性之爱协会（North American Man/Boy Love Association），该协会于 1978 年成立于美

---

* 此论坛已被关闭，目前伦敦警察厅已接手开始调查。

国，早在互联网诞生之前就开始运作了，其宗旨是“终结对‘两情相悦’的男人（男孩）的极端压迫”，事实上，这一主张除了让内部成员自我意淫一下，并无其他作用。协会成员们认为，自己正如当年不被世人理解的同性恋者一样，遭受着大众的误解和打压。在上世纪 80、90 年代，他们也曾公开举行示威活动，为自己的诉求正名。其中令人印象最深的是，该协会自认为其反抗是一项“历史性的斗争”，并声称支持“赋权各领域的年轻人”，抵抗他们所谓“猖獗的年龄歧视”现象。

虚拟虐待与真实虐待

“虚拟虐待”行为与现实世界中的真实虐童行为，两者之间的相关性尚不清楚。尽管收藏儿童色情图片的严重性不言自明，但学术界对于浏览儿童色情内容与实际虐童之间的因果关系，尚未得出定论。对于一些男性而言，观看儿童色情内容可能会引起他们的兴趣，从而试图与小孩子亲密接触；而对于另外一些人来说，他们对儿童的兴趣只停留在性幻想的层面，绝不会采取任何实际行动。许多像迈克尔这样的互联网性犯罪者表示，他们在“现实生活”中绝不会犯下此类罪行，甚至还会列举出各种伦理及道德层面的原因。况且对其他人而言，浏览此类色情内容甚至还可以作为一种发泄渠道，以防他们在现实世界里实施虐童行为。

虽然与二十年前相比，如今有越来越多的人因为收藏儿童色情图片而遭到起诉，但在现实世界中记录在案的身体性虐童案件却并未增加。实际上，在美国，国家儿童保护机构累计统计的数据显示，自1992年以来，案件数下降了62%；而在英国，自20世纪90年代中期以来，案件数量一直保持稳定（尽管情绪虐待案件数有所增加）。美国学者达纳·博伊德认为，每一项新技术的产生都会使得社会对青年人的安全感倍感焦虑，但这往往只是情绪因素的作用。尽管人们对网络犯罪者十分恐惧，然而绝大部分受害者的施虐对象都是熟人，例如父亲、继父、其他亲戚或者家庭友人等。

互联网的出现确实改变了某一类性犯罪者的作案方式。根据警方记录，发现案件中涉及网络互动这一环节的比例大大上升，诱拐犯经常利用社交网站寻找易下手的青少年，对此警方十分忧虑。儿童性剥削和网络保护中心前主任彼得·戴维斯曾提到："互联网对诱拐行为有放大及加倍的效果，并在某些案例中，'诱拐'行为已形成出人意料的产业化规模。"与此同时，利用社交媒体的虐童行为模式也正在改变。儿童性剥削和网络保护中心与伯明翰大学联合发布的一份研究表明，在儿童网络性虐待的案件中，以身体接触为目的的动机正在减少：网络诱拐犯与儿童在线下会面的比例下降，单纯网络虐待行为的比例有所增加。在一次伦敦警察厅的突击行动中，有 1300 人曾浏览访问过警方伪造的社交网络档案，其中有 450 名成年男性主动上门交流，当中又有 80 人与这个警方伪造的社交用户加为好友，并以私聊的方式联系频繁，最终有 23 人涉嫌性虐待行为。

要想知道网络对诱拐行为产生了怎样的影响，廷克·帕尔默是最具说服力的人选。她是慈善机构——玛丽·柯林斯基金会的创始总监，该基金会一直致力于帮助遭受性虐待的受害者们。廷克早在网络诞生之前，就开始接触这个领域了。目前大众所认知的诱拐模式叫作“芬克霍模式”（Finkelhor Model），即由性虐待而引起的诱拐行为分为四个阶段：首先，动机阶段，也就是施虐者萌生出行动的欲望。第二阶段施虐者需要克服内心的自我压抑，即可能会面临的情感和道德谴责。动机一旦合理化，施虐者还需克服外在的阻碍：家人、邻居、同伴、紧锁的大门。第四阶段也就是最后阶段需要做的，就是让受害者放弃抵抗。

“我刚入行时，”廷克说道，“诱拐行为还是一个相对比较缓慢和谨慎的过程。一个诱拐犯想要接近年幼的孩子们，通常会先与他们的家人成为朋友，或者成为小孩社交圈子的一部分。他们会尝试慢慢地与孩子建立一种融洽的关系，并巧妙地将这种关系转化为性关系，在此之前他们绝不妥协。”廷克并不认为互联网改变了这一模式，虐童过程仍旧是一个循环，然而电脑屏幕带来的分离效应加速了整个循环过程，并减少了外部阻碍，即之前难以接触到儿童的那些实质障碍。尽管如此，廷克解释道，诱拐犯仍需同孩子之间建立良好融洽的关系，就如同他们在线下的做法一样。但不同的是，现在可以依靠新技术，他们会花几个小时监控目标对象的社交网络档案，以此来了解他们，然后利用这些信息，如：喜欢的电影、去过的地方、最近更新的状态，来试图建立信任。廷克说，他们会学习短信以及网络语言、行为，以及所有网络热词的缩写，紧接着她还列出了几十种目前在青少年中盛行的流行语表达："你爸妈现在在背后偷听吗？"（do you have pos atm ？）"我们聊点下流的东西吧！"（tdtm）等等。我问道："网络让诱拐犯更容易得手吗？""当然！"廷克说，"这么做不仅十分方便，全程匿名，还能扫清其他障碍。诱拐犯根本不用离开家门，就能对孩子实施性虐待行为。"

许多网络诱拐犯都非常谨慎，在确定自己的聊天对象是个真正的小孩之前，很少或几乎不会透露自己的个人信息。然而，分离效应也使得一些诱拐犯对自身所言更加大意，也因此会更快地进入廷克所说的"性阶段"。也就是说在这个关键时刻，他们会向潜在的受害者提起性方面的话题，而通常这个时候双方已经是会通过 MSN 或直接互发消息私信聊天的关系了。在仔细研究了 23 起伦敦警察厅调查的网络诱拐案件之后，马尔泰洛佐惊奇地发现，许多罪犯毫不掩饰自己的主张动机，甚至有人还会贴出自己的裸照，另一个人则在公开的社交媒体的简介上公然写道："我为人正派得体，温柔体贴，但也会有变态的一面，喜欢父女恋，乱伦。"廷克也注意到，作为受害者的青少年们也改变了他们的行为模式。如果说，传统的网络诱拐是一个建立信任、培养感情的缓慢过程，那么现在，则是有越来越多以受害者开启性阶段为主导而发生的案件。显然，从任何层面上，这都不能是为成年人行径开脱的借口，但廷克认为这种现象反映出年轻人越来越适应网络中的社交规则，认为网络世界对自己的行为期待就是如此。她同我讲述了最近一起案件：一名 14 岁的女孩初次接触到一名 20 多岁的诱拐犯时便告诉他，她已做好准备和他发生性关系。廷克认为年轻女孩愿意引诱年长的男性，是为找个乐子或者在网上排解一下无聊情绪（她称之为"钓恋童癖"）。但其实，这一切并不像年轻人想得那样安全。

遏制浪潮 / 中流砥柱

英国互联网观察基金会分析师的日常生活并不轻松。分析师共有 12 人，男女都有，既有前消防员，也有刚毕业的学生，工作地点位于剑桥外的一个毫无特色的商业园区。我在二月初一个寒冷的早上来到这里，门上只贴着一张小小的 A4 纸，上面写着"互联网观察基金会”，隐隐暗示着基金会内部的情况。办公室的装潢十分现代：一个宽敞、明亮的开放式空间。一台收音机在后台嗡嗡作响，工作人员在兴高采烈地谈论着。四人走进一个与壁球场大小的独立空间。房间里，一株白掌花放置在远处的墙壁前，旁边摆放着一幅班克西的油画。唯独有一点与其他 21 世纪风格办公室相异，这些房间的桌子缺少一张全家福。

十年前，就在弗雷德·兰福德上班的第一天，他体会到了基金会所有新员工所必须遭受的痛苦折磨：依照猥亵色情等级，依次查看等级一到等级五的图像和视频。这是此项工作最后的考验，也是衡量新人能否胜任此工作的唯一途径。测试通常在周五举行，他们可以利用周末考虑是否加入基金会。弗雷德回想当时的情形，在看完第一级的内容后，他心想：“哦，也没那么糟嘛！”当他看完了全部内容之后，就彻底改变了想法。“我骑自行车回家的时候，第五级的图片一直在我脑海中回旋出现，根本摆脱不掉。”他告诉同事自己完全不能胜任这份工作。然而到了周日晚上，像大多数新员工一样，他改变了主意。“我决定了，要帮助他们，尽我所能阻止这一切发生。”

2013 年，英国互联网观察基金会的分析师记录下了约 7000 个链接，其中都有凌辱和强奸的场景，主角通常是十岁以下的儿童。很难想象每个人该如何在这种环境中保持理智。这也是为什么全体员工，甚至是媒体总监每年都要经过彻底严格的心理检查，并鼓励他们在需要的时候休假，早点儿下班，且每月都进行一次心理咨询。然而即便是经验丰富的分析师，这样的工作仍然很煎熬。这里的每个人都可能地将私人生活和工作分离开来，因此他们的桌子上也不会摆放一家人的全家福。弗雷德说："我们每个人都有自己特有的应对机制。"

互联网观察基金会的工作人员有时肯定会觉得自己像克努特一世大帝一样，大费周折地阻止网络中可复制共享的色情内容浪潮。基金会成立于1996年，成立之初的目标原本是打击100个非法新闻群组。然而截止到2006年，这个数字已经超过了10000个。2013年，工作目标更是上升到了13000个。互联网观察基金会和警方也经常面临新的挑战。就在2013年，基金会接收到关于同一网站的几十条投诉，但是每次核实网址时，只能看到主流的成人色情内容。基金会的技术研究人员经过谨慎的取证工作后发现，如果浏览人通过某些特定网站，且以一定顺序进入此网站，则会触发程序，网站会发送给浏览人同一网页的隐藏版本。这一系列操作被称为"伪装cookie"网站。

尽管困难重重，他们的成果依然十分可观。2006年，互联网观察基金会登记了3077个儿童色情网站。在2013年，这个数字降到了1660个。基金会在打击英国境内的儿童色情网站方面成绩非常突出。1996年，英国境内设立的非法色情网站约占全部的18%；而现在只剩下不到1%。兰福德认为，虽然这一结果十分利好，但基金会能做的还有更多。现在的情况已不同于上世纪80年代，仅仅打击国内的网站源是不够的，如今人们可以在A国制作色情图像，放在B国的服务器或网站上运作，供世界各地其他国家的人们浏览及下载。这种国际司法管辖权令人十分愤慨，尤其是当儿童色情内容储存于海外国家，而当地执法机构或互联网服务提供商却不甚关心。兰福德提到了一个设在德国的“报复色情”网站，他估计至少有一半的视频和图片主人公都是未满18岁的少女，而且大多数都是英国女孩。连续数周，他一直试图让德国的网络服务提供商采取行动，但却无济于事。

互联网观察基金会的大多数调查资料都来源于表层网站，也就是那些可以通过谷歌浏览器等一般浏览器访问的网站，这些内容通常存放在警察调查力度不大的国家，可能是因为警方能力有限或资源不足。通常情况是，用户会通过一个链接进入“网络封锁空间”，这是一个被黑客入侵的网站，但该网站的经营者对于此处储存色情文件的事情并不知情。基金会收到的转介案件中，约有四分之一的网站是营利性的商业网站，用户必须用信用卡付费才能进入，并通过发送垃圾邮件的方式达到营销目的。

互联网观察基金会的调查范畴并不包含Tor隐匿服务的网站

链接。首先，因为他们很少接收到这类网站链接的案件；其次，即使他们采取行动进行调查，收效也微乎其微。Tor 隐匿服务的主机可以是世界任意角落随机的一台电脑，且它采用的是极为复杂的流量加密系统，很难查清其准确位置，以及具体是谁有权将非法内容撤销。也正因如此，互联网观察基金会的工作才会如此艰难。Tor 隐匿服务网站就像一个中心枢纽，既产出新内容，同时又回收旧的资料，供一大批观众浏览和保存，以及再次分享（通常使用点对点文档共享技术）。存储在这些网站的内容通过 Tor 浏览器及加密文件的形式进行匿名上传，其他用户可以共享及下载，这些内容由此得以分散式地传播。每当隐匿服务被迫撤销时——虽然很难但绝非不可能——社群会进行自我清理，重组之后再重新开张。

2011 年，据说至少有 40 个 Tor 隐匿服务网站持有儿童色情内容，其中规模最大的网站藏有超过 100GB 的图片和视频。黑客组织“匿名者”尽管在大多数情况下高举网络言论自由的大旗，但同时，对儿童色情内容的反对立场也十分明确。因此同年，他们在一次名为“暗网行动”的计划中，成功定位了部分儿童色情网站（包括“洛丽塔之城”）服务器的所在地点，并将其下架。然而短短几天之内，大部分被关闭的网站又通过其他服务器再度营业，且浏览人数也有所增加。2012 年 6 月到次年 6 月间，一个性剥削组织不仅虐待儿童，还通过 Tor 隐藏服务对 27000 名网站访问者分享相关图片，该组织持有 2000 个色情视频，受害者高达 250 人。截至 2013 年 6 月，“洛丽塔之城”的会员已增加到 1.5 万名，网站数据库的非法图片超过 100 万张，非法视频数千个。

接下来采取措施的一方则是联邦调查局。2013 年 8 月，他们逮捕了二十七岁的爱尔兰人埃里克·约恩·马克斯*，并进入了漫长的调查期。联邦调查局指控这名爱尔兰籍男子涉嫌经营托管网站 Freedom Hosting，为 Tor 隐匿服务器中多数的非法网站提供服务器空间，包括犯罪黑客网站 HackBB、洗钱网站以及数百个儿童色情网站。该托管网站下架之后，大部分主要的儿童色情网站也随之消失。

逮捕事件过后，Tor 隐匿服务器上的儿童色情论坛中掀起了各种各样的流言蜚语和讨论。他们尝试着合力研究新的网址地点和访问模式，还讨论网站的下载次数、内容质量以及最为重要的安全指数问题。马克斯被捕后不久，这些网站的副本或“仿版”开始出现，并通过新的服务器再次开始运营。渐渐地，随着用户们建立起新的服务器，并重新上传自己的收藏内容后，正常运作的网站链接再次出现在了隐秘维基上面。然而接下来，几位独自行

---

* 马克斯对所有指证都持否认态度。

动的“正义人士”坐不住了：2014年3月，一位名为“Intangir”的黑客连同另一位推特名为Queefy的同伴，设法控制了隐秘维基，关闭了该网站通道及上面所有的儿童色情网站的链接。不过当读者读到本书的时候，隐秘维基极有可能已东山再起。

落网

尽管任务艰巨，每年执法机构还是会逮捕数百名嫌疑人。2013年，他们的目标之一就是迈克尔。据迈克尔描述，警察出现在他面前亮出逮捕令的瞬间，他正在家陪伴妻女。

这类逮捕经历对大多数人来说确实非常沉重。1999年，因为涉嫌线上售卖儿童色情制品，联邦调查局查封了Landslide Inc.的数据库。之后发现数据库中约有7000多名英国人的信用卡详细信息和IP地址，资料随即转交到了英国警察手上，随后约有4000人遭到逮捕。这起案件中有140名儿童获救，也导致了39名被捕者自杀。虽然没有数据佐证，但是廷克认为，网络性犯罪被捕后的自杀率要高于现实世界中的性罪犯，因为网络犯罪者一直处于苏勒提到的分离幻想中，正如迈克尔所说：“只有警察敲门的那一刻，我才意识到事情的严重性。”

显然，迈克尔想通过责备机制来转移自己的一部分罪责。“我简直不敢相信，网上竟然会有那么多这种东西！”当我问及他如何才能阻止人们接触到儿童色情内容时，他告诉我说："到底为什么我会这么容易就找到它们呢？"沃特利教授指出，那些对儿童感兴趣的所谓"恋童癖"，其实并不像人们想得那样罕见。人类的性冲动是极富变化的，且多多少少都会受到社会规范的约束。如果不是对这类图片有一定的需求，人们也不会井喷式地量产图片并分享。这也解释了为什么网络使得儿童色情内容的数量及访问者人数呈爆炸式增长：获取门槛低，所以潜在需求更容易得到满足。可以说，在某些情况下，这些需求是被创造出来的。

然而这一切都不能成为迈克尔开脱罪行的借口。即便只是点击了三下，并不能使得非法罪行合理化。迈克尔再三向我重申自己并非有意去搜索那些内容。显然，他认为这样的说辞能够推卸责任。但是在网络世界里，要辩解"主动搜索"和"无意中发现并保存"之间的差别是没有什么意义的。迈克尔点了三下，又接着继续点下去，这就不单单是电脑本身的过失了，而是迈克尔的错误。假设他的搜索门槛稍微高一些，未成年色情图片并不容易获得的话，也许他就不会在无意中被自己隐约模糊的恋童癖好所害。如果没有网络的存在，我觉得迈克尔就不会成为一名被起诉的罪犯了。

逮捕之后

消除网络儿童色情内容的任务十分艰巨。迈克尔不过是诸多性犯罪者类型的一种，且其罪行并不算太严重。除他之外，还有更多行径更为恶劣的性犯罪者。不管采取什么措施，他们仍然会不懈地搜寻并分享色情图片，警方也会一直追捕他们。如今的罪犯变得越来越聪明了，政府机关也在不断升级应对方案。互联网观察基金会等组织和警方的主要任务，就是尽可能地减少色情内容的供给，以此来限制网络中流通的内容数量，并让像迈克尔这样的浏览人意识到他们随时都有被逮捕的可能。互联网上涌动的非法内容浪潮也许不会停止，但是任何阻止中流的砥柱都可能也确实发挥着作用。

但是，减少色情内容的供给正变得愈发困难。除了 Tor 隐匿服务器以外，互联网观察基金会也面临着当今流行文化的挑战。2010 年，琳达·帕帕佐普洛斯博士为英国内政部针对青少年的“性化”（sexualisation）情况进行了一番调查，结果显示，许多年轻人的性态度和性行为模式并不健康。现如今，各类型的色情内容对年轻人来说触手可及，而且他们当中有不少人在小时候就已经接触过了。此外，关于儿童色情内容一个极为尴尬的情况就是：由受害者自制上传的色情内容数量不断攀升。分离效应在他们身上也起了作用。据估计，在英美两国中，约有15%至40%的青少年曾自拍过色情照片或视频，或者曾发送过性暗示明显的色情短信。虽然数据的差异很大，但近年来该数字将有大幅增长的趋势。根据英国防治虐待儿童协会的统计，发送性暗示短信已成为青少年间不言自明的“规范”。当然，年轻人探索性欲这无可厚非，但是，当内容发布在网上的那一瞬间，便很难控制观看者是谁，以及他们会利用这些资料做些什么。在网络上有这样的一类性犯罪者，他们会对这些信息资料进行地毯式搜索，找到之后保存下来然后分享给其他人。根据互联网观察基金会的统计显示，他们收集到的资料中约有三分之一的内容都是自制的，其色情程度涵盖等级一到五的全部范围。数字档案几乎是零成本地进行自我复制并传播。

关掉隐秘维基之后，我进入脸书这个更为安全和熟悉的环境中。突然间，一个名为“2013年最火辣的少女”的窗口弹出来，上面写着：少女们，在这里上传你最性感的照片吧！在脸书中获赞最多的选手就是冠军！”我再一看，报名人数已达两万。

第五章

在路上

互联网改变了商务交易的模式。它将世界各地的买家和卖家联系在了一起，开创了一个全新的交易市场，购物流程变得更加简单、方便、快捷。目前全球大约有50%的消费者在网上购物，这个份额以每年1%的速度增加。“立即购买”“一键付款”“隔天送达”，以这样的模式搭建起了数以亿计的电商消费市场；然而，在一路飚红的交易量背后，也悄然滋生了另一个市场，在这个市场中任何物品——不论合法非法——都可开架销售。

2014年，来自世界43个国家的8万名吸毒者参与了一项调查，调查显示，越来越多的人会利用网络来购买毒品。在英国，约有20%的吸毒者称，他们的货源来自网络交易，而且大部分人都是去同一个地方采购。我从不碰非法毒品，也从未在任何途径购买过，直到今天早上，一个看似平平无奇的白色信封送到我家门口，里面装着少量的高纯度大麻。仅靠鼠标轻轻点击几下，我就完成了过去的三年中全世界约有 15 万人都做过的事情：在网站“丝路”购买毒品。

早在 eBay 和亚马逊问世之前的 1972 年，斯坦福大学和麻省理工学院的学生们就完成了第一笔线上交易。借助人工智能实验室的阿帕网账户，斯坦福的学生向同辈售出了分量很少的大麻。就是这小小的一步，却引领了极为瞩目的发展潮流。上世纪 90 年代间，成群的毒贩会时不时地出现在线上毒品讨论版面中，向毒品行家们贩售品质优良的麻醉药物。这种特殊的买卖方式至今还有，大多在一些处方药的论坛里可以见到。在 21 世纪初，首家大规模的网络毒品市场出现在表层网络：农民市场（The Farmer's Market）只支持通过电子邮件提供买卖服务，当时贩售的货品主要是致幻剂一类的药物。FBI 的公诉书中记载，2007 年 1 月至 2009 年 10 月间，农民市场已完成近 5000 份订单，交易额达百万美元，客户范围涉及全球 25 个国家。而就在 2010 年，农民市场已成为一个 Tor 的隐匿服务应用。

现如今，还在运营的 Tor 隐匿服务网站有将近 4 万家。借助极为复杂的流量加密系统，Tor 为这类未经审查的隐蔽市场提供了绝佳的生存之处。尽管许多隐匿服务是合法的，但纵观全网，约

15% 的网站都与非法毒品有关。

2010 年 11 月 27 日，一位叫 altoid 的用户在表层网络迷幻蘑菇论坛“Shroomery”中写下这么一段话：

> 我发现了一个叫“丝路”的网站，是 Tor 的一个隐匿服务，可以匿名买卖任何东西，我在考虑买点什么，但还是想问一问这里有没有人曾听说过它，或者给点建议。

两天后，altoid 出现在加密货币论坛 bitcointalk.org 上，发出了同样的疑问：“有人听说过网站‘丝路’吗？它有点像是匿名版的‘亚马逊’，我觉得他们好像不卖海洛因，但会卖点其他的东西。”他在最后放了一个博客链接，详细介绍了这个网站：已上架的产品有致幻剂、迷幻蘑菇和摇头丸，用户需要以买家身份登录，或者选择“成为卖家”。一语引起轩然大波，于是在 2011 年春天，有一部分人注册成为卖家，同时也吸引了一小批顾客完成购买。同年 5 月，“丝路”的产品种类增至 300 多种，几乎全部都是非法毒品。而网站成立以来最大的一波购买潮出现在 2011 年 6 月，知名网络杂志 Gawker 报道了这家新兴的匿名百货市场，此后反响十分热烈，数千名顾客如潮水般涌入。

新用户入驻以后，发现这里完美地替代了“农民市场”这类组织松散且十分业余的购买模式，也不像论坛散户买卖那样具备高风险性。就像altoid说的，“丝路”的界面及流程设计非常专业。页面左边是架上产品的分类，点进去后分别是每一类产品的展示图片。此外，卖家信息也展示得非常全面，每个卖家都附有一小段个人介绍及联系方式。“消费者投诉”的页面位置十分醒目，“购物车”的标识也非常显眼，还会显示账户余额。而在这无可挑剔的页面背后，则是极为精密的安全系统。“丝路”只能通过匿名浏览器Tor进入，且只支持比特币购买，访问者最好选择用昵称注册登录。买卖双方的交易过程都由PGP进行加密，阅后即焚。2011年6月，网站专门成立了一个安全论坛，为网站用户提供更高效便捷的交流平台。

除了界面友好以外，网站的运营管理也十分讲究。2011年10月，altoid再度回到bitcointalk.com，然而他不再是当时那个好奇的潜在客户，而是以网站核心用户的身份“招贤纳士”，为这家迅速成长的网站寻找一名靠谱的IT程序员来维护网站。在当时，一支3到5人的管理团队就可以保证网站顺利运营，处理买卖双方纠纷，解决争端，替网站签署执法部门的相关文件等等。这些管理员需要每周向总监——用户名为Dread Pirate Roberts（DPR）的人——上交周报，双方通过Tor的聊天功能以及内部邮件系统进行沟通，周报内容需要涵盖已完成事项、待解决事项、请求批准的项目以及个人离职等信息。“丝路”的收益全部来自网站交易额，管理员每周能够拿到1000到2000美元不等的薪水。

尽管期间遭遇了黑客入侵、卖家被捕以及手续费比率问题的争执（2012年1月，网站宣布调整交易手续费，是矛盾最为尖锐的一次），“丝路”仍屹立不倒，保持着平稳发展的状态。据FBI的数据显示，截至2013年7月，网站交易额突破12亿美元，已有4000名匿名卖家通过“丝路”平台将货品销往世界各地，匿名消费人数高达15万名。据传，DPR仅凭手续费一项，每日可进账2万美元。

“丝路”是有史以来最为精密的网络毒品市场。而在背后支撑这项计划的动机，并不只有经济利益。用户首次点击进入“丝路”首页时，一则来自DPR致访问者的消息便会弹出：

> 我想要花几分钟告诉你什么是“丝路”，以及如何使用网站才能使利用价值最大化。

从名字开始吧，原本的“丝路”，是一个连接欧、亚、非三大洲的贸易线路，在维系各大洲的经济和文化联系中起了不可忽视的作用，同时在贸易公约下促进了各地区的和平与繁荣。因此，我希望新一代的“丝路”能继续做到这一点，为交易双方提供一个安全的交流平台，达到互利共赢。

DPR，即 Dread Pirate Roberts 的名字来源于 1973 年出版的小说《公主新娘》，在这本书里，海盗并不是指某个人，而是向继承人依次传递姓名与名号的一群人的代称。选择这个名字是有原因的，即“丝路”本质上是一场运动，DPR 在 2012 年 6 月曾写下：“我们不是一群该被税务和政府监控握在掌心的禽兽，人类精神的未来该是无拘无束、狂放不羁的！”

一个横跨所有 Tor 隐匿服务论坛的活跃生态系统，正围绕着“丝路”渐渐发芽，影响范围甚至延伸至 4chan 和 Reddit 等表层网络，这里聚集了一批同道中人：自由主义者、比特币狂热者和毒贩，他们每个人都有各自的理由，都想为建立不受管制的网络市场出一份力。这个群体长期监控“丝路”市场，检查安全漏洞，以及相互交流最新发现。我联系上了其中一位管理员，他曾在“丝路”运营过后来被迫下架的热门 Reddit 小组，他告诉我：“这里的人一致认为政府不该剥夺人们对毒品的处置权，对他们而言，‘市场’像是一处港湾，买家也好，卖家也好，都应该享有这种自由，以现实生活中不可能实现的方式表达自我。”

2013 年，形势大变。虽然网站管理员及“丝路”社群已足够小心谨慎，然而依然没有排查出在此卧底的 FBI 探员，该探员自 2011 年 11 月就在“丝路”购买过毒品，还跟踪过 DPR 以及其他卖家和网站管理员。2013 年 10 月 1 日，他们在旧金山图书馆以毒品流通、奸杀、黑客入侵、洗钱等多重罪名逮捕了 29 岁的罗斯·乌布利希（在本书写作时乌布利希仍拒不承认以上指控）。FBI 认为，眼前的乌布利希就是 DPR。

乌布利希拥有本科学历，自称是自由主义者，逮捕之前一直以化名约书亚·特瑞的身份居住在图书馆附近的合租公寓中。他跟室友谎称自己刚从澳洲回国，从事货币交易的工作。FBI 声称，从乌布利希的电脑中缴获 14 万 4000 枚比特币（价值 1 亿 5000 万美金）。此后，他们又在英国、瑞典、爱尔兰、澳大利亚及荷兰等地逮捕了众多“丝路”高层员工及卖家。

乌布利希被捕不久，“丝路”的页面对访问者发布了一条新通知：“这家隐匿网站已被 FBI 掌控。”消息迅速传开。4chan 网站 /b/ 板块的一位匿名用户写道：“竟然有这种事，我靠我靠我靠我靠！”随后附上了闭站的数分钟前 FBI 通知查封该站的截图。另一人回复：“你们知道这是什么意思吗？现在不仅是恋童癖没有比萨（儿童色情图片的隐晦说法），或者我们没有毒品的问题了，我们失去了每一处能避风的港湾。”尽管“丝路”论坛在网站之外的其他服务器中得以正常运作，但整个论坛上下已人心惶惶。

难道一切都将终结吗？并不。乌布利希被捕的7天后，“丝路”的另外一名管理员，自2013年2月起工作至今的利伯塔斯出现在论坛，写下了以下内容：

> 女士们先生们，很高兴告诉大家，我们有了新家……让法律条规去见鬼吧！我们就是要宣告世界，才不会让残暴的政府践踏我们的自由！

“丝路”升级为二代版本后王者归来——一个全新且安全系数更高的网站。利伯塔斯计划在一个月内将网站上线运营。为了营造夸张的效果，临时的“丝路2.0”登录主页上还放着造假的FBI查封通知的图片。利伯塔斯和其他管理者加班加点，采用一代网站的源代码重新建站，并在网站里复原了许多老卖家的链接网址。虽然有许多用户不满闭站之后，账户内的比特币也不翼而飞，但大部分人还是希望网站能够尽快恢复运营。利伯塔斯的同事伊尼戈“抱怨”每天都会收到来自卖家的邮件轰炸，希望网站重新开张，为此他还在论坛公开致歉：“我们正在尽最大努力，以最快的速度让网站恢复原样。”

一个月后，他们准备好了。正如DPR所代表的含义一样，全新的Dread Pirate Roberts（在写作本书时，DPR的身份仍是个谜）

接过了前者的传递棒，再次出现在了“丝路 2.0”。2013 年 11 月 6 日早上，DPR 发表推文：“你永远无法扼杀‘#silkroad’的精神。”紧接着，他来到论坛，发布了这样的消息：“重获新生的‘丝路’，等你们回家，欢迎来到自由之地……”“丝路”再次上线运营。

然而，尽管利伯塔斯和伊尼戈做出了最大的努力，但如今的“丝路”大势已去。在过去，它并不是暗网唯一的毒品市场，仅仅是份额最大的一家。许多网站对此早已垂涎欲滴，自 2012 年来便有诸多竞争对手浮出水面，包括“重装黑市”（Black Market Reloaded）以及“俄罗斯匿名市场”（the Russian Anonymous Market Place）等。2013 年 10 月，“行业老大”的突然消失在业内引发了长达六个月的不安与骚动。在此期间，新的市场网站在开张、黑客入侵、强迫闭站、重新开张的轮回中不断徘徊。甚至有许多市场是专门骗取买家比特币的钓鱼网站。在 FBI 查封网站之后，大批“丝路”用户转而投向了“绵羊市场”（Sheep Market）的怀抱，但活跃了没多久，“绵羊市场”就莫名其妙消失了——要么被黑客入侵，要么被迫下架，关门大吉的同时也带走了所有用户的比特币。2014 年 2 月的第一周，呼声很高的乌托邦市场正式成立，但不到两周就被荷兰警方下令撤除。习惯了稳定可靠的“丝路”买家和卖家们，在寻找值得信赖的下家时可谓吃尽了苦头。

一种偏执和怀疑的情绪笼罩着全网。这一仗看似是政府的胜利，但好景不长，直到2014年4月，各个市场渐渐安顿下来，值得信赖且可靠性高的三大巨头网站出现，且慢慢发展壮大，其结果就是，人们在网络中贩卖更多的毒品。与此同时，市场秩序也建立起来。2014年的1月至4月间，仅“丝路2.0”的成交量就超过了10万单，一扫之前的阴霾。

自从“暗网市场”诞生以来，可以想象，互联网上下充斥着各种争议骚动及恐慌情绪。《悉尼先驱晨报》曾在2011年发文痛批“网络毒品市场的泛滥，政府已无力阻止”；2012年，《每日邮报》也称“丝路”为“网络世界中最黑暗的角落”。美国国会参议员查尔斯·舒默曾于2011年要求立案调查“丝路”，并称该网站的做法是“有史以来最卑鄙无耻的网络毒品贩卖方式”。然而，网络毒品市场的存在并非什么新鲜事，比起这个，网站本身的运作机制更令人震惊。在暗网市场的环境里做生意，需要承担高风险。买家与卖家的交易都是匿名进行的，且双方从未在现实中见过面，也不存在中间人对交易过程进行监管，假设卖方或者网站想要私吞货款，也没有机构或个人能够担保买家的权益。暗网市场的所有交易都是非法进行的，还需时时面临执法机关强行下架的风险。然而，尽管不利因素众多，暗网市场的生意依然红火，这究竟是怎么做到的？

在路上

使用一般的浏览器，是绝对无法进入暗网市场的。正如其他Tor隐匿服务一样，只有匿名浏览器Tor才能打开这些网站。2014年推出的一款非加密浏览器Tor2Web，用户可以凭此进入隐匿服务应用，然而因为浏览器本身无法隐藏用户的IP地址，使用人数少得可怜。因此，感兴趣的买家用户转而选择从隐匿维基中的链接入口，或者通过暗网的其他搜索门户网站跳转进入这里。

我点开一个热门检索网站，首先观察到的是，暗黑市场的数量之多以及上架毒品种类的繁杂。目前，暗网中还在运营的市场网站至少有35家，让人眼花缭乱难以选择。大多数人每天都在面临这样的选择困难。

《网络的影响》的作者纳萨莉·纳海是研究网络说服力（online persuasion）的专家，她提到大众会因为“信任线索”（trust cues）对网络做出下意识的判断。一般来说，如果网站设计优良，比如内涵丰富的logo标志及对称的排版，功能简单且使用方便，人们就会倾向于信赖这家网站。因为这意味着，屏幕之后的设计者为打造网站花费了许多精力。纳海进一步提到，对用户来说这也是一项可靠的测量指标，以便决定是否可以信任并使用这家网站。许多大型电子商务公司在网站的设计和优化上愿意投入数百万美元的经费，暗黑市场也不例外，每一家都采用醒目的 logo，以及独特的品牌理念。2013 年 11 月，“丝路 2.0”重新上线时，沿用了一代丝路众人所知的绿色 logo——骑在骆驼上的阿拉伯商人；The Agora Market 的 logo 是一个戴着面具、挥着一把枪的强盗；The Outlaw Market 网站的头图则是一名牛仔的形象。在栏目设计层面，所有的网站无一例外，都有这样的基础配置：个人档案页，账户，以及产品列表。根据纳海的理论，这些符合消费者心理预期的信息栏目都属于“信任线索”的范畴。

暗黑市场跟其他市场没什么不同，吸引顾客上门是网站的头等大事。2013 年 4 月，“丝路”的竞争对手亚特兰蒂斯（Atlantis），制定了十分强势的营销策略，要跟“丝路”抢客源。对此，网站管理员这样解释道：“你得让顾客心甘情愿地从原市场迁出，为此我们尝试了各种办法：高安全系数，收费低（卖家入驻费及手续费），网速快，保护消费者权益以及用户反馈机制等。”每家网站都有自己的独特卖点：“海盗市场”（The Pirate Market）的网站上附有一个剪刀石头布的赌博小游戏，以及反馈按钮：“点击这里告诉我们你对网站的意见。”

暗黑市场的生存之道，仅凭醒目的 logo 和欢迎邮件是远远不够的。“绵羊市场”极富设计感的页面也没能抵挡闭站的命运，还带走了买卖双方价值近4000万美元的比特币；2014年2月，“丝路2.0”遭到黑客入侵，损失的比特币数量价值约270万美元。为了找到真正可靠的网站市场，我决定到暗黑市场论坛寻找答案。如果你害怕碰到钓鱼网站或者担心被不良卖家忽悠，论坛绝对是你学习深造的不二选择。在表层网络有很多研究暗黑市场的Reddit帖子、用户的个人博客以及专业论坛，用户可以在此分享经验，及探讨各类网站的安全性能。

不过“丝路2.0”仍是大众的热门选择。我看到很多帖子都在赞赏网站管理员对2014年2月的黑客事件作出的极为敏捷的反应：网站新上任的管理员立即承诺将向损失惨重的卖家提供补偿，且在事情解决之前绝不收取交易手续费。截至2014年4月，管理员宣布网站已还清一半的比特币损失。此外，“丝路2.0”旗下不仅入驻的卖家数量最多，商品种类也最为齐全，高达13000种，排名第二位的市场The Agora Market仅有7400种。正面营销，品种齐全，安全可靠，凭借着三点，我决定就是这家了。

卖家与产品

注册“丝路2.0”的过程十分简单。填写用户名、密码、验证码，就搞定了。登录成功，网站首页显示四个字：“欢迎回来。”

论坛说得没错，一进网站，我就被众多的选择搞得眼花缭乱。线上共有 870 个卖家，毒品种类多到让我瞠目结舌。在众多的迷幻药中，我找到了 4-emc、4-mec、5-apb、5-it、6-apb、butylone、mda、mdai、mdma、methylone、mpa、pentedrone 等。网站的商品类别不仅限于毒品，还有一些酒类、仿制艺术品、书籍，以及一些售价 40 元的百元星巴克购物券，全套《黑道家族》音像制品，价值 100 美元的水族馆代金券，伪造的英国出生证明，伪造的购物卡，还有一个叫作"PayPal 笑到最后——PayPal 使用终极指南"的产品。

暗黑市场的贸易规模至今仍是不解之谜：说到底，该如何收集数据呢？ 2014 年初，丝路 2.0 的一位匿名用户利用精密的运算技术，搜集到了 2014 年 1 月至 4 月初为期 99 天的 12 万笔详细的交易记录，并把这些资料打包后放在一个私密"丝路"论坛上，这是目前为止市面上最完整的"丝路"交易资料。

暗黑市场中最受欢迎的，自然是毒品。大麻位列畅销排行榜第一名（占据已售产品的 28%），可卡因位列第二（19%），之后依次为摇头丸（18%）、电子产品（14%）、大麻脂（12%）以及全类大麻（8%）。不过只要产品足够猎奇且价格适中，不管是什么都能一售而空。

丝路 2.0 中最畅销的产品类别（2014.1—2014.4）

产品	价格（美元）	卖出件数（99 天内）
澳洲纯罗氏安定 10×10 毫克	42	240
1000 份 2 毫克阿普唑伦	1050	193
易初莲花超市优惠券套装（伪造代金券）	84	190
庚酸睾酮 10 毫升美版	40	187
真人秀之王（色情网站）高级账号	10	142
澳洲正版安定片 10 毫克	5.25	117

这里是货真价实的国际市场，尽管卖家基本上都是来自美国（33%）、英国（10%）、澳大利亚（10%）这些国家，然而大多数卖家都希望产品能销往世界各地。

暗黑市场是由一小部分巨头卖家以及许多星星点点的零售商组成。根据 2014 年 1 月至 4 月间的交易数据，21 位卖家共计卖出了 1000 多件商品，销量不足 100 件的卖家有 418 位（网站最活跃的卖家在此期间卖出了 3592 件商品）。从已知 867 个卖家的总计销量可知，一般卖家的销售量在 178 件左右。

通过对销量最高的卖家以及每件产品的售价进行交叉分析，大致可以计算出销量最高的卖家营业额是多少。

营业额：丝路 2.0 卖家排行（2014.1—2014.4）

店　名	产　品	全部营业额（美元）
The Drug Shop	主要为可卡因，海洛因以及 K 粉	6964776
Heavenlost	可卡因，摇头丸	713564
Solomio	海洛因，大麻，可卡因	232906
Hippie	主要是大麻和一点摇头丸	231711
VikingKing	摇头丸，迷幻剂	204803
PantherRed	冰毒（快速丸），可卡因，摇头丸，大麻	147450
Thebakerman	可卡因，摇头丸	140596

然而市场中大多数的卖家并不能达到这样的营业额。我选取了 9 家销量介于上述数据中间的卖家，他们每月的营业额在 1 万到 2 万美元不等。假设以批发价格的两倍进行估算，这些卖家每年的收入在 6 万至 12 万美元左右，这么一看数目非常可观，而且这些卖家还不算是市场巨头。这表明“丝路”的大部分卖家并不是大型贸易集团，更多的是一些中级市场或零售商。（数据显示，在英国中级卖家的收入可达到 1.5 万至 2 万英镑，一些大的零售商则挣得更多。）市场的部分卖家已在业内混迹多年，且与供应商保持着长年的合作关系，这些人只不过是将线下的交易流程搬到了网上而已。不过“丝路”也吸引了许多新人入市，比如 24 岁的埃斯，自 2012 年起他便在“丝路”售卖自制大麻，加入了暗

黑市场的卖家大军："我一天能接到 10 到 20 个订单，所以一周大约能成交 70 到 100 单。"这里还有一些非法售卖处方药的专业药师。2011 年，安杰利娜在杂志 Gawker 上看到了一篇关于"丝路"的报道，当时的她还在经营一家中型企业，在了解一点行情之后，她便和几个朋友一起接下了这门生意。2011 年至 2012 年的短短一年间，安杰利娜就完成了 1 万笔交易量，运营模式不过是简单地从供应商拿货然后放在市场上进行售卖。对此安杰利娜表示，虽然这门生意很赚钱，却并不是什么光彩的行业，她在 2012 年接受 Mashable 杂志采访时，说道："我们既是进口商、制造商，同时也负责打包发货，整个流程就像是一个小型互联网贸易公司。"

数字信誉

如果人们想在线下购买毒品的话，选择非常有限，不仅有地理条件的限制，还需要找到靠谱的卖家。但是"丝路"却可以为消费者提供诸多选择的空间：数千种产品，上百个卖家，横跨多个平台，竞争十分激烈。这是所有线上平台都会面临的一个问题，解决方式也如出一辙。消费者权益联合组织、国际消费者协会的负责人卢克·厄普丘奇表示："如果没有用户评价体系，合法的电子商务平台是无法继续运作的，评价机制有利于消费者做出更理性的选择，也有助于打响商家的名声。"根据国际消费者协会的数据显示，在英国，88% 的网购者在进行购物决策时都会考虑商品的评价好坏。

加密系统及比特币为“丝路”的诞生提供了有力的技术支持，然而比起这个，更重要的是用户的评价。每家毒品市场都有评价机制，一般来说用户会以满分五分制为基准进行打分，还可以撰写评论及购物体验，认真撰写评价是每个买家的责任和义务。在“丝路 2.0”的讨论论坛上，有位经验老道的买家在写经验帖时曾说：“其他买家在进行购买决策时可以依据你的评论作为参考，帮助他们更加了解商品的详细信息。在撰写评价的时候，记得把购物时间、产品质量和数量以及卖家提供的各项服务一个不落地写进去。”

我决定买一点大麻，体验一下全套的购物流程。然而这里一点都不像是网络世界的一角：广告推荐的大麻品类超过 3000 种，有 200 多个卖家供你挑选。我开始仔细浏览不同卖家的商品评价，试图找到其他网友认为“值得信赖又可靠”的信息：

> 1/5：卖家就是个骗子！我买的明明是大麻脂，他给我发的全他妈是石蜡！整整 40 克！都别在这家黑店买！（20 克印度大麻）

这家不好。通过多家打探和对比，最终我找到了比较靠谱的一家——Drugsheaven，发货地为海外，店面网站上写着："性价比最高的大麻，品质如一。"更值得一提的是，这家店还有退货政策以及颇为详细的相关条例。Drugsheaven有一系列各种各样的产品：Amnesia Haze，Cheese，White Widow，SoMango，Bubba Kush，Olympia，Messi，Marlboro Gold Stamp，Marlboro 15 Stamp，Gold Seal Afghani，Polo Polm，Lacoste Polm，Ferrari Polm（以上均为毒品品类）等。我仔细看了看他家的评价，在过去24小时内的五星评价有十几个，4个月内的评价总量也超过了2000条，星级都在4.8至5之间。

第一笔订单莫名取消了……又重新发了一次，很满意，这是"丝路"最棒的卖家之一！！卖家人很好很耐心，会回购的:）推荐给大家……五星五星！

当然，偶尔也会出现差评（不过是百分百不可信的那种）：

从没收到货……不过还是相信卖家，再买一次吧。有时特殊情况也会发生，这就要看人品了。

而针对买家，市场也有打分评级的机制：打分的标准取决于他们在网站的消费金额以及退货记录。虽然买家的信誉高低很重要，不过对卖家而言，信誉等级就是一切。相比之下，店铺名称、规模大小以及卖家承诺在信誉等级面前变得一文不值。

匿名市场及信用机制的构想，以及如何在匿名的世界中建立信任的问题，与赛博朋克成立之初的想法如出一辙。不过他们心里都清楚，如果网络世界中的个人都是匿名状态，也就意味着无人可信。今天有人能用假身份在网上招摇撞骗，明天就能切换一个账户继续作案。赛博朋克的想法是，人们可以依托网络建立长期的虚拟身份，这个网络身份并不能与"现实世界"的个人身份产生联系，而是有自身长期建立起的独立人格及声誉。赛博朋克的联合创始人蒂姆·梅曾在 1988 年的《赛博无政府主义自白》中提到，在未来无政府主义的数字文化中，"个人名声远比今日的信用等级要重要。DPR 创立的'丝路'最为成功的一点就是市场本身的良好声誉，这是他花费两年时间通过一笔笔成功的交易数字所换取来的，而此面具背后的人究竟是谁，这根本不重要"。

正如同亚马逊和 eBay 的经营理念一样，正面积极的口碑和影响力需要长时间的积累。一代丝路闭站之时，那些卖家不仅丢失了原有的货币和销量数据，同样消失不见的还有他们的信誉口碑。2013 年 10 月，一位卖家向网站"丝路 2.0"抱怨："我们很多人都花费了大量时间，就是为了提高交易量和卖家账户的销量数据，这些数据有没有可能恢复之后，转移到新的平台上？”对此网站回应道：“抱歉，我们并没有备份。”所有的旧数据都随着网站下架被抹掉了。“恐怕现在大家都要从头再来了，”另一位管理员说，“通过额外的买家服务及高质量的产品让消费者一眼认定你，重建店铺的信誉和口碑，这都是卖家应该做的。”市场的油水这么大，且只有良好的评价才能从中分得一杯羹，于是有些卖家开始对评价环节动起了心思。最常见的方法就是用小号刷好评，向对手卖家恶意差评，雇佣水军刷评价，甚至向买家免费赠送商品来换取一个好评。不过网站内部也自发形成了一套监督机制，许多用户会主动揪出那些不良卖家。“谣言粉碎机”（Rumour Mill）是“丝路 2.0”上人气最高的论坛，专门用来讨论卖家及产品的地方。在“谣言粉碎机”的帖子中，关于评价和产品的骂声不绝于耳，不良卖家也常常被挂出来群嘲。一位受害者买家说道：“卡普·杰克就是个骗子专家，他的网名叫金·乔伊，在这儿坑蒙拐骗很久了，一直篡改卖家资料让人误以为他有高纯度的 #4 海洛因库存，要价每克 170 美元……大家保持理智，离这个傻逼卖家远点！！”论坛的人会经常凑在一起，曝光不良卖家。有一次，买家们聚在一起曝光卖家 theDrugKing 自己刷好评的行径，其中一位买家写道：“我一开始看到这家店的时候，还是零评价，没过几个小时就有好几个评价了，而且评价人都只有 6 到 10 单的购买记录。”其他人也开始纷纷拿出证据，“虽然他想伪装成来自不同买家的评价，不过很多评价都有相似之处，什么‘很好的体验’‘超赞的体验’‘疯狂的体验’‘绝佳的体验’之类的。”最终，theDrugKing 被举报到管理员那里，个人账户也被封了。一位心怀感激的买家表示：“曝光这家店真是正确的决定！”

以口碑声誉为基础的交易，催生出了一个强有力且以消费者为主导的非传统型的自我监督体系，这样一来，消费者会对想要购买的商品有更加全面和详细的了解。试想，如果你在街头小店里购买毒品，一来对产品的真伪不甚了解，二来出了问题也无人求助。这也是为什么大街小巷里购买的毒品质量会参差不齐：在线下店里买到的可卡因，平均纯度应为 25%，然而实际上却只有 2%，因为中间商和一些毒贩会掺杂一些苯佐卡因，导致纯度下降。2009 年，对缴获的摇头丸的一项分析显示，其中约有一半的摇头丸里并没有迷幻成分，而是一些咖啡因和苄基哌嗪。如果在不知情的情况下吃下这些药物，可能会产生致命后果。例如 2009 年 10 月，苏格兰的 47 位吸食者因服用一种纯度不足的海洛因而感染炭疽病，事件导致 14 人死亡。

暗网市场却提供了一个极为先进且为人熟知的解决办法，评价机制能让买家以更加安全、系统且可靠的方式知晓产品的品质高低——相信已购买家的评价反馈。当然，暗网市场的毒品价格也是五花八门，不过在某些情况下，还是很有竞争力的：例如2013年10月，“丝路”的可卡因平均价格为每克92.20美元，当时的全球市场行情为每克174.20美元，价格差距高达47%。然而不同的产品价格不一，在这里大麻的平均价格为每克12.10美元，而全球平均价位在每克9.50美元左右；此外，暗网市场中海洛因的价格格外高，约为美国市价的两倍以上。但据药物变革政策基金会的史蒂夫·罗尔斯所说，如果产品质量能够有所保证，吸毒者愿意支付更为高昂的费用。

购买流程

平台有了，卖家也选好了，但我还没有决定要买哪个商品。于是，我登录了“丝路2.0”的内部邮件系统想寻求点建议。

我：我是新来的，请问能不能先买一点点大麻？

12小时后，我得到了这样的回复：

卖家：亲，你好！我建议一开始最好少量购买，如果亲只买1克也是没有任何问题的！如果是我的话也会这么做，期待能与您合作愉快，祝好！

服务态度满分！我听取了他的建议，勾选了最小的剂量——1 克大麻，花费了 0.03 比特币，大约 8 英镑（包邮）。点击“加入购物车”，下一步就是支付了。

支付货款

市场可以应对所有的问题。危机的降临即预示着革新的到来。如今的暗黑市场已变得愈发机智。而目前这里亟待解决的问题就是，如何确保买家不会上当受骗。当你在一些信誉良好的店铺里挑选商品时，尽管你并不熟悉卖家，也会倾向于在这家店里花钱买东西。这是因为你十分信赖这类系统的运作模式。像亚马逊一类的网站已做过各种尝试，拥有多种机制确保商品质量无忧，且能灵活处理商品纠纷，也会依据法律条约保护消费者权益及遵守贸易准则。

预付也是早期毒品市场（例如“农民市场”等）所青睐的支付方式。买家先提交订单，付款，之后要做的就是等快递了。但在暗黑市场，这种方式实在太不保险。“丝路”通过“第三方担保”解决了这个问题。

每家暗黑市场都有自己的内部支付系统，“一代丝路”的做法是，买家在提交订单前先在网站创建一个钱包，再利用个人电脑向网站钱包内转入足够数量的比特币。一旦确认订单，买家就会从该网站的钱包向第三方钱包中支付相对应的比特币数量，而第三方钱包是由“丝路”的管理员控制的。之后卖家会收到钱已入账“第三方担保”的消息，随即发货。当买家收到商品时，在网站上点击确认收货，钱款便会自动打入卖家的“丝路”钱包。一点开“一代丝路”的主页，就会跳出 DPR 给所有新人的建议信：一定要用第三方担保系统！！！一定一定！！ 99% 的骗子商家都会利用假账号要求买家直接汇款，或者要求买家在未收到商品的情况下就确认收货（这类骗局称之为“提前收货”)。第三方支付系统（escrow）的概念起源于几个世纪之前，escrow 这个词来自旧式法语“escroue”，意为一张纸或是一卷羊皮纸。eBay 也有选择性的收费制第三方支付系统，然而这一招在过去的暗黑市场是行不通的，因为保护消费者的概念在此之前根本就不存在。

不过，第三方担保机制也不是完美无缺的，因为这一切都必须建立在信任毒品网站能够公正处理比特币的基础之上。在“丝路”消失后的六个月间，人们意识到网站可能会遭遇管理员监守自盗、黑客侵入及警方没收等种种情况，而任何一种情况都让人求助无门。2014 月 2 月，“丝路 2.0”上线之时，之前买卖双方在“丝路”钱包中储存的价值 250 万美元的比特币全部蒸发，管理员在论坛中宣布了这一不幸的消息。除了不断的道歉之外，他还提到："'丝路'绝不会再使用第三方支付系统，我认为现在没有第三方服务能够确保万无一失。"此外，他还介绍了一种更为先进和安全的支付方式，叫作"多签"契约。这种支付方式是指，卖家确认交易后，网站会自动生成一个新的比特币钱包，卖家确认订单，买家确认收货，平台确认交易（如有问题可取消交易）。只有三方中的两方用 PGP 密钥签署确认之后，货款才会打入卖家的账户。这样一来，任何一方都不能携款跑路。"多签"的作用就像是保险柜，必须由持有密钥的三方合力才能打开。交易过程若出现任何问题，买家都可以申请退款。

在某些暗网市场中，已经有新人开始采用"多签"契约作为支付方式了，目前暗网市场的普遍认知为，如果没有采用多签协议，就不值得信赖。2014 年 3 月，有位用户在 Reddit 论坛发布了一条推文，对这种情况进行了总结，标题是"不。要。在。没。有。多。签。契。约。的。情。况。下。使。用。或。创。建。任。何。网。站。"：

> 来吧各位，是时候来复盘一下问题了。还记得《辛普森一家》里有一集霍默一边疼得哇哇叫一边连着五次撞上了同一面墙吗？如果你注册了没有多签协议的网站，那你的行为

就跟他一模一样……别去他妈的什么新网站，讲真，别去！别因为以下这点原因就跑去注册：（1）精美的盗版图片；（2）自称十分有竞争力；（3）自称与众不同；（4）自称仁义慷慨；（5）名字夺人眼球；（6）自称是喇嘛转世；（7）使用花样营销手段。只有使用像“多签”协议这种安全手段的网站才值得信赖。如果你还被骗，那你就是真蠢了，骗子会认为像你这样的“肥肉”实在太好赚了。

管理员也同意这个说法。“多签协议是唯一一个能够提供长期保护的方法。我强烈要求我们的程序员为那些经常使用比特币的用户们，加强多签协议的技术支持，如果技术过关，奖金不是问题。”当用户面临着众多无法信任的市场选择时，多签协议的作用远远超出想象。它是反抗中央管控系统的强有力武器，也为消费者权益提供了另一层保障。

暗黑市场总能在不断的挑战中重获新生。比特币的匿名程度其实并不像大家所想的那样。由于技术本身的特性，每次交易过程都会被记录在公共的区块链上，以防记录的二次出现。因此，如果将比特币直接从个人账户转入“丝路”钱包，这一笔交易也会被区块链记录下来。当然，我的隐私并没有泄露出去，因为没人知道这个比特币账户是在我的名下。然而，有研究者发现，通过对交易记录数据的精密分析，某些交易是可以去匿名化的。如果使用现实世界的银行账户与比特币钱包有交易往来，这也是大多数人的选择（包括我在内），这类比特币交易就不可能进行匿名的操作，这与直接使用信用卡并无差异，可以很轻易地查到付款人信息。

于是技术人员研发出了“混合”服务，即把比特币发送到一个中央管控的钱包，这个池子会将所有人的比特币进行打乱混合，并发送到最终的目的地。目前我的“丝路”钱包有正确数量的比特币，但是这些比特币并不是我之前传送的那些，因此其他人也并不能通过比特币追踪到我的定位。这种做法相当聪明，只凭一个小小的微型洗钱系统就可以做到。不过它同样面临着中央管控系统的通病：你仍然需要将你的钱托付于值得信赖的个体。此外，混合服务要收取小额的使用费，因此其他技术人员也在致力于开发出免费且开放式的重组服务。“混币”（CoinJoin）的运作原理也十分相似，不过并没有采用中央管控的机制，而是让匿名用户把货款放在一个临时地址，只有三方都确认交易之后才将交易混合并发送到指定目的地。

技术和服务仍在不断地进步，社群内的许多用户还在寻找更优化的方案。当我开始写作本章时，我试图去理解社群中的人们，如何在几乎不可能的情况下打造出众人所深信不疑的平台市场，然而最终的结果却恰恰相反。第三方支付系统、多签协议以及“混币”都在致力于建立一个无须相互信任的市场，因为一切都由强有力的加密系统及不受监管的去中心化系统来提供保障。他们所追求的目标，反而是建立一个毫无信任的市场。这些市场的未来并不是像“丝路 2.0”一样的中央网站，而是一个个去中心化的网站，产品清单、发送消息、支付订单和评价反馈都是独立运作，无须受到任何中央机构的管控，也不必遭受审查制度和闭站威胁的牵制。

当然，法律监管部门是不会对此坐视不管的。毋庸置疑，他们极有可能强迫网站关门，然而更有可能的做法是，打击用户对市场的信心。另外，传统毒贩也不会眼睁睁地看着自己的饭碗被一点点地夺走而坐视不管。也许，他们会将生意搬到网络上：根据《卫报》2014 年对英国毒品的调查显示，45% 的毒贩表示进货渠道来源于网络。然而互联网中不乏聪明机智的个人，致力于毒品市场的建立、维护和优化，因为这对于他们来说，意义并不在于毒品本身，而是在数位自由之争的前线中捍卫个人的尊严。

终于到了最后一步：将准确数目的比特币转入卖家账户，点击“付款”，紧接着就跳转到另一个新页面，显示一行消息：“您的交易已完成！”

隐密手段

然而还有最后一项才能过关：确实收到订购的商品。即便是再高超的支付系统和混合服务，要想收到商品，我仍需提供一个真实世界的收货地址才行。有的人会选择提供“卸货地址”（drop address），即一间邮箱仍可收件的废弃房屋。不过大多数人，包括我都会选择直接送到家门口，选择相信“隐密手段”的力量。通常买家会依据卖家的发货速度、便捷程度及产品包装的精密程度进行评价。尽管商品评价中没有买家提及卖家的隐密手段，以防引起有关部门的注意，不过我从一家论坛中了解到，这位卖家的做法广受好评，事实也确实如此。

就在订单送出的5天后，一天清晨，我在家门口收到了一个白色信封，大小跟明信片差不多，不过要沉一些，外部包装的是泡沫纸。之前我曾用PGP密钥登络过的网站用户名和地址信息，印在一张小贴纸上面。这个信封从视觉和触觉上看，都像极了我之前收过的任何一个普通包裹。信封里面的商品被仔细地密封好，克数也没错，而且经由我一位专家朋友的分析，质量也是十分上等的。

在关闭账号之前，我必须要做的最后一件事，就是留下简短的评价：产品收到，与卖家描述一致。4/5。

市场压力

在“丝路”市场购买毒品的体验十分愉悦。不仅产品的数量让人眼花缭乱，还有数不清的商品优惠活动、包邮服务以及额外赠品。卖家的回复也很热情，且根据我的调查，产品性价比（据说）极高。最重要的是，在这里，顾客就是上帝。

一直以来，毒品市场总是被地方巨头所垄断。暗网市场引入了一个全新的动态运营模式，也就是战后著名的经济学家艾伯特·赫希曼所提出的“退出”和“呼吁”的经济理论，这两种方法有助于组织内部相互协作，达成目标：对产品和服务不满的买家可以通过评价体制表达自己的呼声，并且可以与其他800位卖家中的任何一位进行交易，强迫服务不好的卖家退出市场。这也就意味着，卖家之间必须相互竞争来赢取消费者，且受制于消费者的评价制度。通过明智的支付机制、评价反馈体系以及卖家间的激烈竞争，市场的话语权便从卖家那里重新回到消费者的手中。在“丝路2.0”论坛的最后几次发言中，2013年11月，精明干练的管理员利伯塔斯的发言清楚地证实了谁才是市场的主宰者：

大家好，让各位忍受回复缓慢的客服，我深感抱歉。我

们正在努力整顿，保证以后绝不漏回信息，再次为延迟回复带来的不便表示歉意。利伯塔斯

暗黑市场中的“退出”和“呼吁”机制，几乎完全按照经济学家的预测在运作：为消费者打造更好的交易平台。在本章前文列出的几项数据中，最令我吃惊的不是毒品的种类和数量，而是满意度水平。在12万条评价中，有超过95%的买家都给出了5分好评（满分5分）；只有2%的人给出了1分。尼古拉斯·克里斯廷教授于2012年分析该网站的评价时，也得出了几乎相同的结论。

一旦以消费者为主导的市场解封，将会带来一系列的改变：“丝路2.0”、Agora、潘多拉市场（Pandora Market）已在安全性能、手续费率及用户体验等方面展开竞争。2014年4月，专为毒品市场研发的搜索引擎Grams问世，该搜索引擎会依据毒品类别辅助检索出规模最大的市场，方便用户查询。最近，Grams增加了趋势搜索功能，卖家甚至可以为网站及产品购买搜索词条的排名。

据《暗网中的毒品》作者詹姆斯·马丁介绍，部分卖家甚至开始打出“营销牌”，称自家的可卡因来自“公平贸易”，是“有机产品”或者标榜该产品来自无战争冲突的国家或地区。一位毒贩写道：“我们是一群自由主义派的可卡因贩卖者，不从垄断巨头

进货，也不向警方收购缴获的可卡因二次售卖。我们帮助秘鲁和玻利维亚的农民谋求生计，协助解决了巴西、巴拉圭及阿根廷的化学系学生的就业问题，我们只做公平交易！”

“丝路”关站的6个月间，市场上的竞争对手达到空前数量。我从2013年8月动笔写作本章，截至2014年4月，市场上的产品种类已是当时的三倍。许多新兴市场在2013年底的混沌之中诞生，性能更安全，界面更友好，同时还配备多签协议、“混币”功能以及搜索引擎等多种技术支持。当然，总有一天，某些独立的市场或是卖家躲不开被追查的命运。但是每次落难之后，这只九头蛇都能够重获新生。市场在摸爬滚打中不断地学习，这些都使得消费者更有底气，促使产品及网站的品质更上一层楼。也许将来改变毒品产业的并不是“丝路2.0”或是Tor隐匿服务。目前消费者占据着主导地位，预示着过去的市场模式将一去不再，但这一切对这场毒品战争来说意味着什么，也尚不明朗。2013年10月，国际毒品政策科学中心的一项调查总结了来自全球七个不同的毒品市场的资料，数据显示毒品战争正在走向失败，如今非法毒品的获取渠道变得越来越容易。自尼克松总统在1971年宣布毒品战争时，针对毒品供应量的管控就不甚明显，自不必说毒品的需求量了。暗网市场使得毒品交易更加便捷。然而，这没什么值得庆祝的。因为毒品的需求将会大幅上升，不论是合法还是不合法的毒品，都会导致灾难的降临。毒品产业自上游的生产商到下游的贩卖者，这条供应链的每个环节中都有暴力及贪污贿赂的事件发生。交易链越长，暴力和更多的黑暗面行为就越常发生，毒贩的钱包也就越鼓，毒品中就会掺入更多七七八八的成分。虽说“丝路”并不能解决所有的问题，但却可以有效地减少供应链的环节。在英国，目前约有 7000 个有组织的犯罪团伙，其中有一半的组织都涉及毒品贸易。尽管街头贸易的成本数据难以获得，但联合国的一项调查显示，英国与威尔士地区与毒品相关的犯罪（诈骗、盗窃、抢劫）成本约等于国民生产总值的 1.6%，或者等同于约 90% 与毒品滥用相关的经济和社会成本。随着网络贸易渐渐取代街头贸易的形式，这类数据也会减少。以往的历史经验告诉我们，想买毒品的人，总会有办法搞到货源。与街头贩售的方式相比，“丝路”的风险更低，且产品质量更有保障。

网络毒品市场正在将毒品这项肮脏的产业，改造成一个介于更具权力的买家以及积极配合的卖家之间的单纯交易过程。匿名制、比特币或加密系统并不能确保暗网市场的前程似锦，对“丝路”而言，成功的真正秘诀在于良好的消费者服务。

第六章

灯光、网络摄像头，行动起来

我在街对面认出了韦克斯，她看上去跟我在电脑屏幕上看到的她并无差异。二十多岁，小巧玲珑，体态精瘦又迷人，还戴着两个鼻环。她急忙忙地来到我们约好的咖啡厅，还因为迟到而一直道歉。她刚刚结束一场“直播”，这份工作一个小时的薪酬甚至比很多人每周的薪水还要多。韦克斯是英国最受欢迎的女主播之一。她的工作就是待在舒适的卧室里，每周发发照片、聊天互动、在镜头前给上千人跳脱衣舞、表演自慰，等等。每隔一两天韦克斯都会在Chaturbate网站里进行表演，每次都会吸引来自世界各地的近千名观众收看。不过，她的工作远不止在镜头前脱脱衣服而已。韦克斯的一天通常是这样进行的：首先要花好几个小时查看社交账号，更新状态；与粉丝交流互动，回复邮件，发布最新的直播消息；偶尔会给经常看直播的粉丝以及打赏的“大金主”们写写感谢信；为粉丝后援会的成员拍照、录视频等。这是一份全职工作，但是韦克斯认为自己只是个业余选手，只是一个喜欢在网络上表现自我的“普通”女生，而且她认为自己十分幸运，能够凭借这份工作谋生。有这种想法的并不只有韦克斯一人。

网络使得搜寻色情内容变得十分简单，也降低了色情制品的制作及贩售成本。借助高质量的网络摄像头及宽带，任何人都能坐在家中自制色情影片。许多人会将自制的低成本图片和视频——从性感的自拍照到真枪实战的成人视频——上传至网络。现如今主宰成人影片市场的不再是专业艳星，而是一个个普通大众。目前观看量最高的四家成人视频网站都是免费的，且都充斥着自制的色情影像。15 家访问量最高的成人网站里的大约 200 万个视频是由非专业人士制作并发布的。尽管没法得到确切的数据，但是传统的色情产业（虽然还没消失）因此遭受了巨大的冲击。据自由言论联盟估计，2007 年至 2011 年间，由于互联网上免费色情内容的数量大增，全球（包括美国）的色情产业收入减少了约 50%。

1993 年 11 月，人类有史以来第一次实现了摄像头与互联网的连接。在此之前，人们一直利用计算机的联网功能来获取色情资料。20 世纪 80 年代，BBS 的用户们会在网上四处闲逛，搜寻可以调戏勾搭的对象，幸运的话，还能促成一段“网恋”。20 世纪 90 年代，可以阅读并发布色情小说作品的 Usenet 群组风靡一时；1991 年 5 月，史上首个 Usenet 色情小说群组成立，名字叫作“rec.arts.erotica”。在此分类之下，陆陆续续又有一系列各类取向的子群组横空出世，甚至有一个名为“alt.startrek.creative.erotica.moderated”的小组，以《星际迷航》为色情作品的创作主题。

虽然网络中的成人影像数量总是有夸大的嫌疑，且总会引起人们的道德不适感，但无法否认，互联网确实流传着数量庞大的色情影像资料。1993 年，一家色情 BBS 网站凭借向数千名用户售卖色情图片和视频，大赚 320 万美元。截至 1997 年，网络中的色情网站数量就有 28000 至 72000 多家。据目前统计，色情内容在所有网站中约占 4% 至 30% 不等。

1996 年 4 月，一位美国大学生珍妮弗·林利注册成立了一家叫作“珍妮视频”的网站，记录并拍摄下自己做的各项活动，从刷牙到脱衣舞都有，并放在平台上进行直播。珍妮弗是史上第一位“女主播”，按她的话说，她的动机是为观众提供“观察虚拟人类动物园”的平台。在网站巅峰时期，有近 400 万人同时在线，观看这一令人震惊的直播生活模式。林利迅速从她的高人气中嗅到了商机。1998 年，她将网站设定为两种不同的模式：免费观看和付费观看。付费模式即只需交纳 15 美元的年费就可浏览每 2 分钟更新的照片（免费模式，则需等待 20 分钟才能浏览到更新的照片）。

数月内，有成百上千位表演者在全网纷纷建立起了自己的个人直播网站。他们之中大多数都是业余人士，且网站模式多为付费观看。这些个人网站与“珍妮视频”的运作模式并无大异，其中有一个叫作“偷窥宿舍”（Voyeur Dorm）的直播网站，曾利用31个摄像头24小时不间断直播五个大学生的日常生活。2001年，匈牙利企业家哲尔吉·高詹创办了一档情色互联网真人秀“茉莉直播”，此后这家网站迅速成长为一家付费表演平台，为业余人士和有志于此的模特们提供表演机会。尽管仍处于十分小众的地位，直播俨然成为一个利润巨大的产业。紧接着，新一代的直播网站出现了：2004年成立的MyFreeCams以及2011年的Chaturbate都是提供免费、专业制作并进行定期维护服务的直播网站，直播的人气指数开始暴涨。

从单次访问人数来看，Chaturbate是规模最大的直播网站之一，人气仅次于“茉莉直播”。在任一时间点，该平台上都有约600名来自世界各地的主播在线，他们坐在家中，只需打开摄像头，即可为登录进入Chaturbate房间的观众进行直播表演。

Chaturbate不收取用户的注册费以及订阅费，表演者仅仅通过观众“打赏”的小费来挣钱。主播们通常一天表演一到两次，每次时长约1小时。表演期间，观众可以用网站的代币进行打赏，而这种代币则需要在网站购买。Chaturbate的首席技术官雪利，年龄在30岁上下，网站几乎都是他一人进行打理的，他向我解释了下平台的运作模式：主播们授权Chaturbate的平台进行直播，平台抽取主播60%的打赏收入，作为提供技术支持、网站维护、支付程序，以及按雪利的话来讲，“平台的知名度”等资源的各项成本费用。的确，Chaturbate是一家很有实力的平台，每天的访问量约有300万人次，潜在的打赏用户也不在少数。Chaturbate平台的表演者们，并非人人都具备成人影星的外在条件。在2013年一项针对美国7000位专业成人女星的调查中显示，女演员们的平均身高为165厘米，三围数字分别是34–24–34。当然，有些女主播们的外在形象确实非常出挑，不过也有一些人并不满足这些条件。目前，在世界范围内约有5万名女主播，每日往来于自家卧室及工作室之间准备表演，她们大多来自北美以及欧洲地区。尽管表演者中也不乏男性、跨性别者及情侣的身影，不过这个行业的表演者还是以年龄20到30岁的女主播为主。确切的数据资料难以知晓，有些人会以此为全职工作，例如韦克斯；也有部分人只想尝个新鲜，或者是借此机会赚点外快。在Chaturbate能够很轻易地找到这样的内容（我已经找到了）：一对中年夫妇兴致盎然地表演活塞运动；赤身裸体的男性弹吉他；百无聊赖的女性静静地坐着；跨性别者的纵欲狂欢；镜头前火力全开的男性生殖器（这是当然）；此外还有主播们花样百出的前戏和后戏表演。人气最高的主播们在开演时观看人数轻松破千，也有的直播室只有十几个观众。总而言之，所有人都能在此找到乐趣。

据《纽约时报》报道，直播已成为一个规模庞大的全球性产业，产值每年高达十亿美元，约占整个色情产业的20%。大型的直播社群也逐渐形成，目前已有多家线上论坛及应援群组，主播可以在此与粉丝会面、交流和互动。直播是一个充满生机和活力的崭新世界，而成员不过是一群拥有摄像头的普通人，就像韦克斯一样。但究竟是什么让这些普通人变得如此受欢迎呢?

韦克斯从未想过自己会成为一名女主播。当她还在念大学的时候，为了赚取外快，曾签约了一家制作软色情制品的公司“神的女孩”，并拍摄了几组全裸照片。一天，她偶然听到公司里的人在议论直播是个赚钱的好方法。在做过一番调查之后，韦克斯立即购买了专业的摄像头，与当地的一家直播公司签约，开始在Skype上进行个人表演。她回忆道：“第一次表演的时候我紧张坏了，话说太多了，当时直播间有20个人左右，不过那种感觉超棒！当时大约赚了30英镑吧。”此后，韦克斯便加入了Chaturbate，没多久她的收入就足以与一份全职工作的薪酬相匹敌。

我问韦克斯，在她眼里自己受欢迎的理由是什么，她回答说：“传统的色情影片太过程式化，而且一点也不现实，可能因为我是一个处在真实房间里的真人吧。”米德尔塞克斯大学的文化研究教授费奥纳·阿特伍德也提出了相似的看法，她说："比起主流的色情制品，直播的体验更佳，更为真实、生动且形式更加创新。"

"你比主流的色情影片更'真'吗？"我问。

"你想知道的话，就来看我的表演吧。"韦克斯如此回答。

"为我打分"

过去的十年间，我们的生活发生了翻天覆地的变化。现如今，我们在网络中分享的个人信息，数量十分惊人。全球使用社交平台的人数在 17 亿 3000 万到 18 亿 6000 万人左右：发布日常更新，上传视频，分享坐标、喜好、与同伴在一起的照片，等等。仅脸书用户每月上传的内容就有 200 亿到 1400 亿条不等。有心理学家认为，人们对社交媒体的热衷源于内心深处的渴求、寻求同辈认同、深层次的群体需求，以及与生俱来对名气的渴望。分享个人的私密日常，其实就是满足人人都有的内在需求的捷径：对赞誉、亲密关系、归属感、自尊，以及社会认同的各层次需求。

社交网络会演化出新的模式，鼓励用户分享更多个人信息。这是因为个人资料是极具价值的商品，你分享的信息越多，网站就会收集到越多的数字信息，再转手卖到那些想要推广产品的公司手里。仅仅是倒卖网络中的个人信息，就能够形成高达数十亿美元的产业链。

麻省理工学院教授谢里·特尔克认为，不断地登录社交网络以及接受他人注目的行为，使得每个人都成了个人品牌的管理者，我们精心打造自己的网络身份，而且常常因为他人对自己的看法感到困扰。她在2011年出版的《群体性孤独》中，采访了数百位儿童和成人，记录下人们对网络隐私及网络身份的不同理解，她发现其中出现了一种新的不稳定因素。她提到，年轻人每周会花费数个小时，精心挑选该对哪些脸书内容点赞，且会精心修饰略有瑕疵的照片。他们会反问自己："我该怎样描述我的社交生活？"谢里称这种现象为"表现焦虑"。

现在的年轻人与父母那一代相比，对隐私的概念有着不同的看法。2013年，皮尤研究中心一项关于青少年、社交媒体和网络隐私的调查显示，青少年在互联网中分享的个人信息比过去有所增加。2012年，有91%的青少年曾发布过自己的照片（这一比例在2006年为79%），71%的人曾在网上透露过自己的学校名称及居住城市的坐标；有半数的人曾公开过自己的邮箱地址。然而，这不意味着青少年群体对保护网络隐私一事并不在意。调查显示，他们确实关注个人隐私的问题，但比起限制分享的范围，他们更希望能对公开分享的信息握有更多控制权。

这种分享风潮也蔓延至许多私密的方面。据2014年YouGov公司的民意调查显示，英国40岁以下的成人约有20%曾在摄像头前进行性行为，15% 的人曾赤身裸体地出现在镜头前；在声称曾有过自拍的人群中，也有 25% 的人表示他们也拍过“色气满满”的自拍照。

分享个人或身体某个部位的照片也不是最近才有的潮流。就单单是男性性器官的图片而言，都可以追溯到出土于德国霍赫勒菲尔斯洞穴、距今已有 28000 年历史的性器官图片。只不过由于网络生活即时连接的特性，分享行为变得更加普遍，受众群体也更为广泛。

4chan 网站的社交看板 /soc/ 不仅是主播及粉丝聚会的绝佳之地，其中也有时下十分火爆的帖子“为我打分”，可谓是暴露狂的窝点。“为我打分”正如其名，在 4chan 每几分钟就有人发布一张照片（通常是裸照），然后写上几句话求评分回复。评论的画风时而积极，时而消极，而且通常会附带满分为 10 分的分数。

而 4chan 上面，“为我老二打分”的帖子人气颇高，且衍生了很多子分类：小屌帖子，大屌帖子，针型屌帖子，等等。有位用户在某帖子上传完照片后写道：“请为我的老二打分。如果你也想晒，别客气，尽管来。”没过几分钟，他就收到了下面的回复：

> 又粗又长，8 分。
>
> 纹理的颜色有点怪啊，5 分。

也他妈太大了！ 10分！

我虽然不是gay，不过也好想来一口，羡慕嫉妒恨啊，9分。

想吞下去，9分。

还真有人接受了他的“邀请”，分享自己的照片，通常这些照片会配有一些家居用品，提供一些尺寸参照物，例如电视遥控器、一卷卫生纸、小瓶橙汁，等等。

乔是这类帖子的常客，他来自伦敦，20岁，是个上班族。他经常在“排骨男”的帖子上发布自己的照片，在这里分享照片的用户身材都十分瘦削。乔告诉我：“我觉得发照片也是为了博关注吧，我受够了他们天天说我瘦得跟竹竿一样，如果能有人欣赏我的身材，当然是件开心的事。不管对方是男是女，我只要夸奖就够了，这样能提升自信。”他把收到的每一条赞美留言都保存起来，上百条留言都保存在电脑桌面的文件夹里。

我在4chan及其他网站上看到了各式各样的“为我打分”栏目，打分内容五花八门，有小孩、小狗、发型，还有胳膊、肌肉、大便（信不信由你）……每个网站都有数千张照片，以及各自底下独有的评论和打分体系。

“为我打分”话题的传播速度远比某些特定网站要快得多。2011年，一个名为“最性感可爱高中生”的脸书群组成立了。紧接着，一系列相似的群组和论坛吸引了大批青少年的参与。这些网页也引起了许多父母及安全专家的警惕，导致某些网站迅速下架。然而每次一有类似的网站关门，马上会有另外一家取而代之，例如 2012 年的“世界最美高中生”以及 2013 年风靡的“最可爱高中生”，等等。我在写作本书时，脸书上关于此类话题的群组至少有 25 个。与此同时，“为我打分”的视频也像春笋般兴起，在过去几年中，上千位高中生在视频网站 YouTube 上传了标题为“我好看吗？”的视频短片。

不论形式如何，同之前相比，确实有越来越多的人愿意在网络中分享更多的个人信息。韦克斯并不是异类，她的情况不过是冰山一角。

灯光，网络摄像头……

三周后，我来到了韦克斯位于伦敦北部的家中。今天她有一场特别的表演。跟大多数主播一样，韦克斯平时都只是自己一人直播。但今晚，她要跟其他两位女主播一起，做一场“女女女”的直播秀。韦克斯告诉我，几乎每隔几个月她都会表演一次。这种直播的传播度很好，特别受欢迎。许多观众都在期待今晚的这场表演。

韦克斯居住的街道是一条十分整洁的红砖小路，她的四层小别墅空间很大，摆满了艺术品及复古家具。她带我迅速参观了一下，之后就走进了顶层一间稍显杂乱的小卧室。

我进去时，其他两个女生正坐在床上，她们跟韦克斯一样，年龄都在20岁左右。奥林是一名来自加拿大的黑人，身材高挑纤瘦，身上有许多文身。据她说，自己做全职主播大约有一年的时间了。布拉瑟则是一名白人，身材相对娇小，加上染过蓝绿色头发之后，的确有些小精灵的感觉。目前她在学习摄影，直播只是贴补生活的兼职工作。她们三个都在“神的女孩”工作过，从此就成了朋友。

表演在一小时后正式开始，女孩们都在紧张地准备中：打扫房间，摆好家具，调整灯光。有个粉丝为今晚的表演送了韦克斯一瓶香槟，她拿出来给大家都各倒了一杯。

这时，布拉瑟问：“我们该穿什么呢？”奥林回答：“我觉得中性的颜色比较好。”“要搭配吗？”“当然。”她们一边讨论着纳税报单，一边将亮片倒在婴儿油里面。韦克斯走到一个小小的抽屉前，说道：“我的自慰棒都放在这里了，当然这些都是消过毒的。”然后拿给我看。“对了，还有湿纸巾，女主播标准配置。你懂的，我们需要把很多奇奇怪怪的东西放进‘那里’。”

开演时间已经延迟了30分钟，韦克斯、布拉瑟和奥林才刚刚准备好，穿着紧身上衣、长袜以及带有褶皱边装饰的内裤。正式开始之前，韦克斯告知我和奥林需要进行 Chaturbate 的“年龄认证”。她把我们的驾照照片发送给网站管理方，显然 Chaturbate 对表演者的年龄限制有非常严格的规定，但我不明白为什么连我也要认证，“别担心，”韦克斯说，“只是防患于未然，万一你不小心走进屏幕怎么办。”直播表演需要精心策划，韦克斯预计这场表演将至少持续两小时，时间很充裕。女孩们先提前敲定今晚演出的边界在哪儿，不可越界。最终她们决定要表演“挑逗下面”（pussy play），特写镜头，且使用按摩棒，而不是自慰棒。接下来她们要决定直播间的打赏规则，Chaturbate 有很多可以好好利用的打赏小技巧。大多数的女主播们会先设定好“分级目标”：根据表演的层级不同，设定不同的代币要求。而有些主播也会设置固定的打赏金额。一般情况下，每场表演都会有一个最终的“代币目标”，主播在表演过程中达到这个目标后，即预示着表演将会进入尾声。韦克斯、布拉瑟和奥林三人决定挑战一下更复杂的玩法。她们先设置了两个“Keno”板，打赏模式类似于“宾果”游戏。韦克斯创建了 80 个盒子，每个盒子都标有代币价格，只有支付相应金额的代币才能打开盒子，不过只有四分之一的盒子里面才有奖励。第一块“Keno”板里是一些“软色情”的奖赏，第二块“Keno”板价格更高，奖励也更“真材实料”。她们三人大声讨论着奖励的内容，韦克斯负责把奖励名称敲进她的账号：

布拉瑟和韦克斯亲热一下

布拉瑟和奥林亲热一下

奥林和韦克斯亲热一下

奥林、韦克斯、布拉瑟三人亲热一下

露胸

身上涂油

亲吻胸部

闪光灯拍摄阴部

挑选任意两人亲热

三人口交

按摩棒一分钟

韦克斯还在奖励中加上了一个“坚定地握手”来插科打诨。“天呐，”她说，“奖励也太多了。”她们决定将最终的目标设置为加密用户才能看的“高潮秀”。只有支付200代币（约12英镑）的观众才能继续观看。

万事俱备，表演即将开始。三人穿着性感的衣服坐在床上，像学校社团小姐妹一样相互抱在一起。我坐在摄像机看不到的角落里，离床也就半米左右，膝上放着一叠纸和笔记本电脑，登录进入了韦克斯的直播间。说实话，这种感觉还是挺诡异的。

喝完最后一口香槟，韦克斯问：“好了，准备好了吗？”“好了！”声音响彻房间。“好，开始吧！”接着，她打开了摄像头，瞬间三人出现在直播间的屏幕上。

开播

就在韦克斯的摄像头打开的一瞬间，Chaturbate 将她直播的消息自动发送给 6 万多名粉丝，通知他们韦克斯现在已在直播室准备表演。直播正式开始，一开始我还担心会不会出什么岔子，然而事实证明我多虑了。直播在十分随意自然的气氛中开场，不过前 10 分钟还是出现了一些技术问题，视频的帧速有点慢，Keno 板的奖励开始一个个地删除。电脑就放在床边一米的位置，上面架设着昂贵的摄像头。就在观众开始涌入直播间的时候，韦克斯还在一直调整电脑的设置。

越来越多的人加入了直播间。第一位进来的是来自美国的“熟客”丹尼。“嗨，丹尼！你是第一名！”三人异口同声地喊出来。之后又有一些熟人加入进来，他们开始在对话框中聊天。在 Chaturbate 上看直播秀时，屏幕是分为两边的，左边是摄像头拍摄的直播视频，右边则是不断更新和刷屏的聊天窗口，观众可以在聊天区一起聊天，也可以跟主播互动。显然，韦克斯有一大批忠实的粉丝，她的所有表演几乎每场不落。熟客们在进入房间的时候，都会在聊天区打字跟主播打招呼，女孩们通过屏幕与他们回应。“嘿，夜影，你好吗？”“欢迎回来，斯托克！你来了真好！”但是，随着房间人数的不断攀升，她们很难一一照应到。短短五分钟内，已经有 600 多人进入了直播间。

在观看人数较多的情况下，Chaturbate 也为表演者提供了便利的工具来进行维护管理，不过这些功能也有其“无情”之处：在聊天框中，显示账户没有代币的观众头像是灰色的，也就是大家所称的“小灰”，说白了，就是来蹭直播看的。主播有时会把“小灰”的权限关掉，这样一来，他们就只能观看，但不能在对话框内聊天。而名字为浅蓝色的，则是另一类账户中有代币、过去 24 小时内打赏小费不超过 50 个代币的观众，属于较为谨慎小气的打赏者。名字为深蓝色的，则是账户余额充裕且经常打赏的观众，这群观众如果在对话框内打字，极有可能得到主播的回复。看得出来，这里的观众等级分布非常明显。

短短 30 秒内，就有第一笔小费入账。是丹尼，他打赏了 10 代币。每次有人打赏时，在聊天区的名字旁边都会有显示，且伴有一种“叮”的响声。叮！有人打赏了 53 代币，可以在 Keno 板上开一个奖了。“谢谢！”韦克斯回应道。点开之后，是“坚定地握手”。三人笑得合不拢嘴，然后十分敬业地完成了任务。我也在旁边跟着笑，房间内的 2000 多人也被这个奖励逗乐了，当然，他们的情绪是以打字的形式来表达的。

这一类直播并不全部都是色情内容，而是以娱乐和社交为主的表演。这群姑娘们玩得很开心。她们互相在身上涂涂画画，相互开玩笑，有时衣服掉下来就再穿上。韦克斯还从床上掉下来一次。奥林跟观众聊起了新闻时事。每过三四分钟，就会“叮”的一声，有人打赏了。每 5 分钟左右，打赏的代币数量就足以开一个奖，三人便开始表演。“坚定地握手”之后的项目，是“挑选任意两人亲热”，“哎，这个不错！”韦克斯说。在接下来的两分钟里，她和奥林的表演，可谓是十分精彩的“亲热”戏码了。

聊天区的讨论也一直没有停。这些对话内容大多是由少量的忠实观众发起的，他们跟韦克斯很熟，似乎彼此间也相互认识。我看了一下，这些忠实粉丝约有 20 人，之后我便试着一一单独联系他们。他们每个人都很友善，也很有趣。鲍勃来自英国，是一位 30 岁的单身男性，“我可不是什么隐居在虚拟世界的怪人！”他强调这一点。鲍勃在韦克斯的直播间交到了很多朋友，他说：“我认为待在直播间的时间，跟我在真实世界中与朋友交往的时间一样宝贵。”确实，直播平台具备着一种社交属性。这场表演持续了 3 个小时，大部分观众都是从头到尾看完的。

我想我知道其中的奥秘了。韦克斯非常友好，为人风趣且专注力很强，有天生的表演天赋。她并不想向大家展露自己有多么完美无缺，而是试图表现普通的自己。丹尼告诉我，最优秀的主播是那些懂得自黑的人。“韦克斯几乎每周都会发生一些蠢事，而且经常犯蠢。很有意思的一点是，她除了惊人的美貌，还很有头脑，会在直播中设计很多游戏环节和奖励机制。”在遇到韦克斯之前，我在屏幕前看过几次她的表演，一切看上去似乎毫不费力。然而在了解之后，我深切地感受到这个行业并非看上去那么容易。韦克斯在布拉瑟和奥林的默契配合下，仅凭个人魅力和摄像头就娱乐了电脑前的上千位观众。据丹尼说，没有充足的想象力是完不成这项工作的，仅仅靠脱衣服和自摸，表演很容易变得老套、无趣。

在这个被成人内容淹没的世界里，只有个性和创造力才能够脱颖而出。埃拉是另外一位人气非常火爆的 Chaturbate 主播，她的表演往往都像一场哑剧：在椅子上搔首弄姿，跟小矮人玩具一起玩，有时整场秀她一件衣服都不脱。即便如此，她还是有很多的花样可以展现给观众。在主播聚集的社群网站“我们女主播”，人气最高的论坛主题是分享一些直播计划、技巧诀窍、灵感点子等教程帖。对于创意这点，韦克斯表示非常认同：“你必须非常有创意，做到这一点并不容易。”

韦克斯有一项本领，就是可以把任何东西都放到她的直播里。她的宠物猫杜尚，在表演时一直在房间中走来走去，韦克斯索性就将它放在摄像头前*。去年，她进行了一项“贴纸俱乐部”计划，并制作了一张巨大的挂图，上面标注着一些忠实粉丝的名字。如果你在视频里看到了杜尚——贴纸一张；如果打赏超过某个额度——贴纸一张。活动大受欢迎。

尽管我在很努力地隐藏，还是担心自己一举一动会毁了这场秀，生怕吓到三个女生或者观众，然而事实恰恰相反。

突然，韦克斯对着摄像头说：“各位，今天我们有一位作家朋友在这里，”我使劲摇头，“1 分钟内，如果打赏 1000 代币，他就来跟大家打招呼！”叮！叮！叮！韦克斯跳下床把我拽过去。

“大家好啊。”我说着。

“你好。”许多浅蓝色和深蓝色的名字回复着。

“哎，我也被写进书里了吗？”其中一人写道。

“要是你给他口交我就打赏一万！”有人起哄。

“好了好了，适可而止，他的 Chaturbate 名字是啥？”

“笔杆的力量！”

我匆匆跑离摄像头，尽管我的露脸是计划之外的事情，整场秀还是大获成功。打赏不断地进账，或许是韦克斯的天赋使然，也可能是经历了百场表演的历练，表演全程进展得十分顺利。在

---

* 在成人视频中出现宠物猫已经成了一种互联网现象话题，为此还专门成立了“A 片中的冷漠猫”的博客网站。

用马鞭抽打了奥林几下之后，韦克斯对观众说："大家别忘了，在这之后会有一场只有输入密码才能看的特别表演，只要 200 代币就能加入！"

小费轰炸及其他财务问题

表演开始约 40 分钟后，发生了一件不得了的事。有位观众毫无缘由地打赏了大笔小费——999 代币，马上就有人跟随其后，接连几个 999 代币入账，女孩们都震惊了。这轮小费轰炸持续了约 3 分钟，平息一会儿后布拉瑟、韦克斯和奥林的腰包里分别增加了 60 英镑。现在，Keno 板上所有露骨的色情表演奖励都可以实现，这种情况被称为"小费轰炸"，她们三人欠直播间一整个 Keno 板的表演内容。

"我靠，"韦克斯对粉丝们说，"从没见过 Keno 板这么快就爆了，现在有我们忙的了，真棒！"

"那我们还能表演点什么呢？"奥林说。

"看来有人得跟我舌吻一下了。"布拉瑟回应。

韦克斯提议："是不是我们互相之间应该搞点什么事情？"

代币打赏还在持续不断地进行，不过我注意到，这些打赏是按照自己的节奏来的，跟屏幕里的内容并没有什么关系。Chaturbate 上面有各种各样的名单和排行榜，今日在直播间打赏数额最高的人将会获得一个奖励：直播结束后由女主播们拍摄的定制拍立得一张。每隔几分钟，打赏排行榜就会在聊天框内刷一次屏（且标题为“最有价值打赏者”而非“最高金额打赏者”）。一进入 Chaturbate，就会看到一个人气直播间的排行榜，以及最受欢迎主播的名单。韦克斯的个人主页里专门有个名单，上面写着打赏金额前几名的观众名字。而在 MyFreeCams，女主播们都有一个“直播分数”，这个分数的算法也是以每分钟收到的平均打赏额为基础来计算的。

这套系统的精明之处在于，它向每个用户施加软性压力，迫使他们能源源不断地投入金钱。经常打赏韦克斯的用户都是她的忠实粉丝，他们之所以打赏小费是因为他们欣赏韦克斯的表演，或是只是单纯地希望她能开心。然而也有人来回周转于不同的直播间，给各个女主播打赏价值不菲的小费，只是想成为排行榜第一名而已。（事实上，确实有人把“成为打赏排行榜第一”当成一件正事，且十分厌恶有人把“最受喜爱”的名号抢走）。据我猜测，这里的打赏者之间也会相互监视，打赏的小费数量多，自然会引起直播间 5000 位其他观众的关注。而如果打赏的小费数额轰炸了 Keno 板，那么每个人都能因此大饱眼福，尽情欣赏表演。韦克斯的一些粉丝出手真的十分阔绰，有一位粉丝通过电子邮件告诉我，他每月花在女主播身上的钱约为 300 到 400 镑。另一位观众单单是这场直播就打赏了500英镑。

这些忠实粉丝成就了韦克斯，让她成了Chaturbate赚得最多的女主播之一。粗略估算一下，韦克斯每年的营收可达4万英镑。打赏最多的时候，一场直播她可以赚到1000英镑，这些小费大多是来自忠实粉丝。除此之外，据韦克斯称，她知道一个比她赚得更多的主播，一个月就赚到了2万英镑。今晚直播的打赏会在几周之内到账，她赚到的代币可以兑换成美元，在Chaturbate抽取部分提成后，剩下的钱会打到一个名叫Payoneer的预付卡中，不过在每次交易时，Payoneer都会收取一小笔手续费，这点让三人十分不爽。“一定有更好的方法，”直播结束后，韦克斯说道，“你们听说过一个叫比特币的新玩意吗？”

代币并不是主播们唯一的收入来源。与平台的其他表演者一样，韦克斯有一份自己的“愿望清单”——一个亚马逊的个人化网页，粉丝可以直接购买里面的东西送给她。Chaturbate的首席技术官告诉我，有位主播的隆胸手术就是由粉丝买单的，也有主播收到过洗衣机。韦克斯说她曾收到过一整套著名品牌酷彩的烹饪厨具。我看到某位女主播的愿望清单上，包含左翼政治和社会批判的书籍、豪华除尘器以及摩托车越野车气门弹簧压缩工具。

也许是因为潜在的报酬优厚，韦克斯告诉我现在做这一行的人越来越多。每周都有很多的新人加入进来。女主播的数量越多，意味着竞争越激烈，自然每位表演者的预期收入也会减少。WeCamGirls 曾做过一个内部调查，只有少数 7% 的主播（韦克斯也属于这一层级）月收入能够达到 5000 英镑以上，半数以下的主播月入不足 1000 英镑。

因此，女主播们在寻找其他出路的同时，也要拓展新的粉丝群，这也意味着利用网络贩卖色情服务，已经远远超出一台摄像机的能力范围。

虚拟社区 Utherverse

杰茜卡是位专业的成人影星，已在业界摸爬滚打十余年。同时，她也是一名人气很高的女主播，每天都会进行私密的直播表演，受众是小范围内购买力较高的订阅用户。

杰茜卡的大部分客人都来自一个叫作 Utherverse 的虚拟社群。Utherverse 类似于色情版的《第二人生》，在这里现实世界中的一切配置应有尽有：你可以用 Rays 币购买自己的公寓（这里称作 Zaby），Rays 币也可兑换成美元；也可以在社区内成立一个虚拟家庭。不过大多数人来这里是为了结识其他虚拟身份的玩家，也为了 24 小时不打烊的聚会、夜店以及脱衣舞俱乐部。每天约有 3000 人加入这个平行世界中来。杰茜卡解释道："这里奇妙地结合了现实与幻想，是贩卖色情服务的绝佳场所。"据 Utherverse 的负责人安娜－李说，目前约有 2 万 5000 名用户在 Utherverse 利用虚拟身份贩卖网络、电话以及直播色情服务。而且这些人的身份极易辨别——他们的头上都有一个标识注明“上班男子”或“上班女郎”。她告诉我，有不少女主播跑到 Utherverse “钓鱼”，当然，这里“钓鱼”的意思是指抢生意。

现实世界中，杰茜卡与妻子埃勒两人共同运营位于马萨诸塞州的一家综合色情服务公司。两人在成人娱乐业都有丰富的从业经验，线上线下都有一定的知名度。不过她们对目前色情产业的发展态势并不乐观，杰茜卡说：“要是在以前，人们的标准是很高的。”埃勒接着补充道：“现在科技发达了，什么猫猫狗狗都觉得自己能当主播。”话虽如此，不过两人已适应了新世界的规则，在拍摄传统的成人视频之余，她们也都提供了一系列直播表演、电话及虚拟色情服务。

即便不是专业的成人片影星，也可以在虚拟社区 Utherverse 贩卖色情服务。任何一人都能成为“上班男子”或是“上班女郎”，向客人提供服务。在 Utherverse 上一家精心设计的破烂妓院里，我见到了朱莉娅。刚走进门，就看到三个衣衫不整的女人正在跳舞，这是她们的“工作”内容。朱莉娅是一位身穿紧身连衣裙，身材高挑、皮肤黝黑的性感女郎。

“嗨！”我向她打招呼。

“嗨，帅哥！”

"朱莉娅，你都能做些什么？"

"我可以跳舞、脱衣、上床，不过都得收费。"她回复得很快。

朱莉娅是经过"认证"的上班女郎，这也意味着她在自己的角色资料中上传了真实的个人照片来验证身份。网络上的朱莉娅年龄为25岁，身材高挑，黝黑性感。而真实世界中的朱莉娅，则是一位来自肯特郡的护士，五十多岁，婚姻幸福，家庭美满，育有五个孩子。朱莉娅主要的工作是贩卖网络色情服务，与其他角色一起体验虚拟性爱，并同步在对话框中发出一些"符合气氛"的声音。朱莉娅告诉我，她十分擅长电话色情服务，有时会有五六个客人主动上门，要求提供30分钟甚至1个小时的服务。三个小时的工作，能赚约20美元，这些收入远远不能在现实世界中维持生计，但也足以购买一个VIP账号，朱莉娅说自己是为了"Rays币和打发无聊"才做这份工作。

"一直说这种色情台词，你觉得累吗？"我问。

"有时会。"朱莉娅说。

"那提供电话服务的时候会让你兴奋起来吗？"我接着问道。

"那倒不会。"她回答我。

职业风险

然而，在屏幕前直播裸露的身体一定会有其弊端。大多数的女主播都有一段低谷期，不但粉丝量少，甚至还会遇到某些观众的一些奇奇怪怪的要求。这些问题都是她们的职业伤害。布拉瑟在准备表演时告诉我："对我个人来说，最难熬的那几个晚上，根本没有人跟我互动。"安静的聊天区，就是女主播的噩梦。在没有反馈机制的情况下，根本不知道当时是否有人在看直播。韦克斯回忆起过去那些难熬的非公开直播秀时，说道："那种感觉太不安了。"当时甚至有粉丝希望她能引诱自己服用催情药。

不过对于女主播来说，这些情况都是小问题。雪利表示，Chaturbate 每天都会多次重申《数字千年版权法案》，因为某些观众会在观看直播时录屏，然后将直播内容散布到其他色情网站，在原视频网站没有授权的情况下，此类行为都属违法。在直播中短暂露面几秒之后，韦克斯笑着对我说："你以后很可能会出现在某个免费的色情网站上。"直播要求女主播必须出镜，因此她们也成为许多引战分子的攻击目标。2012 年 8 月，有位女主播因不堪被 4chan 的网友们多次辱骂攻击，某次直播时在镜头前彻底崩溃，一边流泪一边说："上帝忽视了我的存在，12 年了，我一直在等待一个男人来爱我，但是上帝不在乎，我好想死。"然而冒此风险的并不只有女主播，用户在线上或私下分享的色情内容不断增多，导致"报复类色情内容"与日俱增：即未经当事人同意四处散播其裸露照片或视频。2013 年底，来自圣地亚哥的 27 岁青年凯文·博拉尔，因运营报复色情网站被逮捕。经调查，他收藏了近万张色情图片，且都未经过当事人的许可。类似的网站例如 Myex.com，在我写作本书时，该网站仍在运营中。用户们会在这里发布前任的照片（通常是裸照，偶尔也会有全身包得严严实实的照片），再附上几句发布这些照片的原因，有人这么写道："我在伊拉克的时候，这婊子出轨了。"也有人说："这女孩会给你戴绿帽……听我一句劝，离她远点。"要想从 Myex.com 上撤下照片，唯一的方法就是按网站要求，联系另外一家"独立仲裁公司"，向他们说明"本人照片被误放在该网站上"，撤销照片的费用高达 499.99 美元。最近的民权调查显示，有半数报复色情内容受害者表示，他们的裸照以及姓名、社交网站等信息都被人曝光在网络上，其中 20% 的人表示，其邮件账户和电话号码也被网友扒出。同样的情况也发生在校园，当事人的视频和色情照片在班级、全校以及朋友圈相互传阅。当然，结果也令人十分痛心。俄亥俄州的杰茜卡·洛根，因难以忍受之前发给前男友的裸照在全校流传，而选择自杀；在另外一所美国高中，一群男生四处搜集同学的"性感自拍"，并以此要挟当事人提供尺度更大的照片。

心理脆弱的青少年，情愿也好被迫也罢，都有可能卷入这个充满摄像机的世界。Chaturbate 对表演者进行严格的年龄限制不是没有其道理。2000 年，13 岁的贾斯廷·贝里创立了个人视频网站。

最初，有人在网站开价50美金要他脱去上衣，上身赤裸地坐在屏幕前三分钟，之后又有人出100美元要求他在镜头前穿着内裤摆出各种姿势。之后便开启了一系列网络滥用的行为。在闭站之前的5年多时间里，贝里依靠为数百名付费订阅用户进行色情表演，赚取了几千美金。此事件也为大众了解视频网站世界的危险性敲响了警钟。

高潮时刻

韦克斯与那些看过她表演的观众从未谋面，也不想去见他们。她与一些忠实粉丝的关系只限于线上，这也是她坚守的底线。韦克斯的个人魅力在于她非常真实。虽然不是专业的表演者，有位熟客观众曾形容道，韦克斯的表演在色情之余，很像跟女朋友在Skype闲聊。雪利告诉我，直播之所以大受欢迎，是因为观众想有一种跟“真实女友”交往的体验，即便有缺陷也没关系。如果用户想在网络上寻求性方面的满足感（也确实能够满足），直播表演确实是最为真实且有意义的体验方式了。直播过程中也许会出错，有失误，聊天的时候还会有宠物猫跑来跑去，韦克斯的性感叫声也许有些夸张，但绝不是伪装过的。这里的一切都是真实发生的。这样看来，视频直播模式其实更加健康，之前那些露骨色情视频引发的社会恐慌，或许可以被视频直播抵消一些。互联网上充斥着许多毫无界限的色情幻想，或者是各种不切实际的空想。霍华德·莱茵戈尔德在1990年发表的著作《Mondo 2000》里，曾讨论过未来性爱的定义，他认为“情爱”将会“在短期内变成人人可得的日常品”，因为在未来，每个人都能变成他们理想中的样子，可以随时随地跟任何对象一起体验虚拟性爱。不过，大多数人并不希望与机器人或名人超模一起享受绝妙的性爱体验，只想与普通人建立亲密关系。

然而，“真实女友体验”的问题却让我感到困扰。我很喜欢韦克斯，也理解为什么会有那么多忠实粉丝一直追随着她，她确实会给观众一种“女友般的体验”。这也是问题所在，因为直播间里的那些人并不是她的男朋友。韦克斯真正的男友，这个真诚友好的男生，此时此刻正坐在楼下，收听广播里的足球比赛。

从根本上看，直播的本质不过是一场交易，是韦克斯的工作内容。韦克斯的忠实粉丝丹尼告诉我，“女友感”的不足之处就在于：“你必须时刻提醒自己，你永远不会见到这些女人，她们也不想跟你上床，认清这一点之后，我发现自己能更愉悦地享受每场直播了。”

尽管韦克斯并没有向我明说，但我认为她也注意到了其中的问题。她是真心地喜欢粉丝——尤其是忠实粉丝——其中有些人还跟韦克斯成了好友。她时常与一位粉丝交流最新的书籍和音乐，也经常与另一位粉丝深入探讨某些政治问题。对她而言，粉丝不只是摇钱树。我想人们喜欢韦克斯的原因，也是因为她是真心地关心粉丝，而不仅仅是逢场作戏。然而，要想让直播事业持续进行下去，韦克斯也需要粉丝的代币打赏维持生活。出手阔绰的打赏金主们随时都可能将钱包转向另外的女主播。韦克斯有一份打赏排行榜的清单。此外，她会设计一些游戏鼓励他们打赏更多的小费，也会特殊关照一些常客。此过程中存在着某种奇怪的权力博弈，在某些程度上可能强化了性别刻板印象：为博得男性欢心，女性必须要出卖自己的肉体。然而韦克斯却不这么看，对她而言，这种谋生手段既有掌控感，又有乐趣，而且薪酬也相当丰厚。不过哪一方在其中占据主动权，仍然很难定论。

不论韦克斯的看法如何，女主播的职责就是要维持这种微妙关系的平衡。然而，并不是每个人都具备这样的能力，有时主播和观众的关系处理不好，甚至会直接引发正面冲突。在MyFreeCams，曾有位人气主播在公开信上抱怨："你们（观众）得多出力，既不打赏也不支持我……这种尴尬事以后不要再发生了。"此话一出，立即就有观众出言反击："某种程度上说，责任应该在你吧……别给自己找什么没工作没钱的借口了，没工作就去找啊！干吗天天泡在论坛瞎逛！你的工作就是卖肉，卖你的个性和服务。我知道很操蛋，但没办法，欢迎来到现实世界！我们可不是一群慈善家。”

今晚的表演接近尾声了，韦克斯达到高潮之后，翻个身到床边，正好藏在摄像头拍不到的地方，向我竖起了大拇指。这些女孩确实完成了一场精彩的表演，也收获了粉丝的掌声。韦克斯的直播共有 5000 多名观众收看，且大部分人都有打赏，且金额不菲*。在全程 3 个小时的直播表演里，三位姑娘每人入账 300 英镑左右。

重头戏结束之后，韦克斯大喊一声：“叠罗汉！”三人一个接一个地跳到对方身上。“音乐！”韦克斯趴在最底下，笑得合不拢嘴。“放点音乐！”她们还有一点时间能为心满意足的粉丝们跳一段舞，而我和杜尚就在旁边静静观赏。

---

* 每个小时观看量最多的直播间，会获得 10 美元的奖励。在晚上 8 到 9 点的时间段内，这个奖励归韦克斯所有。这也是她开播以来直播观看人数最多的一次。后来她解释这是因为平台上女生进行三人群交的表演很少。直播前，我问韦克斯她的直播间一般有多少人观看，韦克斯说：“如果只是聊聊天，大概有 200 人左右，这取决于你的着装打扮；如果是高潮秀的话，观众大概会有 1000 人。”

第七章

维特效应

“耶！欢迎加入小组，你会喜欢这里的！” 13 岁的阿马利娅在网上搜索减肥方法时，跳出了这样一条信息。阿马利娅最近常常在学校被其他女生嘲笑身材，性格内向的她，开始越来越注重自己的外表。这个看起来不错，阿马利娅一边想着，一边点进了这个网页 *。

三年后，阿马利娅因体重不足，被父母送到医院接受紧急治疗。但是阿马利娅却认为自己的身体状况并无大碍，她跟父母说：“你们根本不懂！我没病！我很正常，我不想接受治疗，我是厌食

* 为保护本章的当事人身份，我虚构了化名为阿马利娅的主人公，所有信息源来自对厌食症网站成员的采访笔记。且据我所知，这些信息的可信度极高，在必要之处，我也会修饰部分引用内容。

主义者！”后来她回忆道，当时的她已病到几乎无法正常行走。

网络中充斥着诸多与进食障碍神经性厌食症相关的“互助”群组、网站以及论坛。阿马利娅误打误撞进入的网站，只是其中一家。而且她在这三年中，已成为该网站小有名气的红人及忠实用户。

一般而言，人们在感到身体不适时，第一反应往往会求助网络。只需鼠标轻轻一点，就能根据病症找到一系列对应的疾病，而且网上有很多提供治疗建议和帮助的个人和团体。目前，互联网中的互助小组，数量已达上千个，几乎涵盖了每一个你能想到的疾病类别，这些小组由“病友”们自行创建和运营，专为其他“病友”同胞们服务。调查显示，美国有 18% 的网友表示，他们曾在网上搜寻过是否有跟自己有相同病征的人。

线上互助小组，其设立目标是为帮助人们渡过人生中不同阶段的难关。有多种调查显示，如果患者与掌握其病情相关的一手知识和经验的人进行交谈，有助于提高自尊心和自信心，且利于患者自身的健全发展。然而，阿马利娅加入的“厌食主义”网站，却是互助团体发展过程中出现的“歪门邪路”。每天，网络中都有数以千计的人们访问有关自残话题的论坛、博客和网站：厌食，自残，自杀。其中部分网站是为了帮助成员了解某些极端情况的危险性，帮助患者自愈或是建议患者寻求帮助。有些网站的主张则比较模糊，允许成员在网站畅所欲言，探讨病情，其中也有少数群体选择站在“支持自我伤害”的一边。

史上第一个引发争议的自残论坛，是 Usenet 上一个叫作“alt.suicide.holiday”（假日自杀小组）的群组，也被称为“a.s.h”，由加利福尼亚人安德鲁·比尔斯于 1991 年 8 月创立。a.s.h 小组的头两篇文章（现在被认为是其原始宣言）就表明了自己的立场：“马上假期要到了，这个小组会很有用……众所周知，假期前后的自杀率很高，在这里大家可以一起分享自杀理由，研究方式方法。”此后，a.s.h 迅速发展成为线上名声最臭的小组：刚开始成员数量只有几百人，后来上升到数千人，成员之间相互讨论该采取什么方式自杀，甚至还有人在此寻求同伴“约法三章”，共同赴死。如今，类似的自杀论坛和网站遍布网络，许多社群还在沿用当年 a.s.h 小组的欢迎词：“在这里遇见你十分抱歉。”

上世纪 90 年代末，第一批厌食主义（以及以暴食症为主题的暴食主义）网站出现在大众视野。这些网站宣称厌食症和暴食症并非闻之丧胆的疾病，而是一种生活方式的选择。网站希望能加强各病友立志一起减肥的决心，同时也提供分享建议的空间。2012 年，埃玛·邦德博士曾针对厌食主义社群做过一个大型调研，发现目前在表层网页中，厌食主义网站及博客的数量约有 400 至 500 家。此外，一些不具规模的小型博客数量也达上千家之多。

声称支持割腕自残的网站也很热门，截至 2006 年，其相关网站或论坛也有 500 多家，它们通常都以外部链接的形式出现在厌食主义网站中。自此之后，网站数量也在逐年攀升。

残酷的是，阿马利娅的情况并不是个例。每周都有数百人加入自残网站，除了学习其中的方法技巧，也结识了许多志同道合的人。2007 年的一项关于厌食主义网站热度的调查显示，这类网站的访问人数约有 50 万人。2011 年欧盟的调查研究也表示，在 11 岁至 16 岁年龄段的青少年群体中，约 10% 的人曾浏览过厌食主义的网站。在英国，这类网站的访问群体几乎都是 13 到 25 岁的年轻女性。a.s.h 小组（以及相关小组 alt.suicide.methods）至今仍在运营中，网站包含数千条帖子和评论，访问人数则难以知晓。

显然，这些网站的危害性极高，四处充斥着绝食、割腕自残甚至自杀的内容，我不明白这些网站如此受青睐的原因，于是我决意去寻找答案。

耶！欢迎你来！

自残网站特别好找，只要在谷歌输入关键字，就会跳出不少相关网站、博客、社交账号、图片分享网站……而且进入门槛为零，无须使用特殊的浏览器或密码。

我找到的第一家厌食主义网站，内部拥有丰富的多媒体资源，如图片展览区、聊天室、论坛，甚至还有专门的网店售卖相关商品。论坛下面也有诸多分类：减肥区、情感区、身体状况区（例如自残）以及建议区。在写作本书时，仅论坛成员的数量就高达86000名。在我访问网站的时候，有630位成员在线。用户会创建非常详细的个人档案，包括年龄、地理位置坐标、兴趣爱好，等等。正如许多其他社交网站的配置一样，你可以对其他用户的评论、发言和个人档案点赞及评分。在浏览这些网站时，我注意到用户大多都是年龄介于14至18岁的女性。除了性别、年龄等基本信息之外，大多数人的档案中也有一行显眼的数字：目前体重、分阶段的目标体重，以及“终极目标体重”。

每时每刻网站都有新鲜事发生。用户已在数以万计的帖子中，发表了至少200万条评论消息。即每隔两三秒，几百位在线的网友就会新增一条评论或是帖子：针对“每天3到6次催吐减肥法”的疑问；最喜欢的减肥方式；你在镜子里看到了什么？你是怎么知道自己厌食的？去健身房的时候应该如何掩盖割腕伤疤？不论什么问题，总会有人替你解答，有位用户写道：“不知道什么原因，每到晚上，我的大脑就像打开了开关，然后我就忍不住想伤害自己。”紧接着会有许多人在下方提供一些有帮助的建议。“天哪，真的太感谢你们了。”她回复道。

不过，也会有一些与厌食症无关的帖子出现：令人反感的话语；推荐歌曲；失落的日子；如何缓解皮肤松弛；最喜欢的德语单词；权利的游戏；约会建议；梦想；宠物名字；作业；龙图案的牛仔短裤……网站不仅为用户提供减肥秘籍及建议，还为他们提供了交流的空间，可以相互分享个人兴趣爱好。更重要的一点是，厌食症患者可以在此讨论只有圈内病友才能懂的话题。最近，有位网友创建了一个“搞笑 / 恶心”的帖子话题：

ID：**全是骨头**：在这个帖子里，大家可以一起分享绝对不会跟其他人说的个人饮食习惯，前提必须是恶心或者搞笑的那种……我先来，那天我狂吃了很多花生酱，之后坐在床上打了个嗝，这些酸不溜丢的花生酱都呕上来了，搞得满嘴都是，然后……我就优秀地全部吞回去了。

ID：**碎片**：两个字，泻药。有次我去听音乐会，刚好坐在前排。在此之前的一天因为拉肚子跑了好几趟厕所，结果放了一个很大的闷屁，后排一个人就吐了，嘻嘻嘻。

ID：**一定会瘦**：一想到这事就想哭。在公共厕所大便的时候，如果旁边也有人在拉的话，那就太尴尬了……噗噗噗噗……也就十几二十声吧。

网站里的这类讨论十分平常，且各个帖子都非常繁忙，我看到的评论大部分都还属于比较积极向上的。

这些网站的作用像是“出发点”，许多用户会选择在个人网站和平台中添加新的超链接。厌食主义社群总是能在第一时间嗅到最新的站点及入口网站地址，并且学会迅速上手使用。上世纪 90 年代，厌食社群多以静态网页、网络文章以及雅虎小组的形式存在，却也看准了时势，迅速将阵地转移到博客、脸书以及推特这些社交网站中来。我在 Tumblr 博客、Instagram（图片社交网站）以及推特找到了上百个与厌食和自残相关的社交账号，它们主要的作用是发布一些照片、文字、图像和视频，供大家浏览和转发分享。

在发现厌食主义网站的一年后，阿马利娅开通了自己的推特账号。她注意到有个在网站认识的朋友也注册了推特，并且一直发布进食障碍的相关推文。通过这个朋友，阿马利娅陆陆续续找到了许多发布类似推文的账号。她决定注册一个新账户，专门发布跟厌食主义相关的内容。她开始持续不断地更新推文，每日更新减肥进度，提供减肥建议，与圈子内外的好友相互加油打气，于是在短时间内，阿马利娅迅速成了社交网络的意见领袖。

与此同时，阿马利娅也在网上交到了很多朋友，她们对阿马利娅的遭遇感同身受，愿意倾听她的想法，且常常为她解疑答惑，交流想法。她开始觉得自己是集体中的一分子，推特账号的运营对她变得越来越重要。对此，阿马利娅解释道："我从未向朋友们认真聊过我的进食障碍症，虽然她们都知道，而且我也很讨厌把这些事情跟父母讲，我知道他们都很爱我，只是他们真的不理解我的感受。我想把这种感觉向那些真正懂我的人倾诉。在现实生活中，我需要时刻隐藏和伪装自己，然而在推特我完全可以放下戒备。在我心情特别差的时候，大概会下线一周左右的时间，不过没多久就会想跟推特上面的人说说话，我感觉推特已经成了我的一部分，如果删除或者停用账号的话，我可能也会随之消失得无影无踪。"

用户可以在此类网站中，讨论他们在现实生活中不愿或者无法与他人敞开心扉交流的一些状况。除此之外，许多网站也为他们提供了平台空间，可以深入地探讨个人问题。2013 年 12 月，线上某大型自残网站在历经暂时的闭站和整顿重启之后，讨论区里铺天盖地出现了各种关心的声音，有人问道："讽刺的是，在闭站期间，我自残的情况比之前更严重了……有人跟我一样吗？"另一人回应："我跟你一样，哈哈，网站重新上线了真好，不枉我每天都过来看一眼啊。"第三人回复："没有你们这些小天使的支持和鼓励，我割腕的次数更多了……"

杰勒德今年 30 多岁，来自美国，他认为自杀论坛拯救了他的生命。杰勒德长期遭受抑郁症的困扰，曾在 18 岁时因服药过量而被送进医院治疗。2003 年，他发现了 a.s.h 小组的存在，并在这里寻求到了慰藉。杰勒德回忆当时的情形时说道：“我感觉终于找到了一个可以坦然接受自杀想法的地方，对我而言，倾听和理解远比精神治疗重要得多，在家人和朋友面前伪装没事的样子真的太累了，而且会让自己感到更加孤独。每当我心情低落的时候，我会一整天都待在论坛里；在陷入绝望的时候，我会在深夜发长文。不过开心的是，第二天早上总会收到一些暖心和激励的回复。”

Al 是某个人气很高的自杀论坛的管理员，他表示杰勒德的经历非常典型。Al 运营的网站对自杀行为既不支持也不反对，他不会鼓励个人去主动结束自己的生命，同时也不会伸出双手将他们从死亡的边缘线拉回。（Al 的网站模式与 a.s.h 不同，一旦讨论内容触及自杀方式及相约自杀的话题时，Al 便会及时出现制止，因此这两类话题在网站都是明令禁止的。）Al 现年 67 岁，他告诉我，自己在十几岁的时候就产生过自杀的念头。而这家网站为他提供了巨大的帮助。“我发现，人在不顺心的时候，只要与那些善解人意，且不会进行价值判断的人们聊聊自己的生活，就比较容易摆脱自杀的想法。”

Al 强调，“关怀”可以是多种形式的，不一定是外行人想象的那样：“有时我们能给予的最大支持，就是建议他们要格外注意自己的行为，而对其他人来说，简单一句‘我能理解你的感受！’

就足以瞬间释放他们内心的压力。我们告诉用户，一切的个人感受都有因可循，包括‘自杀想法’在内，在这个提倡不随意评判他人的言论环境中，他们可以畅所欲言。事实证明，这种做法确实可以缓解他们的自杀倾向。”Al 继续解释，然而人们没有想到的是，这些有自杀想法的人根本求助无门，无路可去。

此外，Al 说道：“运营这个网站并不容易，如果有人表达了求生的欲望，我自然是很开心的；但如果由于各种原因最终他（她）还是选择结束自己的生命，其实我也是很高兴的，因为我知道自己已经尽全力了。虽然他们的死亡让我很悲痛，但我知道，他们已经不会再像来时那般痛苦无助了。”

我问 Al，他有时肯定很想知道这些人的真实身份，以便找到他们提供专业的帮助或者向政府机关进行报备。他回答：“不会，如果知道了他们的真实身份，我就失去了最大的优势。当然，我希望遇到的每个人都能拥有幸福长久的人生，但有时事情并不是这么顺利。我认为自己有责任去帮助论坛的每一个人，不过，我并不是在拯救他们的生命，而是帮助他们做出对自己最好的选择。”

鼓励

几乎每一家厌食主义网站，都有类似的目标：帮助个人达到理想的目标体重。我看过的这些网站中点击量最高、最受欢迎的页面是“励志减肥帖”——人们会在此发布一些励志性的减肥素材。其中一家“励志减肥”的论坛是这么写的：“这里可以尽情发布你的减肥榜样图片，或者收集的超赞励志素材，大家一起加油吧！”网站内部则有近3万张励志图片的链接。埃玛·邦德博士指出，“励志减肥帖”是厌食主义网站中最为常见的话题。典型的“励志减肥帖”内容包括一些身材纤瘦的名人照片，例如凯拉·奈特莉、维多利亚·贝克汉姆、凯特·摩丝等；或者用户自行创建专辑，上传减肥历程的照片，其他用户可以浏览和发表评论。通常这些图片专辑都会附有励志性的说明文字：“罗马不是一日建成的，不要放弃！”“想要瘦着醒来，就得饿着去睡。”“咕噜咕噜不是你饿了，而是你的肠胃在为你鼓掌。”

大部分励志帖的评论区都是各种赞美的言论，这些人都渴望拥有照片中那些光鲜靓丽的模特们的纤瘦身材，然而这几乎是不可能的。在一张身材极瘦的女模特照片底下，我看到了这样的评论：

> 身材太棒了
>
> 美美美
>
> 爱死这双腿了，又白净又好看！
>
> 要拜倒在这两条腿之下了
>
> 如果能拥有这样的身材，要什么我都给！

大腿缝的线条啧啧啧

我也想要！

要是能有这双腿我愿意做任何事

希望能有你一样的身材，哎，任重道远。

天哪，希望我也能像这样。

她还能再完美点吗？

我想变成这样。

完美

太完美了，能问下你多少斤吗？

这就是我的目标，我现在已经能看到髋骨突出的线条了，手感的话，男朋友替我试过了，但我还是想让这些骨头再突出一点。

太好看了！膜拜！

我认识这个女生，她是我们学校的，每次我看见她，内心都受到一次冲击。啊啊我实在是……

真希望我也能像那样，羡慕嫉妒恨啊！

想要

我的天，完美！

为什么啊上帝，为什么？你赐给我一身赘肉和空空的脑壳也就算了，为什么这个人会这么完美？！隔着屏幕心疼胖胖的自己。

喜欢她的身材，我也想跟她一样！

与之相似的是，自残网站里——通常可以从厌食主义网站直接找到跳转链接——用户们也会经常发布画风极为惊悚的自残照片，旁边附上各种短诗、歌词以及其他图片。尽管许多社交网站明令禁止用户发布美化“自残”“进食障碍”等相关内容的推文和链接，然而这类掩饰手法通常会以间接的方式，透过一层层精心修饰的内容和鲜明对比表达出来。

不过，自杀论坛却有些不同，这里相对而言图片比较少，大部分是以话题讨论为主。然而这里的许多成员都将自杀视为一种极为荣耀且有意义的解决问题的方式。在 a.s.h 小组，一位匿名成员曾建议某位试图自杀的访问者用户去发现生活的美好：

首先，无论如何需要准备一场特殊的庆祝活动，为什么不试试尽全力去享受整个过程呢？如果你有私家车的话，一定要一直开到 40 英里、60 英里、100 英里甚至更远的地方，去高速公路上兜兜风，也可以漫无目的走走停停，直到遇见心仪的旅馆为止。在郊外的旅馆住个几天，每天都要尽可能多出去散散步，让身体注入新的能量，结交一些新的朋友，这时你会发现自己会对人生产生一种全新的看法。开个派对庆祝一下吧！如果你想聊天，可以在这里留下电子邮箱地址或其他通信方式，我会联系你的，祝你好运！

而最危险的一点在于，节食本身正被视为一种正常、健康而又魅力十足的行为。每当阿马利娅看到这些“减肥励志帖”的图片时，会不自觉地将自己与照片中光鲜靓丽的模特相比较。由于周围充斥着各种身材纤瘦的人物图片，阿马利娅出现身体畸形恐惧症的迹象。正如许多厌食主义网站的成员一样，阿马利娅开始疯狂痴迷瘦削的身材，并且对“瘦”的特定体征十分在意，例如“大腿缝”（当双膝贴近站立时，两条大腿之间的缝隙），明显的锁骨，形状突出的膝盖骨及肘关节。据邦德博士说，厌食症患者会因自己禁受住食物的诱惑而深感自豪，“他们很多人会将饥饿感与幸福感两者强行联系在一起。”而阿马利娅却对此毫无置疑：“我搞不懂这到底有什么错，大家都想要大腿缝，人人都为它着迷。”之后我在某厌食网站里找到了下面一条匿名评论：

我他妈的绝对不信！就在周四，我还能看到自己的大腿缝，结果一下子就没了。就过了一晚上，真的他妈就过了一晚上！那条缝隙就没了，我快要窒息了，我对自己太失望了，我怎么能让这种事情发生？我怎么能这么放纵自己？

我访问的那些网站中，不论是分享经验、上传照片还是介绍手段方式，信息量都多得令人瞠目结舌——就像是一个自残共享资料库，里面包含了诸多详尽的做法建议。那时的阿马利娅开始仔细研读网站提供的减肥方法，这类内容在站内通常被称为“厌食技巧”，如果遵守里面提到的一系列守则，减肥则是轻而易举的事：

守则 1：规定就是规定。这一条非常重要。你必须严格要求自己，如果你是一名真正的厌食主义者，那么遵守纪律完全不成问题，因为你有惊人的意志力！规定就是一切，制定自己的私人规定，且不定时进行更新。

守则 11：吃饭之前喝一小杯苹果醋，这会减少体内脂肪的吸收率。如果过量饮用，则会有轻微的反胃和恶心感，有助于抑制食欲。

守则 21：记录下所有吃过的食物，并计算其卡路里。这样做会让你在进食前谨慎三思，也会时刻提醒你，目前吃了多少食物和卡路里。

守则 27：当肚子饿得咕咕叫时，用力按压一下胃部。TUMS咀嚼片也有助于消除饥饿（一片5卡路里，小心别多吃）。

守则 34：千万不要吃盒装及罐装食品，把食物放在盘子里或者碗里再吃。这样做一来可以确切地知道自己到底吃了多少，二来可以提前计划好食物的分量，避免一吃就停不下来的情况，而且使用小盘子或小碗能让你吃得更少。

而在支持割腕自残的论坛里，我找到一篇经验帖，告诉大家如何在父母和老师不知情的情况下自己割腕。有位用户提问："我家人已经不让我买剃须刀了，我还能用什么呢？"紧跟着就有热心网友回复："细线、订书针、别针、尖头小石头、碎灯泡的玻璃片，甚至一些尖锐的塑料也能用。"我观察到类似的状况在自杀论坛中也有。在英国，任何鼓励或者协助自杀的行为都是违法的，即便你不认识自杀者，也没有参与到他人的自杀行为中，只要有明显怂恿他人自杀的意图，就属于犯罪。然而，不论是在互联网还是线下，探讨自杀话题以及提供信息咨询却是合乎法理的。因为其中并不存在怂恿自杀的意图。于是，一系列探讨自杀方式的相关论坛就诞生了，例如 a.s.h 小组。在这里，既有泛泛之谈的问题，例如有人提到"我不打算采用伤害其他人的一些自杀方式，卧轨什么的不要……你能给点建议吗？"也有详尽的细节教学，"在去年禁售令发布之前，我买了 4 升高浓度的石硫混合喷雾，但是我的车比一般的车要宽敞，我不想最后搞得自杀未遂还浪费这么多存货，所以我想问几个问题……”

在这种亚文化群组中，危害性最高的当属技巧建议类的内容了，因为这些内容将原本人们心中十分模糊且未经缜密思考的想法，转变为一系列可操作的具体方法指南。每年，自杀者的数量高达2000万人，然而大部分——至少90%的人——最终都是自杀未遂。牛津大学自杀研究中心曾针对864位自杀未遂的人做过一项研究，询问他们自杀的意愿有多高，超过三分之二的人表示自杀意愿不大甚至很低。2006年的一项研究结果也出现了类似的情况，该研究显示进食障碍症患者中，有约三分之一的人曾访问过厌食主义网站，且96%的人表示他们在其中学习到了新的减肥方法。例如如何在每天摄取1000卡路里的情况下维持生存，甚至有些人的目标是每天摄取500卡路里。

责任所在

厌食主义网站经常与“同辈压力”的关键词联系在一起，在这里，成员之间为实现最终的目标而相互鼓励支持。大多数厌食主义网站里的“减肥食谱日志”内容都非常受欢迎。成员们每天都会在此详细地记录下自己每天吃的东西，一旁还要附上食物的卡路里。为保证减肥计划的顺利进行，许多人给自己立下了非常严苛的惩罚规定。阿马利娅解释道：“公开自己的减肥计划并持续更新内容，可以督促自己保持减肥的动力。因为知道其他人都在关注着你，所以也不想让他们失望，而在遇到瓶颈期的时候，他们也会鼓励你。”

博尼·奎因：今天没什么可更新的，所以内容很少。现在心情真的不好，我需要休息，需要继续走下去的动力，想抽几包烟了。

第三天：

早餐，无。

午饭，一个薯片，两口牛奶。

晚饭，约 300 卡路里

第四天：

早饭，无

午饭，两个小番茄，一口牛奶。

零食，狂吃薯片和酸奶酱，大约 200 卡。（哭）

晚饭，四根薯条和一个麦当劳肉卷。只吃了四分之一，200 卡（从我吃的分量中估算）。总量 400 卡，但是我吃了很多麦片和面包当零食。所以至少也得有 500 卡。

烦透了。我不知道一共吃进了多少卡路里。因为我总控制不住吃零食。我想减肥但又觉得自己的行为一直在拖后腿。

我必须想想未来，这是能重新开始最有效的办法（哭）。希望大家今晚都能做个好梦，不会像我一样，感谢阅读。

已删：别给自己太大压力，亲爱的，祝你一切都好。

xtrememethin：你可以的！保持积极的心态，呼吸呼吸新鲜空气，保证充足良好的睡眠，明天一定会好起来的。如果你一直这么想，就永远都不知道明天可能会更好，希望你能振作起来。

博尼·奎因：谢谢楼上两位。你们说得对，我确实好一些了。祝你们达成目标，这是你们应得的。再次感谢，看来我只是需要一些鼓励而已。

然而，在这些善意积极的交流和互动背后，隐藏着极为反常和危险的想法及行为。2013 年，阿马利娅关注的一位厌食主义网红博主表示，因为在圣诞假期吃得太多，她决定断食 3 天，并号召大家一起加入。几小时内，阿马利娅等十几个人表示参与断食行动以示对她的支持。

整整三天，阿马利娅除了水和冰块，几乎没有吃任何东西。这种极端的卡路里消耗方式非常危险，且会导致突然的心理压抑状况出现。二战后曾进行了一项有名的明尼苏达饥饿实验，经过心理素质以及身体素质的双重考核，有 36 名精挑细选的自愿者参与了这场实验。实验过程中，每人每天摄入的食物热量约为1500卡路里，约为人体正常卡路里摄取量的一半，但仍然比厌食症患者的摄入要多得多。结果发现，这些实验者精神涣散，不愿与社会接触，且表现出显著的抑郁症、歇斯底里症及自残的倾向。阿马利娅表示，断食是身心的双重煎熬，不过结果却是值得的。阿马利娅不仅减肥成功，且用行动表示了对厌食症群体的忠诚。此外，她还为另外一个厌食症女孩提供了帮助。

“不过事情的转折点也在这里。”阿马利娅告诉我。原本互帮互助的厌食症群体在不知不觉中发生了本质上的变化，且往更加危险的深渊中走去。

维特效应

阿马利娅说，在刚刚加入厌食症社群的前几周内，一切如常。而当我第一次打开这些网站时，就被页面上的内容惊到了：瘦骨嶙峋的身体，各种自杀方法的求助帖，以及血淋淋的自残图片。不过后来，渐渐地，浏览这些瘦弱的身材图片对我而言变得稀松平常，心理的不适感很快就消失了。而且社群内部的人们看起来非常和蔼友善，即便他们讨论的话题是“励志减肥帖”，自杀，节食的建议和方案，也很容易让人忘记这些言语的本质是多么危险。这么说吧，不管行为本身的误导性有多大，只要发现有其他人也在这么做，再危险的行为也变得合情合理，甚至还会产生一种崇拜心理。

1774年，德国小说家歌德发表了首部小说《少年维特之烦恼》，有志青年维特因无法与心爱的女人在一起，最后走上了自杀的道路。这本书发行之后曾引发了诸多欧洲青年的自杀浪潮，自认与主人公命运相似，试图模仿自杀的青年读者多如牛毛。这种现象被后来者称为“维特效应”（Werther Effect）。1962年8月，玛丽莲·梦露自杀，在此之后的一个月间，发生了197件自杀事件，且当事人多为年轻的金发女性，似乎也是效仿梦露的结果。此外，类似的情况还有20世纪80年代奥地利的卧轨自杀事件，本世纪初香港的“烧炭自杀潮”，2007至2008年南威尔士地区少年集体上吊事件，等等。

社会学家把这种现象称为“行为传染”（behavioural contagion）。之所以会有维特效应，是因为人类是社会的产物，我们会效仿社会中他人的行为，也会学习并模仿周围人的行为。行为模式的传播方式与疾病传播并无大异，在药物滥用、青少年怀孕、自残、肥胖症的相关研究中都曾出现过这样的现象，不过对幸福感和人际合作的研究中也出现了相似的结果。

在某些特定情况中极易触发维特效应：当事人的死亡具有浪漫和英雄色彩（维特即是如此），且受到外界大量的关注和同情。

这也解释了为什么每次在媒体大篇幅报道自杀行为之后，紧接着就会引发大规模的维特效应现象。于是，各国媒体对自杀事件的报道设立了严格的规定。例如，南威尔士地区发生集体自杀事件时，警方要求媒体停止报道事件的任何消息，来控制效仿性的自杀行为发生的概率。

与主流媒体不同，事实上针对可能引起自杀威胁的报道，并没有真正意义上的限制规定或条例。大部分的自杀论坛会鼓励用户说出内心的感受以及背后的理由，鼓励性的言辞通常是出于同情和帮助的心理，然而这些同理心的背后可能会导致极为严重的后果。

戴维·科尼贝尔，年近30岁，是一位事业有成的电脑软件设计师，同时也是a.s.h小组的活跃用户。1992年底，他在网站上写下了一条留言：

> 嘿，a.s.h的同胞们！经过了长时间的研究和深思熟虑之后，我决定以服用氰化钾的方式离开这里……这台电脑已经设置了36小时的待机时间，时间一到就会打给911，我的朋友们可以及时发现。这条留言当然也是延时发送的，毕竟如果有潜水网友的突然造访，那就不好了。如果最终以失败告终的话，我会找人在a.s.h里把这件事当作奇闻异事写一下，

避免后来者重蹈覆辙。对了，最后一条，为了防止小组因为我的自杀而受到外界攻击，我在此说明，a.s.h 小组与我的死一点儿关系也没有。相反，如果没有这个小组，我的最佳死亡方案可能就是喝得烂醉之后从公寓楼顶跳下去（对，我有钥匙）。我觉得现在的计划总体而言更为简洁，最后祝你们拥有美满幸福的人生！

这是史上第一条有记录的网络遗书。就在遗书发表的第二天，人们发现了戴维的遗体。自杀的消息在 a.s.h 小组上传播开来，有些成员写下短篇的悼文，表达了他们的悲痛与思念："戴夫，如果你能看见的话，我想告诉你，我们都在想你，你的灵魂与我们同在。"也有一些人对他的行为表示十分赞赏，一位用户写道："难道只有我在读信的时候，感到一种莫名的喜悦吗？"而令人惊讶的是，科尼贝尔变成了 a.s.h 小组的守护神，他就是 a.s.h 的维特。

维特效应理论为自杀者提供了奇怪而诡异的行为动机，这也是理解这类社群为何兼有利弊双重特性的关键所在。自残论坛的基调通常是以鼓励为主，且众人的集体意识很强，你越是痛苦，就越容易得到他人的关注。有学术研究显示，自残及厌食症的行为动机来自同一个源头：释放焦虑感、孤独感、疏离感及自我厌恶的情绪。阿马利娅越感到痛苦，且将这种痛苦的感觉公之于众，就会获得成员们更多的同理心及关注度。对于那些缺乏自尊心，而且在现实生活中没什么朋友的人来说，能够在网络中得到回应，沉迷于此也不足为奇了。

2013 年 11 月，21 岁的加拿大学生达科塔用自身经历证明，这种博取关注和同理心的行为，将会导致极为可怕的后果。有一天，达科塔在 4chan 的 /b/ 板块发布了一条留言，立即引来众多网友围观:“今晚我将结束自己的生命。刚才已经做好了最后的准备，一切就绪。最后拜托大家一件事，能不能帮我找到可以直播全程的网站。”

有人极为识相地成立了新的“Chateen”聊天室，在这个非公开的聊天室，达科塔可以向约 200 名加入帖子的 /b/ 板块用户，利用摄像头进行直播。直播开始时，对此事持怀疑态度的 /b/ 区流氓们迅速涌入聊天室，他们中的许多人认为，这不过是小孩子过家家的举动。有网友试图劝服他不要冲动行事，不过迫不及待地等待好戏开场的人也不在少数。一条评论说：“要不要这么戏精啊，你想死就他妈赶紧的！”另一位也跟着回应：“我建议你还是到学校上吊吧。”

消息迅速传开，有数千位失意的用户一直留在 /b/ 板块跟进事态的发展。“我操，真有人他妈在聊天室直播自杀……你们大家怎么回事啊？”达科塔用伏特加一口吞下安眠药之后，聊天室的评论区就炸开了锅：“天呐！天呐！他玩儿真的……”另一人还评论：“这哥们真是天才。”其他人则对此表示担忧：“我们是不是该想想怎么救人啊？”

而此时，达科塔开始在房间内纵火，之后匍匐爬进了床底下。缩成一团的他，在键盘上敲下“# 死亡”，“# 哈哈哈我现在烧起来了”，他留下的最后一句话是：“我死定了。”之后屏幕一黑。“我认为他已经死了。”没人知道究竟发生了什么，有人提议暂时不要说话。

突然，屏幕上闪过一道亮光，消防员破门而入，没有意识到这一幕已被摄像头记录下来。消防员从床底下拽出达科塔，他当时已处于昏迷状态，消防员裤子上闪闪发光的黄色条纹在屏幕中十分夺目。“啊，有医生到了。”“他死了，一切都结束了。”医护人员确实到场了，幸运的是，达科塔活了下来。而就在住院疗养的期间，他的脸书主页已被各类言论轰炸。

在孤独世界里紧紧相连

然而，互联网并不会导致自残行为的发生，自我伤害、暴食厌食症，以及自杀率也没有在短时间内迅速上升。在英国，自杀率的长期趋势呈下降态势。若按人均数来算，上世纪 50 年代晚期的约定自杀死亡人数甚至多于 1996—2005 年的数据。自 20 世纪 90 年代中期以来，虽然自残事件的数量呈上升状态，但趋势并不显著，且在 2003 年达到峰值之后有所下降。

不过，互联网的出现却改变了人们呈现及经历这些心理疾病的方式。这些网络世界中的成员往往年龄偏小，心理极为脆弱，且需要专业的医疗保健服务。而今，之所以有许多人选择加入亚文化社群，是因为当他们无处可去时，这里为他们提供了避风港。a.s.h 小组的一句“在这里遇见你很抱歉”的欢迎语，其影响力远远大于当地社区医生提供的意见和建议。这些网站帮助他们在茫茫人海中寻觅知音，抛开有色眼镜，促膝交谈，人们在其中得到了莫大的心理慰藉。如果有人能够倾听自己的痛苦和苦衷，是再好不过的事。有助于缓解孤独感和疏离感的网站和论坛，对解决个人心理问题起到十分重要的作用。虽然学术界对此类亚文化的研究还没有定论，目前的相关研究著作都一致表示，同辈互助群组——前提是有像 Al 一样耐心细致的管理员——确实可以对患者有所帮助，甚至可以说服他们寻求专业的医疗帮助。撒马利坦会（Samaritans）政策研究与发展中心主任乔·弗恩斯认为，为心理疾病患者提供一处可以公开讨论自杀、自残及饮食障碍症话题的场所固然重要。而同时，他也对倾听者的个人素质表示了担忧，那些未经过专业训练且常常自身都处于病态的倾听对象，提供的建议和信息并不全都具有价值。因为在网络中，将自身疾病视为魅力与浪漫象征的维特化身无处不在。

乔进一步解释，这里还暗藏着另外一层风险。在线上社群中，用户根本无法得知会收到怎样的建议回复。有些人看似积极，对当事人的遭遇深表同情，然而用户不知道的是，在现实生活中他们到底是怎样的一群人。2008 年，19 岁的加拿大女孩纳迪娅加入了 a.s.h 小组，发帖称她有自杀的想法。一位叫卡米的成员回复了她的留言。她告诉纳迪娅自己也被重度抑郁症困扰，有时也想自杀。作为一名护士，卡米也可以为两人的“共同目标”提供专业性的指导。

卡米：我是急诊护士，工作的时候见识过各种各样的自杀方法，我还研究过不同的方案，哪些管用，哪些不管用，我都知道。最后发现“上吊”是最合适的，我曾经亲身试过，想知道疼痛感如何，整个过程大概多久，总而言之，体验不错。

纳迪娅：你想什么时候行动？

卡米：就最近吧，你呢？

纳迪娅：我计划在这周日。

卡米：好吧，你打算上吊吗？对了，你知道怎么用吗？

纳迪娅：我打算跳楼。

卡米：嗯，那也可以。不过有许多人不想跳楼留下烂摊子，麻烦别人来打扫，跳楼之前临时打退堂鼓了。

纳迪娅：我想把它伪装成一起意外。河那边的那座桥，结冰的地方刚好有裂缝。

卡米：那还行，本来我还想建议上吊呢。

纳迪娅：我想过在地铁站卧轨，不过最后还是感觉这个更好。

卡米：嗯嗯，哎，如果你也打算上吊的话，咱俩可以一起，你可能也没那么害怕了。

纳迪娅：好吧，如果我反悔了，咱俩就一起上吊。

卡米：好，这个听起来靠谱。我周一休息，这个时间比较合适，或者任何时候都行。

卡米：你有摄像头吗?

纳迪娅：有。

卡米：好，如果最后你决定上吊，我可以通过摄像头帮你，根据我的经验，把绳子调整到合适的位置特别重要，到时一定没问题。

卡米：希望能多少帮到你的忙。

纳迪娅：你已经帮了我很多，能有人一起聊共同的话题，心里也没有那么沉重了。

卡米：虽然今晚我们都安静地待在家中，但我真希望咱俩现在就能一起上路。

纳迪娅：确定这周末自杀之后，我的心情好多了。

卡米：太好了，我内心也很平静，就算不能跟你一起死，我也会很快行动的。

纳迪娅：那就说好了。

卡米：嗯嗯，我保证。

（此处省略部分对话内容）

纳迪娅：我必须要说，跟你聊天之后我感觉好很多。

卡米：我也是，现在我知道自己并不是孤身一人了。

纳迪娅：不，你绝不是一个人。

卡米：我会在周一上路，要是今晚就好了。我真的不想活。

纳迪娅：真想知道死亡是种什么感觉。

卡米：很美好。

周一清晨，纳迪娅对室友谎称去溜冰，之后便再也没有回来。六周后，人们发现了她的尸体。然而，卡米并没有履行与纳迪娅的约定，赴约自杀。事实上，卡米这个人根本就不存在。卡米的本名叫威廉·梅尔彻特－丁克尔，是一名中年男子，目前已为人父，不过他的身份确实是一名护士。警方表示，梅尔彻特－丁克尔混迹网络多年，专门搜寻有自杀倾向的人，并且主动联系数百名世界范围内的潜在自杀者，说服他们实施自杀行为。梅尔彻特－

丁克尔承认已有5人在他的怂恿下自杀，其中就包括纳迪娅。

在这些自残网站“历险”之后，我发现这里并没有蓄意伤害他人的群体存在，一个也没有。虽说网络之大，难免会出现像梅尔彻特-丁克尔一类的人，但总体而言，这些亚文化社群都非常团结友爱，成员之间互相陪伴，倾诉烦恼，并提出可行的方法建议相互鼓励。如果你感到意志很消沉，这里绝对是释放压力、排解孤独感的绝佳场所。然而这也是为什么这类社群危害性如此之大的原因。它们将所有的消极行为隐藏在一片寻常、正面而又浪漫的氛围之中——每个人都被同伴支持的假象萦绕——但暗中却将这种病态转变为一种文化，一种可以接受的生活方式。

之后，阿马利娅每天泡在厌食网站上的时间长达数小时，在网站上更新近况，与社群中的小伙伴互动，几乎不吃任何东西。她甚至还买了一条“厌食主义”的手环戴在手上。母亲苦口婆心地劝她接受心理治疗，但阿马利娅根本听不进去，她害怕失去网络生活中的一切，害怕与那些唯一能够了解她的人们失去联系。然而被父母送到医院的阿马利娅，立即就被转送至专门的进食障碍科接受治疗。经过了6个月的精心照料，阿马利娅的身体状况有所好转，开始回家休养。

如今的阿马利娅已经完全恢复健康，也很少泡在网络上面。我问她希望给那些曾经像她一样，沉迷厌食世界的人们一些怎样的建议，她回答："我想说，你必须接受帮助，虽然我知道你不想听这些话，我一度也非常厌恶这些'废话'。但如果你现在很痴迷于这些网站，那么你的心理状态很有可能出现问题了。也许你认为自己并不需要帮助，但无论如何，还是找个人聊一聊吧。网络之外，也一定会有人理解你的痛苦，"她停顿了一会，继续说，"你的厌食同好们或许很理解你，但他们根本帮不了你。"

结语

科技乐观主义与悲观主义之争

技术的转型像把双刃剑，也催生出各种各样相关的乐观与悲观理论，探讨技术将会给人类和社会带来怎样的影响。柏拉图的《斐德罗篇》中，苏格拉底曾对书面文字的出现表示担忧，他认为文字会极大地影响希腊青年一代的记忆能力，变成“听过很多道理脑袋依然空空”的状态；当大量的书籍借助古登堡的活字印刷术得以问世时，许多人也曾质疑铺天盖地的信息是否会让人们变得更加“困惑”，无所适从。虽然马可尼认为，无线电会帮助人类打破“空间和时间的限制”，但随着其发明产品的热销，又有人担心，未经世事的青少年可能会被传播的危险思想所玷污，而原有的家庭组织也会因众人围坐在一起收听娱乐广播节目而分崩离析。虽然并不知道，早期的智人种是否会因为“火种带来的究竟是灾难还是温暖”这类问题而起争执，但是可以大胆猜测，此类问题之争一定会有。

在成立之初，互联网像是一块画布，人们可以对它进行任意天马行空的乐观或悲观畅想。阿帕网的先驱者们，眼光早已超越数据集和传播网络，利用新型技术，彻底改变了人类社会的发展轨迹。约瑟夫·利克莱德是公认的互联网“开山鼻祖”，是研究计算机网络技术团队的首位领导人，1961 年利克莱德就预想过在两个阿帕网节点上建立网络连接，8 年后这个想法果真实现了。他指出：“计算机技术的出现将会带来一系列的问题，也会成为人与人之间交流的重要媒介。”此外，他还坚信计算机将有助于人们“做出更好的集体决策”。

20 世纪 60 年代及 70 年代初期的计算机技术，经常被外界赋予一种神奇的魔力。无政府主义者的梦想，就是让人人都能从辛苦的劳动中解放，“一切工作都由慈悲为怀的机器来处理”。然而，反主流作家例如麦克·卢汉曾设想，借由现代媒体技术，世界将会变成“地球村”，甚至全人类都会成为一个“心灵共同体”。

随着互联网成为全球数百万人的主要交流形式，科技乐观主义的风潮开始席卷全球。上世纪 90 年代早期，由于信息获取的便捷性及人与人之间的紧密连接，一跃进入理想社会的思想一度盛行。1993 年，著名的科技专家哈利·哈恩曾预言人类即将进化出一种“与生俱来的灿烂文化”，与此同时，技术杂志“Mondo 2000”承诺读者“在新型人机交互模式诞生的每时每刻，将第一时间带来报道……以往‘精英阶层掌控信息’的时代已经落幕，未来掌握在孩子们的手里。本杂志将在千禧年到来之前告知读者该如何响应时代号召做出行动，未来具有无限可能。”

许多早期的互联网支持者认为，人与人之间只要能自由沟通交流，就可以化解相互之间的误解和怨恨。1997 年，著名的麻省理工学院媒介实验室前主任尼古拉斯·内格罗蓬特提到，互联网将会促进世界和平，消除民族主义。《网络独立宣言》的作者约翰·佩里·巴洛也认为，互联网这个全新的自由世界将有助于建立公正自由的社会——打败那些工业时代“令人厌恶的以血肉打造的钢铁巨人”。然而，对这个新奇的互联网世界发表看法的不止有乐观主义者。在未来理想社会过于乐观的期待背后，反乌托邦噩梦都在蠢蠢欲动。利克莱德的观点是，人机交互可以推动建立和谐世界，而文学评论家、哲学家刘易斯·芒福德则担心，电脑计算机会让人类变成“被动接受机器控制的无头苍蝇”。1967 年，有位教授曾在《太平洋杂志》发文警示，计算机技术会打造出“个人化的电脑联邦记录数据库”。上世纪 90 年代，科技乐观主义的氛围达到顶峰，而与此同时，也有越来越多的人忧心互联网的发展对人类行为产生的影响。1992 年，尼尔·波兹曼在《技术垄断：文化向技术投降》中写道："如今，我们的周围充满了技术狂及独眼先知，他们只看到了新技术的优越，却没有意识到技术会带来怎样的负面影响。他们对技术的态度正如情人眼里出西施，丝毫不担心未来的隐患。"有人认为互联网会让人类变得"不善交际""心灵脆弱""与外界世界隔绝"；世界各国也担忧网络色情产业，包括儿童色情产业在网络肆虐，以及网络犯罪行为频发的情况，因此各国政府积极颁布各项法律条文，来加强网络监管、控制和审查。

科技乐观主义与悲观主义两大派别的分歧自互联网诞生之初就已存在。而随着技术的用武之地越来越多，发展速度越来越快，威力也不断增强，两边的观点分歧也在不断加深，如今双方已经发展成为两派极为对立的观点阵营。超人主义者高举科技发展的大旗，无政府原始主义者则强烈表示技术是万恶之源。互联网成立初期，两者就以某种形式存在着，且在近几年，由于科技在人们的日常生活中扮演着越来越重要的角色，两派思想的知名度也在缓慢上升，传播路径从暗网深处的论坛到表层网站制作精良的页面，也包含众多门户网站、博客以及社交媒体。但是到底哪种观点才是正确的呢？互联网究竟拉近了人们之间的距离，还是取代了现实世界中人与人之间的交往？便捷的信息渠道是让人们的思想更加开放，还是更加禁锢在自己的信仰世界中？有没有一种可能，是互联网或者科技本身影响和限制了我们的选择，促使人们表现出特定的行为模式？两者对技术发展的前瞻性预测——一方正面，一方反面——是怎样看待暗网及目前的互联网使用情况的？

佐尔坦

佐尔坦·伊斯特万一直以来都想“长生不老”。这里的概念并不是比喻意义上的：不是活在后代的回忆中，也不是著作等身，流芳百世，而是真正意义的“长生不老”——永生于世。他坚信，科技的发展会让他梦想成真。佐尔坦计划向计算机服务器上传自己的大脑，以及脑中数百亿个独特的突触路径。他自信地跟我说：“依照目前的发展，大概在本世纪中叶就能在技术上实现上传大脑的构想。”佐尔坦并非一个假名或昵称，而是真实姓名，此外他还是一名超人主义者。佐尔坦所在的群体认为，技术能改良人类的身体、心智状态，甚至是个人的道德层次。正如他的同伴一样，佐尔坦相信死亡是自然界的一种生物变异，是可以借由人力进行改变的。超人主义者一直在寻找能够使人类摆脱现有形态、持续进化的秘密，他们认为技术能够克服人类在生物和基因遗传方面的限制——尤其是寿命长短以及身心极限——因此，人类的命运并非只有死亡一条路。超人主义哲学的先驱马克斯·默勒曾表示：

“只要深思熟虑、胆大心细地将技术应用于人类，我们就能成为超越人类意义本身的个体，不再遭受疾病、衰老和死亡的恐惧。”

追根究底，超人主义的观点来自科幻小说家艾萨克·阿西莫夫以及未来主义生物学家朱利安·赫胥黎的构想，后者于 1957 年提出了“超人”（transhuman）的概念（著名的超人主义者尼克·波斯托姆曾提到，人类打破自身局限的想法最早可以追溯到苏美尔的《吉尔伽美什史诗》）。上世纪 90 年代，超人主义思想在美国加利福尼亚州风行一时，此时正是科技乐观主义盛行的时期。1993 年，弗诺·文奇将“奇点”的概念带入大众视野，人工智能技术达到“奇点”之后会迅速进化，甚至可以再生出更加高级的人类本体，取代肉体版的人类。文奇表示，希望超人主义者能将互联网作为连接人类和机器的工具好好利用……这项技术的进步最快，且是目前为止最有可能带领人类进入“奇点”状态的工具。

1998 年，这个发展迅速的群体成立了世界超人主义者协会（World Transhumanist Association）。不久后，众多具有影响力的超人主义者发表联合宣言：“我们已预见到了改变人类境况的可行性：不可规避的生老病死，人类与人工智能技术的极限，与生俱来的心理状态以及所处地球的局限性等。”2008 年，世界超人协会改名为“人类 +”，目前依然是最大的超人主义者官方组织，不仅每个季度都会发行制作精美的刊物，还会组织许多学术研讨会和活动。如今，人类+已拥有来自全球100多个国家的近6000名会员，成员身份都是自称技术宅的科学家、自由主义分子、学者及像佐尔坦一样的社会活动家。（佐尔坦自称自己拥有作家、社会家及活动家的三栖身份。）尽管身份不同，但他们拥有共同的目标，那就是钻研最前沿的科技，研究领域涉及延长寿命、抗衰老、机器人、人工智能、控制论技术、空间移民、虚拟现实、人体冷冻等。不过，大多数的超人主义技术还是聚焦在寿命延长，以及提升人类大脑和身体素质等方面。

科技发展将带领人类跨越“关键的一步”，正是对这种信念的坚持，激励着佐尔坦等超人主义者们不断前进。他们认为，中短期内的科技发明，将会对人类的进步带来不可忽视的影响。除了个人的终极目标，佐尔坦相信合成生物技术还可以帮助解决粮食短缺问题，基因药物的发明有助于治疗疾病，仿生假肢的技术成果已经证实可以彻底改变残疾人群体的命运（佐尔坦进一步解释，如果人类以电脑文件的形式存活，还可以极大地减少碳足迹）。超人主义者相信，假设将大脑连接至电脑服务器，可以大大提升人类的认知水平和智力水平，因此将有助于解决人类未来面临的诸多问题。对他们而言，如果没有用尽各种方法提升人类性能，就是不理智的行为，甚至放弃了人类本该享有的可以摆脱痛苦、改善自我的权利。

超人主义者安德斯·桑德伯格博士，是一位性格温和的电脑神经学家，也是世界首屈一指的“人脑上传”技术的研究专家。

同时，他也是为数不多的能够使佐尔坦梦想成真的人物。在上世纪 90 年代，安德斯曾在故乡瑞典发起“超人社会”运动，如今他的身份是牛津大学人类未来研究所的一名研究员，专门研究人类快速进化的问题。

我和安德斯约在周六下午，在牛津附近一条热闹的街道吃午饭。安德斯本人个子很高，衣着打扮也十分讲究，年龄在 40 岁左右。我注意到，他脖颈上戴着一个银色圆形徽章，上面写着：

“现在立即致电求助。静脉注射 50000U 肝素。使用 CPU，且用冰块冷冻温度调整至 10 摄氏度。pH 值保持 7.5。不涂防腐剂。不进行解剖。”

安德斯解释道：“这是给尸体的第一发现人留下的信息，我出门的时候基本都会戴着。”

我还是没有听懂。

他继续说：“人体冷冻的关键时期，是死后两小时内。把身体放进氮气罐，以 77 摄氏度的绝对温度进行冷冻，这样就没问题了。注射肝素是为了稀释血液，避免凝结，可以帮助加速冷冻过程。”

目前，全球约有 2000 个人像安德斯一样，每月支付 25 到 35 美元，希望死后能用人体冷冻技术保存完整的身体样貌*，与获得

* 安德斯已决定将于亚利桑那州的阿尔科生命延续基金会进行全身冷冻保存，花费为 20 万美元（英国居民需花费 21.5 万美元）。

永生的“收益”相比，这个投资成本可以说是惊人地低了。安德斯说：“照目前的趋势，我估计待技术发展成熟时，约有 20% 的可能性会醒过来。”

我对安德斯的第一印象就是，这个人绝对是个天才，他给人的感觉有点像 19 世纪狂放不羁的科学家（尤其是他略带瑞典口音的说话方式及断句，让人感觉更像了）。他最近在服用认知神经类药物莫达非尼做个小实验，据他反映，效果不错。此外，他还计划用手术在手指植入磁铁，来感应电磁波。不过他最感兴趣的领域，还是在“人脑上传”（他称之为“人脑仿真技术”）。2008 年，安德斯发表了 130 页的指南手册，详细介绍如何通过技术将人类大脑内容物、精密结构、大脑回路及电信号转移至电脑芯片。安德斯认为，如果可以成功复制，将与真正的人脑没有差别。

一旦成功转移文档，人类就无须惧怕死亡，因为大脑中的信息可以被多次上传到不同的人造身体中，或者按安德斯的说法可能是“某个机器人中”，不过载体并不重要，头脑中意识的运作方式与人类大脑如出一辙。就在他侃侃而谈，阐述这个想法的妙处之时，我不小心被面条呛到了，逗得安德斯哈哈大笑，他说：“哈哈，你看到了吗？你需要一个备份，任何人都需要，如果恰好被面条呛死了，这条人命该多可惜！”（就在那短短的一瞬，我十分同意他的观点。）谷歌的工程总监雷·库日韦尔，可能是全球最出名的超人主义者，与佐尔坦的预言一致，他认为“人脑上传”技术极有可能会在2045年实现。然而，主流科学家们对库日韦尔的猜想并不看好（安德斯的想法相对而言比较保守，这也是他选择研究人体冷冻技术的一个原因）。

安德斯表示，他正在花大量时间处理“人脑上传”技术可能引起的社会问题，而不是技术本身。他提到，“人脑上传”技术的一个风险是，黑客可能会入侵系统篡改原有的数据信息，这样一来，后果不堪设想。“我们真的需要好好思考这些问题，”安德斯面露忧愁地说，“当前我们面临的法律、政治和社会问题，与技术问题一样多。”

佐尔坦对于用数据文件来延续生命的形式感到非常兴奋。在他40多年的人生中，积攒了诸多丰富的人生经历。20多岁时，佐尔坦就已完成了全球航行的梦想（准确来说，是完成了四分之三的航线里程）；之后他又成为一名战地记者，发明了一项被称为“火山滑板”的运动；后来又在东南亚领导过民兵组织，致力于保护野生动物。某次，在越南非军事区为国家地理频道采访报道时，佐尔坦差点踩到地雷，多亏领队在最后一刻将他从满是地雷的区域一把推开。佐尔坦表示：“从那时起，我就决定要毕生为超人主义事业奋斗。”此时的他已有妻子和两个孩子，然而还是会每天花费12到14小时，进行超人主义的相关研究工作。他的终极目标，就是获得永生，或者长生不老——一万年左右。他在加利福尼亚的家中跟我用 Skype 通话时说道："如果手中握有机会，当然要全力一试，我们将会拥有惊人的超人能力！"

"那你要做些什么呢？"我问，"一万年听起来也太久了吧。"

"我只能用现在的大脑来回答你这个问题，"佐尔坦耐心地向我解释，"有一天我们的大脑容量会像帝国大厦一样大，连接数千个服务器，到时我们的所作所为、所看所想都充满着无限的可能。因此，我认为并不会活得特别无聊。"停顿了一会，他继续说，"到目前为止，我的生活都不无聊啊。"

从数量上来看，超人主义者属于相对小众的群体，不过大多数的成员都极其忠心。佐尔坦告诉我他计划接下来的几年会举办一些公开活动，让更多的人知道这个群体的存在。比如，带着一群机器人和一个大棺材在旧金山的联合广场游行，以表示抗议政府削减生命延续科学的投资。超人主义者的成员中有不少都是"生物黑客"，例如安德斯，他们会亲身上阵做小白鼠，来试验最新的研发技术。2013 年，超人主义者理查德·李首次将耳机植入自己的耳朵；2012 年，德国的超人主义黑客蒂姆·坎农将小型计算机及无线电池植入手臂。最近，美国的一群超人主义者通过众筹共同建立了一座海洋家园，一家坐落于国际海域的海上社区，不受任何地区政府的管辖（2013 年，他们成为首批接受比特币赞助的慈善团体之一）。为什么要这么做呢？作为海洋家园委员会的大使，佐尔坦认为这一做法可能是为规避国内法律对特定生物研究（如克隆人研究）的限制，毕竟该类研究在美国多数州属于非法行为，然而在国际海域中的海洋家园这样是完全可行的。在佐尔坦的最新作品《超人赌博》（据他称，这是一部科幻小说）中，超人主义者们在海上的“超人帝国”发动了第三次世界大战，决心要为构建全人类的理想社会殊死一战。当我问佐尔坦他愿意为自己的理想做出多少努力时，他回答：“嗯……我会尽可能地坚持下去。对超人主义者来说，最高级别的道德层次取决于自己的寿命还剩多长时间。如果因为年老、疾病或者战争导致所剩时间无几，那么为了完成超人主义使命，尤其是个人的永生目标，必须快速采取革命行动。”（后来我意识到，佐尔坦对长生不老的执迷超乎想象，在采访中他告诉我，他已经指示妻子，如果他不慎死亡，要把他塞进冰箱。）

泽尔赞

在 2014 年上映的电影《超验骇客》中，约翰尼·德普饰演的卡斯特博士，是一位杰出的超人科学家——跟安德斯·桑德伯格是一种人——他一直在致力于研究超智能机器，希望能找到文奇所谓的人类“奇点”状态。在一场 TED 演讲（这是必备技能）之后，卡斯特博士惨遭一群激进的反科学恐怖组织“技术独立革命”成员（RIFT）枪杀，该组织的攻击目标是全球范围的人工智能实验室，暗杀卡斯特博士则是全盘计划中的一环，目的是阻止恐怖的科技进步。

约翰·泽尔赞认为，假设超人主义者继续在现有的道路上执迷不悟，那么电影中的情节将会在现实生活中上演。他告诉我：“如果人们执着于追求所谓的‘奇点’时刻，我认为将来很有可能出现像 RIFT 那样的反科技恐怖分子。”

泽尔赞或许是全球知名度最高的无政府原始主义者，他出版过很多书籍，探讨为何科技进步——从互联网到原始农业——是引发当前诸多社会问题的根源。他想要摆脱科技的生活：脸书，计算机，电话，电力，以及一切蒸汽动力的机械。无政府原始主义是无政府主义哲学的一个分支，其理念是建立没有政府、没有阶级概念、自愿组成的人类组织形式，以及倡导简单文明的集体生活方式。现如今，最臭名昭著的反技术分子应该是美国人泰德·卡辛斯基，并以“炸弹客”（Unabomber）的名号扬名在外。1978 年至 1995 年，卡辛斯基向攻击对象邮寄了 16 枚炸弹，目标多为大学校园和航空公司，共造成 3 人死亡，23 人受伤。在他 3 万字的陈述《工业社会及其未来》中，卡辛斯基提到，基于大型组织的现代科技发展已对个人自由造成了极大的威胁，他承认炸弹攻击的手段非常极端，但为引起大众对此类问题的关注，他不得已只好出此下策。1997 至 1998 年在卡辛斯基被审讯期间，约翰·泽尔赞成了他同一战线的盟友，支持他的理想，然而不久之后，泽尔赞就认识到了问题的严重性，开始谴责他的行径。

卡辛斯基的行为并不是“首创”。20 世纪 80 年代，法国“清算与颠覆计算机”组织（Committee for Liquidation and Subversion of Computers，简称 Clodo）曾针对多个计算机公司仓库发动炸弹袭击；匿名组织“地球自由前线”（The Earth Liberation Front）专门从事经济破坏活动，并发动保卫地球的游击战，2001 年夏美国联邦调查局将其列为国内的头号恐怖主义威胁。事实上，泽尔赞表示，新一代的炸弹客群体远不止这些。2011 年，墨西哥组织“个人从属自然”（the Individualists Tending Toward the Wild）成立，组织目标是“（利用暴力手段）迫害持续运作科技工业系统的科学家和研究者”。同年，他们在加利福尼亚州蒙特雷一家著名的纳米技术研发中心发动炸弹袭击。对此，泽尔赞说：“如果技术发展的速度加快，且变得更加智能、侵略性更强的话，之后这类组织将会层出不穷。如果说针对个人的暴力行为行不通，那摧毁建筑物，硬碰硬地阻止科技进步呢？没错，这样才能引起人们的关注。”

我通过泽尔赞的个人网站与他取得联系，虽然这一举动与他之前的理念并不一致，对此，他在电话中跟我说：“是的，而且我每天都面临着这种困境，但是最终我想通了，我的工作内容就是传播思想，这就要求我必须要灵活调配手中所有的传播工具，即便我个人并不想使用这些技术。”泽尔赞对待技术的抗拒之情溢于言表。他回想起上世纪70年代的自己，在得知阿帕网的存在之后，便开始反思为何20世纪60年代的学生运动并未达到他所预期的效果。当时的泽尔赞还是一名血气方刚的军校学生，他担忧的主要问题还是人权以及社会阶层结构。而泽尔赞的同学们大多认为，计算机技术绝对是有力的武器。

泽尔赞并没有选择展望美好未来，相反，他开始回顾过去，了解早期的卢德运动以及托尔普德尔蒙等贸易组织的发展史，然而结果并不满意。他解释道：“我突然想到，19世纪的工业化、机械化不仅仅是一场经济层面的运动，还是一场制度性的运动。正是由于工业化，才让原本拥有自主权的人民受制于资本家的管控。”正如许多持有科技悲观论的人一样，泽尔赞认为，科技对目前已经掌握权势的阶层最为有用，因为它有助于维持并在某种程度上加强这个群体对全社会的掌控：拥有更多监视大众、控制大众的手段，对待普罗大众好似随意替代的工业机械，操作方式如同19世纪的英国工厂。泽尔赞坚信，认为科技本身不过是个工具的技术中性论思想是完全错误的，“这根本不可能，科技背后体现的是社会基础的选择和价值”。

泽尔赞认为，更为糟糕的是，我们日常生活的方方面面已经离不开科技的支持——通信交流、存取款、购物，等等——人类的能动性、自立性，甚至最终个人自由都会面临被剥夺的命运，“如果生活的一切都依靠科技来完成，渐渐地，人类在任何意义上都不会是一个自由人。”对泽尔赞而言，没有比现代计算机技术和互联网更忧心的事情了，“互联网是当下最糟粕的一种文化，而这个结果都是因为人们过于依赖科技所造成的”。他认为，互联网给人一种与他人彼此连接的假象，然而事实并非如此。这种交流模式既表面又肤浅，还会分散人们的注意力。泽尔赞认为，互联网让人们失去了面对面的真实交流环境，因而催生出人性中无知和残暴的一面，而且交流过程缺乏自省环节，人们的注意力也变得碎片化。他的说法不无道理。目前有越来越多的作家撰文指出，网络刺激可能会导致长期的健康问题，例如科技焦虑、信息窒息、疲劳综合征、认知负荷过载及时间荒等等。

据泽尔赞称，唯一的解决方案就是丢掉科技，通过大规模的去工业化及所谓的“野性复兴”行动，回归文明之外的原始生活方式。如果说科幻作家威廉·吉布森是超人主义理论的鼻祖，那么无政府原始主义者的先驱理论则是亨利·戴维·梭罗的作品：回归自然。我问泽尔赞怎样的方式才算是回归自然：弃用透析仪？污水处理器？拿起剑弩过上狩猎为生的日子？他的意思并不是完全摆脱机器生活，只是将其视为一种终极的理想目标。“我们必须开始减少对技术的依赖，在走向歧路的分岔口就该掉转回头。”泽尔赞的终极设想是让人类回归千百年前的原始面貌：一群狩猎为生的流浪者。泽尔赞说：“当然，我承认这几乎是不可能的事。”

泽尔赞的方案确实有些偏激。然而，并不是只有无政府原始主义者在担忧具有无限可能的超人主义未来。著名经济学家弗朗西斯·福山用“历史的终结”来形容大获全胜的资本主义，他曾表示超人主义是“21世纪最危险的思想”，不过这种表述可能有失公允。超人组织人类+的宗旨之一就是反思急速发展的技术变革带来的道德、法律及社会问题。然而，科技在不断进步，为人类谋福祉的同时，确实出现了诸多亟待解决的难题。瑞典科学家已多次试验过将机械义肢连接至截肢者的神经系统；松下集团不久也将会发布旗下新型产品——骨骼服；此外，还有纳米技术、合成生物学、物联网、算法控制的财务系统服务、人工智能技术，等等。随技术而生的某些疑问，涉及人类的生存问题：如果佐尔坦变成数据文件，保存在遍布全球的多家服务器上，那他还是佐尔坦吗？他仍会享有我们赋予其他同类的相同权利吗？相对应的，有的问题就稍显乏味：如果我们的寿命延长至500岁，监狱的量刑应该是多久？或者，退休年龄该是多少？由谁决定谁有权优先享受最新的科技研究成果？我们又该如何对科技进行管理？

橡果与橡树

表面来看，超人主义者和无政府原始主义者对技术的看法呈现出两个极端。（我提议泽尔赞和安德斯可以来一场邮件辩论，结果一个回合就没有下文了。*）然而，尽管双方的思想有很大的差异，佐尔坦和泽尔赞都共同揭示出了一个极为相似的问题：他们都坚信人类的行为正在毁灭地球，今日人类所遭受的苦难本都可以避免，现在必须迅速采取措施，悬崖勒马。同时，两者都对目前人类与科技的关系极为失望，也对未来的发展感到十分忧心。而讽刺的是，佐尔坦的焦虑恰恰来自他所推崇的科技本身："我害怕的就是，我们制造的机器会不会先进到认为人类没什么用处，最终决定消灭我们。""那这与你的永生计划是相悖的。"我提到。"对，

---

* 我不知道泽尔赞是否愿意与超人主义者打交道。当他得知我与佐尔坦有联系时，他主动向佐尔坦发送了以下内容：我得知杰米·巴特利特因为新书计划和你有所接触，并相互探讨一些互联网以及科技方面的议题。此前杰米与安德斯·桑德伯格联系过，起初他同意跟我对谈，并以此为杰米的新书画下圆满的句号。然而全程大概就聊了一个来回左右，他就凭空消失了。几年前，《每日秀》的节目制作人找到我，想让我跟雷·库日韦尔录制一场辩论节目，我同意了。不过在商讨了一些录制时间和形式等细节问题之后，事情最终也不了了之。据我猜测可能是库日韦尔改变主意了。总之我的问题就是，你同意参与这场公开对谈吗？还是说，你只是一个口口声声超人主义却不能自圆其说的懦夫？我非常期待能进行一场严肃的公开辩论，地点你定。不过我也希望能够获得一些经费飞到加利福尼亚州，我认为那里会有非常合适的场所，期待你的回复……泽尔赞

在本书出版前，佐尔坦和泽尔赞正计划组织一系列的公开辩论活动。

确实是这样。不过我希望人类的智慧足以掌控科技。”同样的问题也日夜困扰着泽尔赞：一旦失控，该怎么办？如果技术不仅改变了人类，甚至开始控制人类该怎么办？佐尔坦的观点是通过提升自我，确保人类占据着主导地位；而泽尔赞则偏向于“拔掉插头”，放弃对技术的执念。

科技乐观主义与科技悲观主义的分歧，在于两者对人类自由的观点不同，而并非对科技本身有什么争议之处。对超人主义者而言，人类不存在所谓的“自然状态”。自由是指人类有能力去做任何事情，可以变成任何自己想成为的人，想象所至之处，虽远必及。我们总是处在不断改变和适应的过程中，而拥抱科技不过是更新迭代的下一阶段。没有什么事物会永垂不朽。安德斯说：“我认为，人类会跟橡果一样，不惜摧毁自我最终成长为橡树。”从智人时代开始，人类的演变过程历经约 20 万年的时间，而这不过是地球历史的眨眼一瞬。在《致大自然母亲的一封信》中，战略未来学家马克斯·默勒十分感激大自然母亲提供的丰富资源，同时也告知大自然“我们已决定是时候改良人类的组成”了。人类自由的概念中，应当确保个人只有在自愿的情况下才能进行自我改造。互联网的交流模式不能称之为“自然”或者“非自然”的，它的本质就是如此，而我们也终将适应这一变化。佐尔坦认为，总有人会利用科技犯罪，超人主义者对此都见怪不怪了，但他表示这是技术进步的必经之路，虽然不幸但无法避免。他总结道：“总而言之，互联网揭露出了人性中最积极的一面。”

而对无政府原始主义者而言，技术会使人远离甚至脱离人类原有的自然状态，将我们推向远在自由人之外的境地。这里的自由则是完全不同的概念：人类能够自力更生，无须依赖科技。泽尔赞认为，人类已经是一棵长成的橡树了，然而超人主义者却试图将它拦腰砍断，并试图以虚拟的幻影取而代之。他觉得这是“一种错位的自由”，我们越是脱离自然状态，就会越不开心。正是因为这类自由和权力属于非自然状态的产物，自然也难以避免滥用的现象发生。作为一名无政府主义者，泽尔赞必须对人类能够利用科技做些什么持乐观态度，不过他仍认为，科技的属性就是“分离”，只会阻碍甚至打乱事物内部原有的秩序。

灰色空间

科技常常被认为是“中性”的，然而具体说来，它其实是权力和自由的载体。超人主义者认为，技术为人类提供了横跨宇宙长生不老的可能；而另一边，无政府原始主义者则认为，技术不过是用来压榨及控制他人、泯灭人性的工具。

暗网是一个充满着权力和自由的世界，由各种各样的言论、创造力、信息和思想搭建而成。权力和自由赋予人类以创造力以及破坏一切的力量。暗网的存在放大了以上两种特质，人们能在此更加容易地探索任何欲望，脑中的黑色念头开始作祟，任凭神经系统恣意妄为。后来我意识到这些隐藏在暗网中不言自明的事实：不论是设密的私密群组，还是依托 Tor 隐匿服务建立的毒品市场，或是儿童色情产业，所有的一切距离表层网络只有一线之隔。表面上看，隐匿加密网站以及神秘的地下毒品市场似乎与谷歌浏览器和脸书的世界格格不入。然而，网络并没有那么深不可测。如果你了解搜索的策略方法，进入任何网站都不在话下。在暗网的世界中，人们可以找到更多信息，做更多事情，看到更多不同的世界；同时，也需要保持小心谨慎以及负责的态度。

暗网充满着令人惊叹的创造力。我访问过的大多数网站都十分具有创新性。圈外人，极端分子，以及下层民众往往是第一批发现并采用新技术的人群，其他人则需要向他们精心讨教。当多数政党渐渐失去对政治不再抱有幻想的选民支持时，一群义愤填膺的年轻人，短短几个月内在网上几乎零成本地成立了一个跨国政治团体；自残论坛及自杀网站的出现，填补了医疗保健服务的空白，得以让患有心理疾病的人们聚在一起，即便待在家中也能随时随地分享生活的喜怒哀乐；“丝路 2.0”是我见过生命力最强、命运最动荡，同时也是最为消费者考虑的购物市场；韦克斯是一位非常积极的创业者，头脑聪明且事业有成，要知道在英国，与她同龄的人们失业率高达五分之一。尽管网站内部的暴利惊人，暗杀市场的本质其实是一个设计优良的智能系统，在此可以匿名衡量民众的态度，促使用户做出集体决策。暗网用户们也许会犯错，或者可以说走入歧途，然而他们却将网络的用途发挥得极为精妙。与其费尽心力地对这些网站进行审查、管理甚至查封，不如学着向他们汲取经验，并且好好想想该如何利用这些暗网用户早已熟练于心的技术为大众谋利益。

对于技术引发的权力和自由的争执，每人的观点都有所不同。一方面，犯罪行为可能会因此变得更加简单；而另一方面，科技仍是一种选择。它会激发出人们内心恶魔的那一面吗？不一定。即便我浏览过暗网，并不会因此想要做出自残的举动，或是观看非法的色情影像，抑或想要以匿名身份霸凌某人。我自认心智非常健全，且个性冷静理性，然而这次暗网试验使我大开眼界。不过我确实对一些恐怖及危险的事情感到习以为常，我意识到，人们竟能如此轻易地沉浸在黑暗和绝望的环境之中。假设我拥有以上任一危险行为的倾向，这些网站可能真的会对我起到激励作用。对于某些年轻、脆弱且未经世事的群体，要想感受暗网带来的自由，就要付出一定的代价。因此在进入未知世界之前，需要做好充分的思想准备。

当我刚开始动笔写作本书时，原计划是想曝光暗网中一些不为人知的内幕。我设想过要揭穿隐藏网络中污秽的亚文化本质，揭露危机四伏的网络生活。我做好了万全的准备——甚至有点希望能看到一些骇人和不适的内容。我也想过这本书会以一系列站队清晰的道德价值判断作结尾：毒品市场真的太危险了；毋庸置疑，自杀论坛害人不浅；新纳粹都是恶魔；被定罪的儿童性犯罪者都不值得同情。所有的结论非黑即白，直截了当。

然而事实并非如此。每次我离开一个亚文化社群时，都会变得比采访之前更加困惑，不确定感也越发强烈，所有社群无一例外。并不是因为这里的一切都积极向上，当然不可能，而是一旦你深入其中就会发现，情况远比我想象的要复杂得多。我以为其中会有确切的道德评判标准，然而现实则是一团模糊。网络毒品市场的存在让更多人以更简易的方式获取毒品——不过，如果用户想要购买并消费毒品（他们确实会）的话，“丝路 2.0”一类的网站可能是最保险的购买渠道。新纳粹分子保罗是我个人很喜欢的一位采访对象，也见证了他的网络政治发迹之路，在政治冷漠的年代，这种行为应当是被赞扬的。阿米尔的黑暗钱包可能会有力地打击纳税部门的权力，同时也有助于探索更加安全的新型生活方式，建立在自由且免费居住基础之上的生活社区。这些都是暗网呈现出的细微且矛盾的道德难题。即使在采访结束的一年后，面对这些问题我仍然无法弄清自己的立场。暗网并不是一处非黑即白的世界，而是一个令人捉摸不透的灰色空间。

在《回顾西班牙内战》一文中，乔治·奥威尔曾写到某次与敌军对峙的经历，那个人的裤子快要掉下来了，于是他一边拉着裤子一边逃命，他在文中说：“我是为了杀掉‘法西斯分子’才来到战场的，但是一个提着裤子的男人不算法西斯，显然他是我的同类，跟你一样。”我与本书中提及的大多数当事人，都是先通过线上接触，之后再进行线下见面。我其实更喜欢他们在现实世界中的那一面，网络越过了人际交流中“面对面”的环节，本质上是一种“去人类化”的做法，而我们的想象力总是会把网络中的人物夸张成恐怖的怪物，因为他们的身份处于一团阴影之中。而面对面接触则再次赋予了他们“人格”。不论是无政府主义的比特币程序员、网络菜鸟、极端分子、色情内容传播者还是热衷于自我伤害的自残群体，他们每个人都比我想象的更加温和、友善、有趣，且性格更加多面化。总而言之，暗网就好比是社会的一面镜子，尽管诡异且被反常的网络生活扭曲、放大且改变了样貌，然而我们仍能从中看到自己的影子。

尾　注

《暗网》一书参考了大量的网络信息来源，包括论坛里发布的帖子、文章以及网站，等等。获取书中提及的所有网站链接，可访问：www.windmill-books.co.uk/thedarknetlinks。

引言

第 2 页　“Tor 以美国海军……” https：//www.torproject.org/about/overview.html.en；http：//www.fsf.org/news/2010-free-softwareawards-announced.

第 3 页　“所以‘暗杀市场’……” 有意思的是，古希腊也有非常类似的制度。“放逐”这个词源于公元 5 世纪前的雅典，几乎每年雅典都会举行一个奇怪的仪式。每位公民将会在一块碎陶片或是莎草纸上，匿名刻下他们想驱逐出城的人的名字，若最终的票数达到法定数字，此人就会被驱逐出城，“放逐”期十年。

这种对投票制的恐惧，是为了让每位雅典公民尤其是掌握公权的公务人员严于律己，秉公执法。这是一种缺乏公正的民主形式：没有控诉、审讯，也不需要辩护，一切都靠投票。据历史学家证实，第一个以陶片放逐法驱逐出城的人是卡莫斯之子希帕科斯，具体原因不明。

第 7 页　“美国国防部希望建立……”负责此项目的机构叫作“信息处理技术中心”（Information Processing Techniques Office，简称 IPTO），是美国国防部“高级研究计划局”（Advanced Research Projects Agency，以下简称 ARPA）的下属部门。1966 年，IPTO 的主任 Robert Taylor，与三所大学合作共同开展“时间共享”（time sharing）项目，目的是能够让多个用户同时登录一台计算机。由于每所大学使用的都是各自的计算机设备以及编程语言，也就是说 Taylor 需要在办公室安装三个终端才能接收到他们的研发成果，既费时又费力。（Taylor 称之为“终端问题”）。他担心，随着 IPTO 研究小组内计算机数量的不断增加，越来越多的问题就会暴露出来。随即，Taylor 意识到问题的解决方法在于，可以将多个计算机连接在同一条网络上，让不同的计算机之间用共通的语言进行交流。这样一来，研究员们共享资源和研究成果也会变得更加简便。之后，Taylor 与 ARPA 局长 Charles Herzfeld 进行了 21 分钟的会谈，Taylor 争取到 100 万美元——来自美国国防部的网络启动资金。1969 年 7 月 3 日，美国加州大学洛杉矶分校（UCLA）发表了一篇名为《UCLA 成为全美计算机网络的首个站点》的报道，详情可参考书籍：*When Wizards Stay Up Late*.

第 7 页　“1973 年 7 月，彼得·柯尔斯坦……” Kirstein，P.T.，“Early Experiences with the ARPANET and INTERNET in the UK”。这个全新的国际版“阿帕网”一度被随意地称为“互联网络”，直到 1974 年，才被简称为“互联网”。

第 8 页　“1993 年 9 月 ……” 该 Usenet 群组的网址为 www.eternalseptember.org；此外，该群组将本书写作时的月份显示为“1993 年,9 月 7247 日”。更多有关“永恒九月”的信息可参考：*Dery*，*M.*，*Escape Velocity*，p.5.

第 9 页　“当时顶尖的心理学家……” Turkle，S.，*Life on the Screen*.

第 9 页　“父母忧心他们的孩子……” http：//textfiles.com/bbs/

fever. 当时的一位 BBS 用户曾发出警告："如果现在你还没有一个叫作'猫'（modem）的邪恶设备，可要当心了！别说去买，连想都不要想！互联网狂热传染得非常快，它会悄悄地接近你，控制你的钱包、支票以及你千万不要碰的信用卡。最终你的社交生活会完全依赖于电子讨论版中的消息，你的快乐会变成网上下载的各种程序软件（其实你从来不会用，只是享受搜集的感觉）。" http：//textfiles.com/bbs/danger1.txt. 像往常一样，在这种时候警方永远都是跑偏的状态，只会不停地强调防止网络上瘾的"警告标识"，1993 年由费城警方发布的警示如下：

* 网络上瘾 *（远离家人、朋友等）会让人失去对社交生活的兴趣，使用网络新词（不常用的），沉迷网络用语、邪恶词汇以及性方面的题材（或是突然对相关的图片和音乐感兴趣），搜索相关图像和文章；会使用一些黑客、飞客（以及任何以"ph"来替代"f"打头的词语）等网络词，不在乎自己的外表，缺乏睡眠（多是深夜沉迷上网造成的），长时间挂在网上，即便人不在电脑前，沉迷存储各类后缀名为 pcx、gif、tif、dl、gl（这些都是图片文件或者视频文件，父母须知）的计算机文件，对

某些邪恶或色情程序软件如数家珍，痴迷冒险类游戏（《龙与地下城》《贸易战争》《越界之性》等）。

新科技的发展，不可避免地会带来一系列误解及道德恐慌。

第 9 页　“不论匿名性是‘真实地存在’还是‘人们以为地存在’……”“The Online Disinhibition Effect”，*CyberPsychology and Behaviour* 7（3）. 原文于 2004 年出版，但 Suler 早在 2001 年就阐述过相关的研究理论，详见：http：//online.liebertpub.com/doi/abs/10.1089/1094931041291295&http：//users.rider.edu/~suler/vita.html.

第 10 页　“情况确实如此……” Drew，J.，*A Social History of Contemporary Democratic Media*，Routledge，Taylor and Taylor，New York，US；Abington，Oxon，UK，p.92；Bitnet（1980）和 Fidonet（1981）之后便加入进来，后来数百个小型的社群网络也随之而来，例如 Cleveland Free-Net，WellingtonCitynet，Santa Monica Public Electronic Network（PEN），Berkeley Community Memory Project，Hawaii FYI，National Capitol Free-Net，其中最著名的是早期数字自由主义团体 The WELL（1986）。

第 10 页　“除了目的性明确、内容较为正式的讨论组……” Bryan

Pfaffenberger，“‘If I Want It，It’s OK’：Usenet and the Outer Limits of Free Speech”，*The Information Society* 12：4（1996），p.377.

第 10 页　“极端自由主义者吉姆·贝尔首先提出网络匿名制的倡议……”Greenberg，A.，*This Machine Kills Secrets*，pp.121–122.

第 11 页　“1995 年，他在《暗杀政治》中详细阐述了自己的想法……”针对《暗杀政治》一文究竟是首次出现在赛博朋克的电邮名单中，还是Usenet群组alt.anarchism中，这一点目前仍存在争议。

第 12 页　“运营暗杀市场的组织方也无能为力……”Bell，“Assassination Politics”，part 3；http：//web.archive.org/web/20140114101642/；http：//cryptome.org/ap.htm.　此外，贝尔还提到，组织方其实可以发布一份看似平平无奇的声明，这样一来，即便是有暗杀嫌疑犯也能拿到一份赏金……不过要想阻止这类行为的发生，几乎是不可能的。

第 12 页　“民意代表们表现得越差……”“暗杀市场”一词从未在《暗杀政治》中出现过；我使用“暗杀市场”这一词，是因为这是吉姆·贝尔所倡导的体制中，当代最为常用的符号名称。

第 12 页　“最有可能的是……”“Assassination Politics”，part 2.

第一章　揭开网络引战的面纱

第 14 页　“一场生活的灾难……”这是一件真实案例，全程由笔者如实记录，姓名、日期等细节有所改动。

第 14 页　“这是向臭名昭著的讨论区 /b/ 的几百个……”百科网站 Encyclopedia Dramatica——引战亚文化群体的“维基百科”——将“女主播”的词条定义为“直播婊”，“一群戏精，通常是年轻的傻白甜姑娘，为博关注毫无下限，只要给钱或者是给她们买愿望清单里的东西，她们绝对有求必应，不过有的人就是喜欢在镜头前搔首弄姿”。在以 4chan 为首的论坛网站中，入驻了许多“名声不好”的女主播。有关职业女主播的内容详见第六章。由于网站没有记录浏览人数的数据，因此 4chan 网站的访问量不得而知。

第 16 页　“叫‘匿名者’的黑客组织？……”板块 /b/ 的用户们有时也很靠谱，也有团结一致排查内部威胁分子、揪出敌人的经历。2006 年，曾有用户在 /b/ 内发文：“/b/ 区的大家，你们好呀。2007 年 9 月 11 号中央时间上午

9点11分，两枚安在Pflugerville高中的土制炸弹会被远程引爆，爆炸之后，我会跟另外两名‘匿名者’一起，守着这栋大楼，配备大毒蛇AR–15步枪、IMI加利尔AR步枪、政府发行的复古M1.30卡宾枪还有伯奈利M4半自动霰弹枪。” /b/区用户立即报警，最终发文者被逮捕。

第19页　“有人在脸书注册了小号……”有用户试着提供（可行的）建议，认为萨拉一定还在线上“潜水”，其中有人评论道：“萨拉，我知道你在默默‘潜水’，发生这种事情我很抱歉，不过不只是你，只要是女生在这里发裸照，都会碰到这种事情，因此女孩子不要轻易在网上发裸照，尤其是在/b/区。以后不要随随便便对网络上的陌生人泄露过多的个人信息，我知道对于新手来说这种体验很新奇，你想讨好大家，跟他们打成一片。不过现在最重要的是，尽快跟你的朋友们发消息道歉，他们之中会有一些人收到你的裸照，都是通过僵尸账户发送的，你跟他们这么说就行：‘我在网上发了几张裸照，你们可能会收到这些照片，那些人就是想整我，如有打扰我很抱歉。’一定要表现出满脸不在乎且没什么损失的样子。”

第 21 页　“英国剑桥大学的古典学者玛丽·比尔德（Mary Beard）在 BBC《质询时间》（*Question Time*）节目……”详见：http：//www.telegraph. co.uk/technology/twitter/10218942/Twitter-trolls-mess-with-MaryBeard-at-their-peril.html.

第 21 页　“2014 年 6 月，作家 J.K. 罗琳……”详见：http：//www.telegraph. co.uk/news/uknews/scottish-independence/10893567/JK-Rowlingsubjected-to-Cybernat-abuse-after-1m-pro-UK-donation.html.

第 21 页　“2007 年，英国和威尔士地区的 498 人……”详见：http：//www.stylist.co.uk/life/beware- of-the-troll#image-rotator-1；http：//www.knowthenet.org.uk/knowledge-centre/trolling/trolling-study-results；http：//www.dailymail.co.uk/news/article-2233428/Police-grapple-internet-trollepidemic-convictions-posting-online-abuse-soar-150-cent-just-years. html#ixzz2Xtw6i21L. Section 127（1）and（2）of the Communications Act 2003 from 498 in 2007 to 1423 in 2012；以及 http：//www.theregister.co.uk/2012/11/13/keir_starmer_warns_against_millions_ of_trolling_offences/.

第 22 页　“在一项涉及 2000 人的调查中……”详见：http：//

yougov.co.uk/news/2012/06/29/tackling-online-abuse/.

第 24 页　“此后的四年里……” Hafner，K. and Lyon，M.，*When Wizards Stay Up Late*，p.189.

第 25 页　“德拉姆遭到了全美学者毫无情面的抨击……” 同上，pp.216–7.

第 25 页　“但是史上第一个表情符号收效甚微……” 因为之前的提议并没有风行，1982 年，Scott Fahlman 再次提到这个问题，尽管还是老一套：“我认为，要想表现开玩笑语气的话，用下面这个表情就好了：: –)，竖着看一下，不过从目前的情况来看，它更适合表现那些并不好笑的事情，如果真是这样的话，可以用：: –（ 这个表情。” 现在普遍认为，表情符号起源于 1881 年的杂志 *Puck*。

第 27 页　“热衷于此的人们开始讨论如何用最有效的方式掀起论战……” 上世纪 80 年代，一位 BBS 网友在引战指南帖中写道：“美国的政治和广告营销教会我们的唯一一点就是，智慧和真诚跟是否具有说服力毫无关系。换句话说，人身攻击跟说出真相的结果没什么不同，了解到这一点后，接下来的选择权就落在所有 BBS 的用户手里了，他们可以选择是否升级‘论战’标准，这样一来‘论战’就能成为一种 BBS 的交流模式。记住：

既然乔治布什（George Bush）跟威利·霍顿（Willie Horton）能做到，你也可以！”

第 27 页　“攻击者会以恶语辱骂、无意义的灌水内容……” http://textfiles.com/bbs/abusebbs.txt. 网络上曾流传过一本“The Joker”写的《虐杀手册》（The Abusing Handbook），没有标注具体日期，行文格式像是上世纪 80 年代晚期的作品，文风像是 13 岁中学生写的，且全文都是大写字母（以下为未经修正的原文）：

攻击者会尽其所能搞臭 BBS 的名声，向系统管理员施压，大部分原因是管理员是个大浑蛋。首先，如果你使用了我之前提到的昵称网名，管理员会从注册登陆那一步开始就对你进行各种攻击；要是管理员在一旁观战，多半会等着封你的号或者是以聊天形式强行打断你，如果是后者的话，这些话你可以留着以备不时之需：1. 我很忙，滚蛋。2. 我要撕了你！ 3. 放开我！我还有大招！ 4. 我要炸了你的版，Sorry，团结至上。5. 要帮忙吗？ 6. 能给我管理员权限吗？ 7. 想试试我自制的新型病毒吗？

第 29 页　“上世纪 90 年代有一位叫‘梅肯’的引战高手……”这件事情还有后续：“你不仅是恶魔，还是一个爱哭鼻子的懦夫，口出恶言……堕落又下作，真为你活在世上感到羞耻，我鄙视有关你的一切，希望你识相一点，自己滚蛋。你不过就是个想成为废物的垃圾，不会让你得逞的。我期待老天能让我快快活活地死去，这个世界自生物恐怖分子把你制造出来的那天开始，就让人难以苟活。”

第 30 页　“这些反应过度的……”http://ddi.digital.net/~gandalf/trollfaq. html#item2.

第 30 页　“1999 年，一位名叫卡比·汉普的用户在群组 alt. 中列出了 6 种引战的方式……”想了解早期有价值的网络引战行为记录，可参考：http://captaininfinity.us/rightloop/alttrollFAQ.htm. Dalie the Troll Betty，Joe Blow the Troll，Otis the Troll-in-Denial，以及 AFKMN 的各位成员对本资料有突出贡献。

第 31 页　“喵族”之后又建立起各式各样的新群组……”http://xahlee.info/Netiquette_ dir/_/meow_wars.html.

第 32 页　“Alt.syntax.tactical 的攻击策略是经过精心策划的……”Alt.syntax 的引战指南遭到黑客入侵窃取，之后他们将这些方法策略公之于众，以示警戒。其中就有：“引战浪潮通常会遵循以下几个阶段：（a）侦查阶段：这类人会选择早早进入蹲坑，并成立群组伪装成‘大家的朋友’，一旦‘战争’打响，他们就会变身‘双面间谍’，两边相互攻击，这阶段的核心就是要建立起最基本的信任；（b）一波攻击：通常是引战的导火索，参与者要么每人单独作战，要么抱团作战。他们可以挑起新的话题开战，或是针对之前讨论过的话题继续辩论，这类论战非常细致缜密，引战的质量必须要在高潮部分有所体现；（c）二波攻击：这时的策略是攻击那些刚刚开始‘侦查’的用户，然后开启新一轮的引战话题。如果被围攻的群体能够克制自己不受流言蜚语的侵扰，仍然要继续挑事，让更多外人参与进来；（d）三波攻击：这个阶段，要依据情势的不同，随机应变，通常此时混乱的局势会被推至最高点，干掉‘侦查’的菜鸟，再接二连三地干掉‘一波攻击’和‘二波攻击’的菜鸟，这些人都是渣渣，粗鲁的混账东西，擦干抹净，把他们赶出去。”http：//ddi.digital.net/~gandalf/trollfaq.html#item2.

第 34 页　“但在现实中，如果不使用真实姓名……”http：//internettrash.com/users/adflameweb/TROLLFAQ.html.

第 34 页　“而博伊德，这个可恶的网络菜鸟……”http：//magstheaxe.wordpress. com/2006/08/16/memories-of-the-usenetwars；博伊德向群组吐槽基欧的邮件全文可参考：http：//internettrash.com/users/adflameweb/2belo.html.

第 35 页 “斯马特也曾被一个声称自己持有枪支的 16 岁青少年跟踪……”2003 年 4 月 2 日，斯马特在个人网站上发文（我认为，对于这场没完没了的引战，他的愤怒之情已溢于言表）：“现在我手里已经有三份警方报告，有一次，警方去找那个被教唆的孩子，差点就要逮捕他了，后来发现他不过是个十几岁的孩子。然而我和我的代理律师跟圣地亚哥警方谈过多次，他们仍然表示，如果没有明显的犯罪行为，他们对这个孩子也无可奈何。不过警方建议我们，这起案件属于网络侵扰犯罪，如果手中握有证据可以直接联系 FBI。我们确实这么做了，然而并没有什么结果。我试图申请圣地亚哥的限制令（我真的飞过去了！），不过因为事件本身暴力和威胁的意图不明显，限制令被驳回了。我猜只有等到那家伙出现在我家门口，把我全家杀了之后，那些人才能有所行动吧。尤其是不久之前，那孩子还提到曾在我家附近看到过我（据警方记录，他住的地方跟我家只有 20 分钟步行路程），而且自称有枪，这些都是在警方到访之前的事情，之后他又开始瞎编什么我一直打电话骚扰他，跟踪他等等，还说是霍夫曼要求他找到我的住所。这非人的日子我已经忍了 7 年了，我之所以没有发文，甚至都没有向他人谈起此事，是因为这种种经历实在是太痛苦了。2000 年 7 月 4 号这个周末（我当时在城外！！），这熊孩子发帖说在街上看到我了（还详细描述了我开的车型，我当时穿的衣服），我未婚妻立马威胁我要么分手，要么从这个城市搬走。因此，听着怪咖，显然你大脑的某个部位已经挂了，而且还给你一种‘这很好玩’的错觉，让我来告诉你吧傻逼，这他妈的一点都不好玩！！我不知道你是出于什么动机，我他妈也不在乎。你想在论坛开战是吧，好，我奉陪到底。”

第 35 页　“于是，斯马特向法院申请了限制令……”关于斯马特对霍夫曼的法院起诉记录可参考：http：//ia700703.us.archive.org/0/items/gov.uscourts.casd.404008/gov.uscourts.casd.404008.1.0.pdf.

第 36 页　“千禧年的到来……”网站 SomethingAwful.com 充斥着各种各样好笑且攻击性十足的内容——尤其是博客、视频和长文——都是由网站编辑及论坛用户贡献的。网站内也有几家大型的论坛：Fark.com 里面都是站内网友上传的各种讽刺故事；Slashdot.com 更多的是分享一些开放软件和技术，不过也有部分不符合审查制、打擦边球的内容。Slashdot 成立于 2000 年，用户群十分庞大，其中很多人都是 Usenet 的用户，非常偏爱用户自创的笑话段子。SomethingAwful 的论坛成员们——那些站内发言频繁且自称“Goons”的一群人——经常瞄准其他一些正经的网站进行攻击，搞恶作剧。

第 39 页　“在这种情势下，克里斯托弗·普尔……”http：//www.thestar.com/life/2007/09/22/funny_how_stupid_site_is_addictive.html.

第 39 页　“Futaba 网站的地址是……”http：//jonnydigital.com/4chan-history.

第 40 页　“半强制的匿名性使得 /b/ 区……”休克引战（shock trolling）是一种十分常见的引战策略，做法是向攻击目标展示一些令人不适或是毛骨悚然的内容，比如从恐怖网站中下载的惊悚图片和色情图片，目的是引起攻击目标的强烈反应。其中最为人所知的可能就是 Goatse 网站的图片（来源：Know Your Meme）。“YouTube 引战”，则多是一些 7—13 岁的年轻网友发表的涉及仇恨主义、种族主义、性别主义的争议评论，有的评论甚至还有拼写错误，这些无知幼稚的小孩只不过想通过发表仇恨评论提高自信心，否则这些话他们一辈子都不敢说（来源：Urban Dictionary）。“YouTube 引战二代”，4chan 网站上 /b/ 板块的用户们会在 YouTube 随意挑选一个存在感比较低的乐队，再从视频列表里随便找一个视频，转发时附上对某位应该是刚刚逝世的乐队成员“看似严谨”的悼词，目的是吓唬粉丝、其他乐队成员、家人朋友等（免责声明：其实还是挺有趣的。）（来源：笔者目睹全程）。“建议引战”（Advice trolling）：这种方式是通过提供一些含糊不清甚至错误的建议方法误导他人，尤其是缺乏经验、易轻信别人的新人们。之前的案例有 Download More RAM、Delete System 32 以及 Alt*+ F4（来源：Know Your Meme）。“偷梁换柱式引战”（Bait-and-switch trolling）：网络诈骗中的常用伎俩，丢出一个假的广告链接，吸引大家的兴趣，然而事实上，这个链接跟表面上展示的广告毫不相关。典型的“偷梁换柱式引战”图片和视频，包括 The Hampster Dance，Duckroll，Rickroll，Trololol，Epic Sax Guy 以及 Nigel Thornberry Remix，还有一些复制粘贴的故事像是 Fresh Prince of Bel-Air，Spaghetti Stories，Tree Fiddy 和 Burst into Treats 等等（来源：Know Your Meme）。“脸书纪念碑式 /RIP 式引战”：这些小白会在脸书上搜索发布悼词的个人主页——尤其是那些已经自杀的人——之后会用言语谩骂、色情图片或段子以及任何令人不适的内容对目标主页进行“狂轰滥炸”。www.knowyourmeme.com.

第 46 页　“1990 年，美国律师兼作家迈克 · 戈德温……”戈德温的法则遭到网友恶搞，成为热门话题，专门用来反击那些将网络用户与纳粹类比的言论。www：//archive.wired.com/wired/archive/2.10/godwin.if_pr.html.

第 47 页　“据其他学术研究成果表明……”Pease，A. and Pease，B.，*The Definitive Book of Body Language*：*How to Read Others' Thoughts by their Gestures*；Birdwhistell，R. L.，*Kinesics and Context*：*Essays on Body Motion Communication*；Mehrabian，A.，*Nonverbal Communication*.

第 48 页　“‘安息悼念菜鸟’表示……”Phillips，W.，“LOLing at Tragedy”，First Monday：http：//firstmonday.org/ojs/index.php/fm/article/view/3168/3115.

第二章 独行者

第 55 页 “鲜血与荣耀’（Blood and Honour）是乐坛极端新纳粹分子的集中地……” De Koster, W. and Houtman, D.（2008）“Stormfront is like a Second Home to Me”. *Information, Communication and Society*, Vol. 11, Iss. 8. 详见：http://www.splcenter.org/get-informed/news/white-homicide-worldwide.

第 56 页 “据伦敦国王学院的调查表明……” Bergen, J. and Strathern, B., *Who Matters Online: Measuring Influence, Evaluating Content and Countering Violent Extremism in Online Social Networks*, International Centre for the Study of Radicalisation.

第 56 页 “2007 年年初……” Burkeman, O., “Exploding pigs and volleys of gunfire as Le Pen opens HQ in virtual world”, *Guardian*, 20 January 2007（http://www.theguardian.com/technology/2007/jan/20/news.france, accessed 24 December 2013）.《卫报》的 Oliver Burkeman 曾用虚拟身份跟踪该政党到“第二人生”的某一街区 Axel，“这里是‘国民阵线’的新总部，他们颇为冷静，在这里与

一众对手党派进行辩论”。Au，Wagner James，“Fighting the Front”，15 January 2007，New World Notes（http://nwn.blogs.com/nwn/2007/01/stronger_than_h.html，accessed 24 December 2013）。“国民阵线”的到来在虚拟世界中引发了一阵骚乱，和平抗议瞬间演变成一场战役，据“第二人生”官方发言人 Wagner James Au 表示：“事情就这么发生了，到处充斥着虚拟的迷你枪、骂骂咧咧的法国人以及爆炸的猪。”他说：“这场冲突就像做梦一样，且耗时很久，到处都是机器枪、鸣笛声、警车、‘rez 笼’（在游戏中可以将毫无防备的虚拟人物困住）、各种爆炸的画面、闪光的大麻叶的全息图像、儿童人物形象……当画面延迟少一些的时候，可以听到一些混着欧洲电子乐的吵嚷声……有个想法非常大胆的反派人士用猪做了一个手榴弹，把它固定在飞碟上，发射到‘国民前线’的总部地址，一经爆炸，猪的残骸碎片如星状四散。”

第 56 页　“据犹太人权组织 the Simon Wiesenthal Center 统计……”http://web.archive.org/web/20140402122017/；http://hatedirectory.com/hatedir.pdf；Council of Europe，Young People Combating Hate Speech On-Line，Mapping study on projects against hate speech online, April 2012, www.coe. int/t/dg4/youth/Source/Training/Training_courses/2012_Mapping_ projects_against_Hate_Speech.pdf; Simon Wiesenthal Center, *2012 Digital Hate Report*, Simon Wiesenthal Center,(accessed 20 March 2013).

第 57 页　“网络世界已然成为种族主义者和民族主义者的避难所……” Wolf, C.,‘The Role of The Internet Community in Combating Hate Speech’, in Szoka, B. and Marcus, A.(eds), *The Next Digital Decade: Essays on the Future of the Internet*, TechFreedom: Washington, DC. 也可参考:Tiven, L., *Hate on the Internet: A Response Guide for Educators and Families*, Partners Against Hate, www.partnersagainsthate.org/publications/hoi_defining_problem.pdf(accessed 20 March 2013).

第 58 页　“宣言的大段内容都是来自网页的复制粘贴……” Berwick, A., 2083: *A European Declaration of Independence*, p.595.

第 58 页　“‘独狼’这个称谓的走红……” http://nation.time.com/2013/02/27/the-danger-of-the-lone-wolf-terrorist/.

第 60 页　“截至 2011 年 6 月,他总计收集到……” Berwick, A., 2083: *A European Declaration of Independence*, pp.1,

416–8. 之后 Berwick 表示："我刚买了《现代战争 2》，这真是目前最棒的军事模拟游戏，也是今年最火的游戏之一。《现代战争 1》我也玩过，对比之下就没那么喜欢了，因为相比第一人称视角，我更喜欢那种角色扮演的类型，类似于《龙腾世纪》等。对我来说，《现代战争 2》更像是一种模拟训练，我已经爱上这游戏了，尤其是多人联网这点实在太棒了，多多少少都能模拟一下真正的战争场景。"

第 61 页　"其中部分人与布雷维克的交集点在于……" 2011 年，布雷维克曾使用化名 Sigurd Jorsalfar 在 EDL 论坛中发言，也可能在 2010 年参与过 EDL 的游行活动。http：//www.huffingtonpost.co.uk/2011/07/26/norway-gunman-anders-brei_n_909619.html；http：//www.newyorker.com/online/blogs/newsdesk/2011/07/anders-breivik-and-the-english-defence-league.html；在《2083》中，布雷维克声称他与 600 多位 EDL 成员成了脸书好友，甚至为他们"提供过一些整理过的思想资料"，然而托米 · 鲁宾逊曾多次表示对于布雷维克向 EDL 散布网页链接的事情毫不知情。

第 62 页　"然而，多少政党年复一年、通力合作的成果……" Wiks-

Heeg，S.，The Canary in the Coalmine? Explaining the Emergence of the British National Party in English Local Politics，*Parliamentary Affairs*，vol. 62，no. 3；McGuinness，F.，*Membership of UK Political Parties – Commons Library Standard Note*，3 December 2012.

第 62 页　“斯蒂芬·亚克斯利·伦农……”托米·鲁宾逊原本是卢顿镇的一位足球流氓使用的化名。

第 63 页　“托米和朋友们……”Copsey，N.，*The English Defence League*，p.8.

第 63 页　“当事者们与警方发生冲突，导致 9 人被捕……”http：//www.dailymail.co.uk/news/article-1187165/Nine-arrested-masked-mobs-march-Muslim-extremists- turns-violent.html.

第 64 页　“于是，托米跟一个朋友一起……”EDL 在成立初期存有一些争议，托米建立 EDL 脸书主页之时，UPL（United People of Luton）的脸书主页（“Ban the Terrorists”打击恐怖分子）已有超过 1500 位粉丝。其中一位早期成员 Paul Ray 表示：“EDL 最初是由我成立的，还有一些 UPL 的成员和国内一些‘反圣战’（anti-Jihad）积极分子，我们受够了这些针对生存家园和国家的潜在威胁。”

不过，这一点后来也被托米否认了，他说 Ray 与 EDL 的成立几乎没有什么关系。

第 65 页 “小动作不断的 EDL，渐渐声名鹊起……” Bartlett，J. and Littler，M.，*Inside the EDL*，Demos.

第 69 页 “据托米·鲁宾逊的私人助理赫尔·高尔说……” 2009 年，EDL 的脸书官方开始针对发表种族言论的用户禁言，用以躲避媒体的紧追不舍。期间，许多用户账户被封，这些人又聚集在另一家博客上，抱怨 EDL 敏感而又“政治正确”的脸书管理员。其中一篇文章来自 A.R.Edwards，虽然“年代久远”，但整体内容非常好，详见：“The Moderator as an Emerging Democratic Intermediary：The Role of the Moderator in Internet Discussions about Public Issues”，*Information Polity*，2002.

第 72 页 “Expose 是活跃于推特和脸书的网络小组……” 因多次被强制关站，目前该组织已重启 32 次。

第 74 页 “托米·鲁宾逊告诉我……” 潜伏在某个组织卧底的目的通常是，成员们想要参与更多组织内部的私密对话，然后将其秘密公之于众。2012 年，某反法西斯团体声称已经找到并成功潜入一个隐藏的 EDL 团体——The

Church of the United Templars，该团体主页已成为“供成年人发布《圣殿骑士》变装照、幻想暴力打击穆斯林群体、保家卫国”的平台。

第 77 页　“即使是这样……”布雷维克的文章也表示，他认为保护民族主义者的身份不被泄露是非常重要的，在《2083》中他建议：“避免使用可被追踪的通道，以免行动计划遭泄露，调查期间记得使用化名发言，上网搜寻资料时使用隐藏 IP 地址的匿名浏览器和软件（比如 Tor 浏览器、代理服务器网站 anonymize.net 以及 Ipredator 应用等等），切记搜索栏输入‘炸弹’（化肥炸弹）时小心，因为许多关键词会触发电子警报，可以将笔记本电脑放在他人的公寓或房屋外，远程利用他人网络；也可以选择购买匿名笔记本，借用当地麦当劳的免费 Wi-Fi；记得及时清理间谍软件和 cookies 等等。”（*2038*：*A European Declaration of Independence*，p.853）.

第 77 页　“说到人肉搜索……”2004 年，尼克・洛莱斯一群人曾潜入 RedWatch 的雅虎小组，且声称他们“人肉搜索”的目的是暗指其他人要攻击左翼分子，实际上并未直接怂恿他们这么做。

第 77 页　“虽说 RedWatch 最近没什么动静……”RedWatch 是上世

纪 90 年代（约 1992 年 3 月）新纳粹主义团体 Combat 18 出版的印刷小报，同名网站成立于 2001 年。RedWatch 的臭名首次为大众所知，是在 2003 年 4 月，利兹大学的老师 Sally Kincaid 和 Steve Johnson 的个人信息被人披露在 RedWatch 网站，不久后两人的私家车也遭到汽油弹袭击。2004 年 1 月，议员 Greaves 在上议院就 RedWatch 网站行为的合法性提出质疑，苏格兰女王玛丽一世回答了他的疑问。该网站最后一次更新时间为 2013 年 9 月 12 日，网站更新也不频繁，目前负责运营网站的幕后人，其身份尚不明朗。http：//www.hopenothate. org.uk/blog/insider/article/2522/redwatch-raided.

第 78 页　“热衷于人肉搜索的人们似乎没有什么下限……”例如，英国 2003 年颁布的《通信法》中提到，发送具有冒犯性、猥亵、淫秽下流及威胁言论的电子信息均属犯罪行为；在明知故犯的情况下，利用网络故意散布言论冒犯他人、招致他人不便及不安，也属犯罪行为。然而，由于威胁言论的严重程度及真实性难以界定，对该犯罪行为的起诉也相对困难。

第 78 页　“人肉搜索，是一场全民的狂欢……”http：//www.thedailybeast.com/articles/2011/01/27/the-mujahedeenhackers-who-clean-facebook-and-the-facebook-privacy-breakthrough.html.

第 79 页　“他曾是一个典型的足球流氓……”2014 年 1 月，鲁宾逊以“贷款诈骗”遭到指控，并被判处 18 个月监禁。2014 年 6 月，该书写作期间，他已被提前释放。

第 79 页　“制造属于自己的真相早不是什么新鲜事……”美国学者 Eli Pariser 提出网络“过滤气泡”（the filter bubble）的概念：人们周围会越来越多地充斥着符合自己世界观的信息，而减少与相反观点信息的接触。Pariser，E.，*The Filter Bubble*：*What the Internet is Hiding From You*. 在英国，已经出现了“现实与认知脱节”的现象。举例来说，在 2011 年进行的一项调查显示，被问到一提起“移民”会想到什么时，有 62% 的受访者表示会想到“寻求庇护”；而事实上，以“寻求庇护”为目的移民者数量只占据全部移民人口的 4%，感知和现实其实是不一致的：社交媒体的曝光会使得这一情况更加严重，文中提及的这些政治团体中必然也存在这样的现象。

第三章　潜入“高尔特峡谷”

第 84 页　“如今每时每刻，都在进行着价值上百万的比特币交易……”http：//www.theguardian.com/technology/2013/apr/26/bitcoins-gain-currency-in-berlin（accessed 9 January 2014）.

第 85 页　“1992 年的一天……”Manne，R.，“The Cypherpunk Revolutionary：Julian Assange” in *Making Trouble*：*Essays Against the New Australian Complacency*，Black Inc，p.204. 事件详情可参考以下书籍，我也从中引用了许多内容：Greenberg，A.，*This Machine Kills Secrets*：*Julian Assange*，*the Cypherpunks*，*and their Fight to Empower Whistleblowers.*

第 86 页　“他们认为当今政界的重大议题……”Levy，S.，“Crypto-rebels”，http：//www.wired.com/wired/archive/1.02/crypto.rebels.html?pg= 8&topic=，1993（accessed 23 February 2014）; www.themonthly.com. au/issue/2011/march/1324265093/robert-manne/cypherpunkrevolutionary（accessed 23 February 2014）.

第 86 页　“首次的聚会上，来的都是一些……”大部分内容摘自梅于 1988 年发表的文章《赛博无政府主义自白》（The Crypto-Anarchist Manifesto），在休斯家里，程序员们被划分成两组，其中一组以匿名信的方式相互发送信息，以防被另一组的成员发现。通过在组内传送匿名信，他们意识到，在保密发件人身份的情况下传送信息是完全有可能的。

第 87 页　“但是，计算机系统可以做到这一点……”引自 Levy, S.，*Crypto*：*How the Code Rebels Beat the Government–Saving Privacy in a Digital Age*，p.208. 1991 年，Gilmore 曾说：“我希望通过物理学和数学，而不是法律的方式来保障个人隐私，真正的信息交流隐私，真正的个人记录隐私，真正的贸易自由，真正的经济隐私，以及个人对身份信息的掌控权。”电邮名单早期的一条发言反映了人们当时的心境：“各位都希望建立一个这样的理想世界：任何有关个人信息的踪迹——不管是对堕胎议题的看法还是个人的堕胎就诊记录——必须经由个人同意才能被追踪到；在这个世界里，人们可以通过网络和微波技术将信息传送到全球各地，但是如果入侵者和官员们想要窃取信息，却只能找到一些无意义的乱码；本用来‘窃听信息’的工具会转变为‘保护隐私’的利器。”梅认为民主并不会带来长久的自由，实际上他的观点引自另一位赛博朋克 Mike Ingle：http：//koeln.ccc.de/archiv/cyphernomicon/chapter16/16.5.html.

第 87 页 “该名单存放在吉尔摩个人网站 toad.com 的服务器上……” Levy, S., *Crypto*. Toad.com 是前一百个以 .com 为域名的网站之一。

第 88 页 “蒂姆 · 梅提议除此之外……” 梅也许是史上首位撰写 LSB（最低加权位）——速记式加密技术的分支——的人。通过 LSB 技术，信息可以以音频或视频文件的形式隐藏起来。原文信息存储在 sci.crypt 电邮名单中，不幸的是，这些文件已全部丢失。

第 88 页 “当休斯在名单内部测试……” 蒂姆 · 梅在《赛博法典》（*Cyphernomicon*）中提到：“赛博朋克以及 Julf/Kleinpaste 的转发器都是在几天之内写完的，速度很快；Karl Kleinpaste 撰写的代码后来成了 Julf 设计的转发器（当然是在前者的基础之上增添新性能），同样也是在很短的时间内完成的。”

第 89 页 “休斯之后将这种理念……” http：//www.activism.net/cypherpunk/manifesto.html（存于 2014 年 2 月 23 日）.

第 89 页 “公钥加密系统的问世……” 蒂姆 · 梅在《赛博法典》中解释道：“我的确找到了一个简单算法，需要借助 Matthew Ghio 提过的‘玩具数字’（toy numbers），首先选择两个质数，比如 5 和 7，相乘得到 35；然后将两个数字各减 1，相乘之后再加 1，得到（5–1）(7–1）+1=21［sic］。因此得到一个数学关系式 x = x^21 mod 35，x 可以是 0 到 34 的任一数字。分解质因数 21，得到 3 和 7，将两个数字中其中一个作为私钥密码，另外一个作为公钥密码。于是得到公钥数字：3 私钥数字：7。假设有人要编码一则信息‘m’发送给你，那这则信息在赛博语言中就会编码成‘c’：c=m^3 mod 35。收到信息之后可以用私钥密码将‘c’解码成‘m’：m=c^7cmod 35。如果有上百个数位的数字（像 PGP 的运作模式一样），想要准确猜出密钥几乎是不可能的。”（而实际上，这则计算是有错误的：当我询问梅时，他对我说《赛博法典》不过是份初稿，后来也没有时间仔细检查。）专攻加密历史研究的史学家称此举是自文艺复兴以来加密技术最为重要的发展成果，参考资料：Schmeh，K.，*Cryptography and Public Key Infrastructure on the Internet*.

第 91 页　“在 PGP 诞生之前……”齐默尔曼的专访，详见 *InfoWorld*，9 October 2000，p.64.

第 91 页　“他们最终还是放弃了这个想法……”事实上，政府通信总部的三位数学专家已经研发出了公钥加密系统，且时间也领先 Hellman 和 Diffie 几年，不过政府通信总部一直对外界保密。1996 年，Omand 成为通信总部负责人，决定将这项计划公之于众。

第 92 页　“1994 年，梅通过名单……”《赛博法典》的开篇写道：“各位赛博朋克们，大家好。我花费数月整理的 FAQ（常见问题解答）现可以通过匿名 FTP 服务器查看，细节如下。因为并不存在所谓‘官方’的赛博朋克小组，这篇 FAQ 也不是‘正式’的版本。任何人都可以制定自己的 FAQ。赛博朋克自己写 FAQ？为避免造成混乱，我的 FAQ 名字叫作《赛博法典》（如果还有不清楚的地方，我可以详细解释）。”

第 92 页　“赛博朋克们酷爱《1984》……” https://www.mail-archive. com/cypherpunks@cpunks.org/msg00616.html; Levy，*Crypto*，p.207. 休斯在其版本的《赛博法典》中，写道：“只要利用好加密技术，就能永远走在时代的前沿。”

第 93 页　“戴森回应：‘本人在此郑重声明……’” http://www.themonthly.com.au/issue/2011/march/1324265093/robert-manne/cypherpunk-revolutionary. 阿桑奇的发言原文仍保留在赛博朋克名单的存档文件中，详见：http://

cypherpunks.venona.com/.

第 94 页　“我把他视为我们中的一分子……”想了解更多关于赛博朋克电邮名单对阿桑奇的重要性，详见 Greenberg，A.，*This Machine Kills Secrets*，p.127，Manne，R.，pp.207–13；阿桑奇在 2012 年曾出版《赛博朋克》（*Cypherpunks*）一书。

第 94 页　“在之后的回忆中他写道，这段经历……”http：//www.themonthly.com.au/issue/2011/march/1324265093/robert–manne/cypherpunk–revolutionary（accessed 23 February 2014）.

第 95 页　“阿桑奇的这些灵感都来自……”目前该网站持有 7 万余份机密文件，包括美国中央情报局和英国军情六局各位探员的姓名，牺牲于伊拉克的士兵照片的压缩文件，以及政府设施的分布地图等。

第 95 页　“我们的初衷是……”Greenberg，A.，*This Machine Kills Secrets*，p.131.

第 95 页　“然而电邮名单最终还是……”http：//www.securityfocus.com/news/294.

第 97 页　“目前由住在这里的约 30 位永久居民具体运作并管理……”http：//cooperativa.cat/en/whats–cic/background/；

https：//www.diagonalperiodico.net/blogs/diagonalenglish/from–critique–to–construction–the–integrated–cooperative–in– catalonia.html.

第 97 页　“CIC 的想法是挖掘资本主义体系之外的全新生活方式……” D’Alisa, G., Demaria, F. and Cattaneo, C.,“Civil and Uncivil Actors for a Degrowth Society”，*Journal of Civil Society*：http：//www.tandfonline.com/doi/pdf/10.1080/17448689.2013.788935.

第 99 页　“厨房系统是公用的……”“Degrowth in Action”，from *Opposition to Alternatives Building*：*How the Cooperative Integral Catalana enacts a Degrowth Vision*. 这是瑞典隆德大学（Lund University）人类生态学系 Sheryle Carlson 发表于 2012 年的硕士论文。

第 99 页　“2009 年，迪朗开始推广……” http：//enricduran.cat/en/ihave–robbed–492000–euros–whom–most–rob–us–order–denounce–them–and–build–some–alternatives–society–0/.

第 102 页　“尽管阿米尔的专业技能和经验没得挑剔……” https：//bitcointalk.org/index.php?topic=169398.0（也有人认为 2011 年的比特币争议事件是阿米尔的责任，当时由阿米尔负责参与管理的部分比特币交易遭到黑客入侵，价值 14

万 5000 美元的比特币被盗。）

第 102 页 “我们认为这并不是站在玩家个人利益的立场上……” http：//www.forbes.com/sites/andygreenberg/2013/10/31/darkwallet-aims-to-be-the-anarchists-bitcoin-app-of-choice/.

第 103 页 “他和科迪都表示希望……” http：//www.wired.co.uk/news/archive/2014-04/30/dark-wallet/.

第 103 页 “尽管他从未参加过任何会议……” Levy，S.，*Crypto*，pp.216–17. Akst，D.，“In Cyberspace，Nobody Can Hear You Write a Check：Cash? History，The Evolution of Money is Moving Way Faster than the ATM Line. Guard Your Passwords”，*LA Times*，4 February 1996.

第 105 页 “他在《创世块》……” http：//en.bitcoin.it/wiki/Genesis_block（accessed 9 January 2014）.

第 106 页 “在中本聪的早期发言记录中……” http：//www.mail-archive.com/cryptography@metzdowd.com/msg10001.html（accessed 9 January 2014）. 在电邮名单时期，对比特币发展影响最为深远的这些人，例如 Wei Dai，Nick Szabo，Adam Back，当然还有 Hal Finney，他们都是赛博朋克电邮名单的老面孔。

第 106 页 “中本聪在名单的最后一次发言记录定格在 2010 年……”2014 年,《新闻周刊》记者报道中本聪隐居于加利福尼亚。然而，事件当事人却称自己与比特币毫无关系。

第 107 页 “暗黑钱包”会增加很多新的特性……”有些用户质疑暗黑钱包是否可行，因为整个过程需要多次重启比特币协议，即便是对于阿米尔来说，也是个巨大的挑战。

第 107 页 “其中一个核心创新点是‘多方签名’……”https: //wiki.unsystem.net/index. php/DarkWallet/Multisig.

第 107 页 “阿米尔预计，将会有大批用户……”2014 年 5 月，试用版“暗黑钱包”问世：阿米尔鼓励用户测试软件性能，他会进行持续的优化和修改。

第 110 页 “其中有一家社交媒体平台叫作 Twister……”从技术层面来说，Twister 并没有将用户发言记录上传至区块链，只是保留了用户名的记录。

第 112 页 “于是，斯马里和其他两位同事……”http: //www.indiegogo.com/projects/Mailpile–taking–email–back.

第 113 页 “赛博朋克的声音并没有淡出公众视线……”http: //www. dailydot.com/news/pgp–encryption–snowden–

prism-nsa/.

第 113 页 “2013 年，爱德华 · 斯诺登披露的文件……” James Ball, Julian Borger and Glenn Greenwald, “Revealed: how US and UK spy agencies defeat internet privacy and security”, *Guardian*, 6 September 2013 [http: //www.theguardian.com/world/2013/sep/05/nsa-gchq-encryption-codes-security (存于 2013 年 11 月 20 日)]; Ellen Nakashima, “NSA has made strides in thwarting encryption used to protect Internet communication”, *Washington Post*, 5 September 2013, http: //articles.washingtonpost.com/2013-09-05/world/41798759_1_encryption-nsa-internet (accessed 20 November 2013) .

第 114 页 “第二天早上……” http: //www.huffingtonpost.co.uk/eva-blumdumontet/cryptoparty-london-encryption-_b_1953705.html (存于 2014 年 2 月 23 日。)

第 114 页 “自 2012 年起，据本人统计……” http: //besva.de/mirror-cryptoparty. org/ (accessed 23 February 2014) . 显然，在加密派对行动中，并没有什么中央管理机构。活动的落地效果不错，是因为每位参与者都期望能学有所用，将学到的知识分享给其他人，甚至还可能继续举办自己的私人加密派对，毕竟至少要两个人，加密技术才有意义。

第 114 页 “坊间甚至还流传着一本免费的加密派对手册……”详见：https：//github.com/cryptoparty/handbook（accessed 23 February 2014）.

第 116 页 “长期的调查显示，每位公民都对隐私权十分重视……”Bartlett，J.，*Data Dialogue*.

第 120 页 “加密货币可以让我们‘摆脱’对欧元的依赖……”http：//enricduran.cat/en/statements 172013/.

第 121 页 “在那里没有政府的统治……”梅曾在 1995 年向一些超人主义者发送一封邮件，因为当时他们计划建立一家独立于国家法律体系之外的海上社区，在邮件中梅强烈建议超人主义者们考虑一下互联网社区，因为他认为这里比起现实地点（即便是坐落于大洋之中）更加宜居和安全。

第四章　三次点击

第 125 页 “最后我联系了警察……”鉴于话题的敏感程度，有必要花些工夫来解释一些定义。美国精神医学协会（American Psychiatric Association）发布的《精神疾病诊断与统计手册》(第四版，修订版 -*DSM–IV–TR*)中对恋童癖有明确的定义：对青春期前的孩子抱有强烈且反复的性幻想、性冲动包括性行为的想法，且这种状态至少持续 6 个月；并因此影响到正常的工作和生活，遭受社会的种种压力；恋童者年龄需满 16 周岁，且至少比受害者年长 5 岁［2013 年颁布的第五版手册 *DSM–V* 中，保留了这一定义，除了将原有的“恋童癖”(paedophilia)一词，修改为“恋童障碍症”(paedophilic disorder)］。“儿童性侵犯”的定义有所不同，其中包括很多犯罪行为，例如浏览非法色情内容等等。(实际上，《精神疾病诊断与统计手册》对恋童癖的定义饱含争议：批评家指出该定义忽略了一些重要因素，例如恋童者可能无法控制自身行为，甚至无法分辨出“恋童”与“少年情结”的区别，他们只是被青春期前的孩子吸引。)在写作本章时，我将“儿童色情内容”和“儿童色情图片”两词轮替使用，而该领域的专家更偏好“儿童性侵犯图片”这一类词，因为所有的这些非法儿童图片都可划归为儿童性侵犯的类别。尽管大多数人可以理解许多图片内容都属于“性侵”的范围，然而对某些非专业领域的外人来说，可能会产生误解，因为“性侵”总给人一种必须要产生“身体侵犯”行为的感觉，但事实并非如此。文中引用的定义来自联合国人权事务高级专员办事处（2002）。

第125页 “网络从根本上改变了儿童色情图片的生产……”目前主要存在三种网络儿童性侵行为，虽然经常被混为一谈：第一种是浏览、收集并散布儿童色情内容；第二种是“虚拟”性侵，意即性侵者与儿童借由网络进行某些特定形式的性关系，例如利用摄像头或是互换照片，但并没有私下见过面；第三种是利用网络寻找诱拐目标，约在线下见面。这三种性侵行为之间的界限非常模糊：某些性侵者的行为会涉及以上三种，而有些性侵者只涉及第一种或第二种。

第125页 “而英国法律规定，依据图片，可分为五个等级的猥亵罪……”该等级分类标准是量刑咨询委员会发布的量表（Sentencing Advisory Panel scale），第一级：裸体或摆出色情姿势，没有性行为；第二级：儿童间的性行为，或是一名儿童进行自慰行为；第三级：儿童与成人之间进行非插入性性行为；第四级：儿童与成人之间进行插入性性行为；第五级：施虐行为及人兽性行为。2014年4

月，这五类行为修订为三大类：A 类型（第四级和第五级），B 类型（第三级），C 类型（除 A、B 类型以外的其他任何猥亵行为）。详见：Sentencing Council Sexual Offences Definitive Guidelines（2014）.

第 126 页 “上世纪 60、70 年代晚期的性解放运动中……” Tate，T.，*Child Pornography*：*An Investigation*，pp.33–4.

第 126 页 “70 年代晚期……” Tate，p.33；Jenkins，P.，*Beyond Tolerance*：*Child Pornography on the Internet*，p.32. 目前各类支持恋童的组织和团体层出不穷，公开支持将成人与未成年人性关系合法化。1974 年，英国成立了恋童信息交换协会（Paedophile Information Exchange，简称 PIE），后来甚至成为全国公民自由理事会（National Council for Civil Liberties）的附属机构，其中最著名的团体是 1978 年成立的北美男性之爱协会（North American Man/Boy Love Association，简称 NAMBLA），至今仍在运营。O'Donnell，I. and Milner，C.，*Child Pornography*：*Crime*，*Computers and Society*，p.11；Ost，S.，*Child Pornography and Sexual Grooming*：*Legal and Societal Responses*.

第 126 页 “在英国，竟有许多恋童癖……” 来自一段笔者的采访，被访者的工作是帮助性侵犯者进行恢复和治疗，据被访者的要求，此处隐去其姓名。

第 126 页 “这些图片获取方式较难……”引自 Wortley，R. and Smallbone，S.，*Internet Child Pornography：Causes，Investigation and Prevention.*

第 126 页 “Usenet 群组例如‘幼童色情图片’……” Jenkins，P.，*Beyond Tolerance：Child Pornography on the Internet*，p.54.

第 126 页 “1993 年，‘长臂行动’……” http：//articles.baltimoresun.com/1993-09-01/news/1993244018_1_child-pornography-distribution-of-child-computer. 一位曾参与过此次突击搜查的 FBI 官员表示：“在所有制作发布儿童色情内容的工具中，最有效的还属在世界范围内具有影响力的 BBS。”

第 127 页 “有意向加入的人必须得到现有成员的推荐……” Wortley and Smallbone，*Internet Child Pornography*，p.66.

第 127 页 “2001 年，又有 7 名英国人因在互联网中的不法行为而获罪……” Sheldon，K. and Howitt，D.，*Sex Offenders and the Internet*，p.28；http：//www.theguardian.com/uk/2001/feb/11/tracymcveigh.martinbright；http：//news.

bbc.co.uk/1/hi/uk/1166643.stm.

第 127 页 “臭名昭著的乌克兰网站洛丽塔之城（Lolita City）……” 摘自一封发布在 Tor 匿名服务的匿名信，写信人自称“X 先生”，是一家国际儿童色情团伙的成员，旅居国外的德国人，目前居住在一个“上网、浏览、下载及保存任何文件都不受法律规范”的地方，据他称自己的工作领域是儿童模特业，“认识数百个恋童者”。

第 127 页 “2007 年 10 月，‘虐童图片数据库’……” 引自 Elliott, I. A., Beech, A. R., Mandeville-Norden, R. and Hayes, E., “Psychological profiles of internet sexual offenders: Comparisons with contact sexual offenders”, *Sexual Abuse*, 21, pp.76–92.

第 127 页 “截至 2010 年，由儿童性剥削和网络保护中心……” http://www.official-documents.gov.uk/document/cm77/7785/7785.pdf; http://www.bbc.co.uk/news/uk-21507006; Finkelhor, D. and Lewis, I. A., “An Epidemiologic Approach to the Study of Child Molesters”, in Quinsey, R. A. and Quinsey, V. L.（eds）*Human Sexual Aggression: Current Perspectives. Annals of the New York Academy of Sciences*; Kirwan, G. and Power, A., *The Psychology of Cyber Crime*: *Concepts and Principles*, p.115; http://www.theguardian.com/lifeandstyle/2013/oct/05/sold-mum-dad-images-child-abuse.

第 128 页 “2011 年，由美国执法机关……” http://www.justice.gov/psc/docs/natstrategyreport.pdf and http://www.ussc.gov/Legislative_ and_Public_Affairs/Public_Hearings_and_Meetings/20120215-16/Testimony_15_Collins.pdf.

第 128 页 “距英国防治虐待儿童协会的调查统计已过了 25 年……” Wortley and Smallbone，*Internet Child Pornography*.

第 128 页 “儿童性剥削和网络保护中心表示，在英国约有 5 万人 ……” CEOP（2013）*Threat Assessment of Child Exploitation and Abuse*.

第 128 页 “此外，2013 年 7 月 29 号至 8 月 27 号……” 该信息源来自一名叫作 Intangir 的黑客，据说他也运营着一个饱受恶名的 Tor 隐匿服务“Doxbin”，许多匿名用户的个人信息都在此遭到曝光。

第 129 页 “一位学者曾记录下了九种不同类型的儿童性侵害

罪犯……" Krone，T.，"A Typology of Online Child Pornography Offending"，*Trends & Issues in Crime and Criminal Justice*，no. 279. 性侵者的外形特征已成为许多学术研究的主题，也可参考：Grubin，D.，"Sex Offending Against Children：Understanding the Risk"，*Police Research Series* 99，p.14；Quayle，E.，Vaughan，M. and Taylor，M.，"Sex offenders，internet child abuse images and emotional avoidance：The importance of values"，*Aggression and Violent Behaviour*，11，pp.1–11；Siegfried，K. C.，Lovely，R. W. and Rogers，M. K.，"Self-reported Online Child Pornography Behaviour：A Psychological Analysis"，*International Journal of Cyber Criminology* 2，pp.286–97；Riegel，D. L.，"Effects on Boy-attracted Pedosexual Males of Viewing Boy Erotica"，*Archives of Sexual Behavior* 33，pp.321–3；Wolak，J.，Finkelhor，D. and Mitchell，K. J.，*Child-Pornography Possessors Arrested in Internet-Related Crimes：Findings From The National Juvenile Online Victimization Study*，National Center for Missing and Exploited Children；Webb，L.，Craissati，J. and Keen，S.，"Characteristics of Internet Child Pornography Offenders：A Comparison with Child Molesters”，*Sexual Abuse* 19，pp.449–65；Elliott，I. A.，Beech，A. R.，Mandeville-Norden，R. and Hayes，E.，“Psychological Profiles of Internet Sexual Offenders：Comparisons with contact sexual offenders”，*Sexual Abuse*，21，pp.76–92.

第 130 页 “‘合法青少年’的相关内容……”Ogas,O. and Gaddam,S.，“A Billion Wicked Thoughts”，pp.21–8.

第 130 页 “互联网成人电影数据库显示……http：//gawker.com/5984986/what-we-can-learn-from-10000-porn-stars.

第 130 页 “按照热门度排名……”这并不意味着“13”就是所有搜索词条中最热门的搜索数字：如果人们对儿童非法色情内容有兴趣，很可能会搜索一个确切的年龄数字；但如果喜欢浏览成人色情内容的话，反而不太在意具体的年龄数字。

第 132 页 “根据慈善机构……”http：//www.lucyfaithfull.org.uk/files/internet_offending_research_briefing.pdf.

第 133 页 “另一项学术研究则发现……”Paul,B. and Linz,D.（2008）“The Effects of Exposure to Virtual Child Pornography on

Viewer Cognitions and Attitudes Toward Deviant Sexual Behavior", *Communication Research*, vol.35, no.1, pp.3–38.

第 134 页 "他们推测，禁忌之举……" Ogas, O. and Gaddam, S., "A Billion Wicked Thoughts", pp.176–7.

第 135 页 "她向我解释道，像迈克尔这样的犯罪者……" Martellozzo, E., "Understanding the Perpetrators Online Behaviour", in Davidson, J. and Gottschalk, P., *Internet Child Abuse: Current Research and Policy*, p.116. 也可参考：Martellozzo, E., *Grooming, Policing and Child Protection in a MultiMedia World*; Abel, G.G., Becker, J. et al., "Complications, Consent and Cognitions in Sex Between Adults and Children", *International Journal of Law and Psychiatry* 7, pp.89–103; Hudson, S. M. and Ward, T. (1997) "Intimacy, Loneliness and Attachment Style in Sex Offenders", *Journal of Interpersonal Violence* 12 (3), pp.119–213; Martellozzo, E., pp.118–19.

第 135 页 "约翰·舒勒著名的网络去抑制效应理论中……" Suler, J., "The Online Disinhibition Effect", *CyberPsychology and Behaviour*.

第 135 页 “在这些‘仅合法内容可见’的论坛里……”Martellozzo, E.,“Children as Victims of the Internet: Exploring Online Child Sexual Exploitation”, forthcoming.

第 137 页 “协会成员们认为，自己正如当年……”我试图通过邮件联系北美男性之爱协会，不出意料，他们并不想回答我的问题。

第 137 页 “尽管收藏儿童色情图片的严重性不言自明……” Kirwan, G. and Power, A. *The Psychology of Cyber Crime: Concepts and Principles*, p.123.

第 137 页 “许多像迈克尔这样的互联网性犯罪者表示……”Sheldon and Howitt, p.232.

第 138 页 “实际上在美国……” Finkelhor, D. and Jones, L., “Has Sexual Abuse and Physical Abuse Declined Since the 1990s?” http://www.unh.edu/ccrc/pdf/CV267_Have%20SA%20%20PA%20Decline_FACT%20SHEET_11-7-12.pdf; http://www.nspcc.org.uk/Inform/research/findings/howsafe/how-safe-2013-report_wdf95435.pdf. 然而，从这些数据中快速得出实质性的结论是很难的。Tink Palmer 认为，对受虐儿童的记录方式不同，也会导致数据结果的不同；https://www.nspcc.org.uk/Inform/

research/statistics/comparing-stats_wda89403.html.

第 138 页 “尽管人们对网络犯罪者十分恐惧……” boyd，d.，*It's Complicated*：*The Social Lives of Networked Teens*，http：//www.safekidsbc.ca/statistics.htm；http：//www.nspcc.org.uk/Inform/resourcesforprofessionals/sexualabuse/statistics_wda87833.html.

第 138 页 “儿童性剥削和网络保护中心前主任彼得·戴维斯……” http：//www.telegraph.co.uk/technology/facebook/10380631/Facebook-is-a-major-location-for-online-childsexual-grooming-head-of-child-protection-agency-says.html；http：//ceop.police.uk/Documents/strategic_overview_2008-09.pdf.

第 138 页 “儿童性剥削和网络保护中心与伯明翰大学联合发布的一份研究表明……” http：//www.bbc. co.uk/news/uk-21314585.

第 139 页 “当中又有 80 人与这个警方伪造的社交用户加为好友……” Martellozzo，E.，“Understanding the Perpetrators Online Behaviour”，pp.109–12.

第 139 页 “他们会尝试慢慢地与孩子建立一种融洽的关系……” Martellozzo，E.，“Children as Victims of the Internet”.

第 140 页 “他们会花几个小时监控目标对象的社交网络档案……” Malesky, L. A.,“Predatory Online Behaviour: Modus Operandi of Convicted Sex Offenders in Identifying Potential Victims and Contacting Minors Over the Internet”, *Journal of Child Sexual Abuse*, 16, pp.23–32; Wolak, J., Mitchell, K. and Finkelhor, D.,“Online Victimization of Youth: Five Years Later”, *National Center for Missing and Exploited Children Bulletin*, http://www.unh.edu/ccrc/pdf/CV138.pdf.

第 140 页 “许多网络诱拐犯都非常谨慎……” 顺便一提，随着越来越多的年轻人愿意在网络中分享个人信息，建立一个可信又真实的假账号吸引罪犯上钩，对警方来说变得更加困难。因为现在，假账号也需要一个假朋友圈来支撑，要显示出好友数量、兴趣爱好和以往的消息记录等信息。

第 141 页 “甚至有人还会贴出自己的裸照……” Martellozzo, E.,“Understanding the Perpetrators’ Online Behaviour”, p.107.

第 143 页 “2006 年，互联网观察基金会登记了 3077 个儿童色情网站……” 2006 年的相关报道可在以下网址中查看:

http：//www.enough.org/objects/20070412_ iwf_annual_report_2006_web.pdf.

第 143 页 “在 2013 年，这个数字降到了……” https：//www.iwf.org.uk/resources/trends.

第 144 页 “如今人们可以在 A 国制作色情图像……”引自 Wortley and Smallbone，*Internet Child Pornography*.

第 144 页 “互联网观察基金会的大多数调查资料都来源于表层网站……”之所以互联网观察基金会得出这样的调查结果，部分原因与其运营模式有关。显然，在表层网络更容易有一些偶然的发现，而专注在深层网络搜集儿童色情内容的 60 万网民，似乎并不在基金会的视野范围内。

第 146 页 “该托管网站下架之后……” http：//motherboard.vice.com/blog/the-fbi-says-it-busted-the-biggest-child-porn-ring-on-the-deep- web-1.

第 147 页 “1999 年，因为涉嫌线上售卖儿童色情制品……” 2001 年，Thomas 和 Janice Reedy 这对夫妇因利用 Landslide 进行非法儿童色情内容交易而被定罪。http：//www.pcpro.co.uk/features/74690/operation-ore-exposed.

第 149 页 “现如今，各类型的色情内容……” https：//shareweb.

kent.gov.uk/Documents/health-and-wellbeing/teenpregnancy/Sexualisation_young_people.pdf; p.45. http：//www.childrenscommissioner.gov.uk/content/publications/content_667.

第 150 页 “虽然数据的差异很大……” Ringrose，J.，Gill，R.，Livingstone，S. and Harvey，L.，“A Qualitative Study of Children，Young People and Sexting”，NSPCC：http：//www.nspcc.org.uk/Inform/resourcesforprofessionals/sexualabuse/sexting-research-report_wdf89269.pdf.

第 150 页 “根据互联网观察基金会的统计显示……” “Threat Assessment of Child Sexual Exploitation and Abuse”（PDF）: CEOP. 其他来源的研究结果数据相对较低，不过也在 20% 左右。http：//www.pewinternet.org/Reports/2013/Teens-Social-Media-And-Privacy.aspx.

第五章　在路上

第 151 页 “目前全球大约有 50% 的消费者……” Nielsen Global Digital Shopping Report，August 2012; http：//fi.nielsen.com/site/documents/NielsenGlobalDigitalShoppingReportAugust2012.pdf（accessed 19 April）.

第 151 页 “在英国，约有 20% 的吸毒者称……” 详见 *The Global Drugs Survey 2014*. 数据来自 *Guardian's* 2014 年发布的英国毒品调查报告。民意调查公司 Opinium Research 针对 1000 名英国民众的调查显示，在这些曾有吸毒经历的英国人中仅有 2% 的人表示他们通过网络购买毒品。而如今，这项数据飙升至 16%。

第 152 页 “借助人工智能实验室的阿帕网账户……” Markoff，J. *What the Dormouse Said：How the Sixties Counterculture Shaped the Personal Computer Industry*，p.75.

第 152 页 “FBI 的公诉书中记载……” http：//www.wired.com/images_ blogs/threatlevel/2012/04/WILLEMSIndictment–FILED.045.pdf; Powers，M. *Drugs 2.0*，chapter 9，“Your Crack's in the Post”.

第 152 页 “借助极为复杂的流量加密系统……” 事实上，“丝路”只不过是众多网站中的一家。2011 年 6 月，“重装黑市”（Black Market Reloaded）成立。如果说“丝路”在上架商品的挑选中还有一些“限制”和“底线”，那“重装黑市”则对商品的类别毫无限制。后来，还有许多市场涌现：the Russian Anonymous Market Place（2012），Sheep Market（February 2013），Atlantis Online（2013

年 3 月在论坛 bitcointalk 宣布重新开张）。近期，有卢森堡大学的学者对 Tor 隐匿服务网站进行了缜密的分析：他们定位了约 4 万家网站，其中大部分是英文网站。成人色情内容（及一部分比例的儿童色情内容）约占据全部网站的 17%，毒品网站约占 15%，假冒伪劣商品约 8%，黑客网站 3%。不过，他们也发现，约有 9% 的网站主题是关于政治的，7% 的网站是讨论硬件或软件的相关话题，以及 2% 的艺术类网站。当然，也有部分网站是关于游戏、科学以及运动等主题的内容。鉴于 Tor 隐匿服务网站的特点，研究人员不可能追踪到全部的网站。然而他们发现，实际上 Tor 隐匿网站的主题大相径庭，不尽相同，据访问量来看，人气最高的网站其实是“僵尸网络”管控中心和提供成人内容资源的网站。Biryukov，A.，Pustogarov，I. and Weimann，R.，*Content and Popularity Analysis of Tor Hidden Services*.

第 153 页 “同年 5 月，‘丝路’的产品种类增至 300 多种……” http：//gawker.com/the-undergroundwebsite-where-you-can-buy-any-drug-imag-30818160；http：//www. wired.co.uk/news/archive/2013-10/09/silk-road-guide.

第 154 页 “就像 altoid 说的，‘丝路’的界面……”卖家可以在此售卖任何他们想卖的商品，但以下商品是明令禁止售卖的：儿童色情作品、枪支以及他人的个人信息。

第 154 页 “‘丝路’只能通过匿名浏览器 Tor 进入……” http：//antilop.cc/sr/files/DPR_ Silk_Road_Maryland_indictment.pdf（First indictment）.

第 154 页 “2011 年 10 月，altoid 再度回到……” http：//www.thedigitalhq.com/2013/10/03/silk-road-shut-drugs-hitmen-blunders/：“什么是‘丝路’（Silk Road）？有人管它叫 SR、SR 管理员，或者就叫‘丝路’。但是这样一来，不就很混乱吗？我是‘丝路’，是市场，是个人，是企业，它可以是任何一样东西。不过，‘丝路’现在已经很成熟了，我需要一个不同于网站和企业的身份，现在我只不过是其中一部分。我需要一个名字。”

第 154 页 “在当时，一支 3 到 5 人的管理团队……”该网站会对售价不超过 25 美元的商品收取 10% 的佣金，随着商品价格的增加，佣金递减，售价超过 2500 美元的商品佣金约为 4%。

第 154 页 “这些管理员需要每周……” www.scribd. com/doc/172768269/Ulbricht-Criminal-Complaint.

第 155 页 “已有 4000 名匿名卖家通过‘丝路’平台……” http://www.theguardian. com/technology/2013/nov/25/majority-of-silk-roads-bitcoins-mayremain-unseized; http://www.theverge.com/2013/10/14/4836994/dont-host-your-virtual-illegal-drug-bazaar-in-iceland-silk-road; http://www.forbes.com/special-report/2013/silk-road/index.html.

第 156 页 “我们不是一群该被税务和政府监控握在掌心的禽兽……” http://www.forbes.com/sites/andygreenberg/2013/04/29/collected-quotations-of-the-dread-pirateroberts-founder-of-the-drug-site-silk-road-and-radical-libertarian/6/; http://www.forbes.com/sites/andygreenberg/2013/08/14/meet-the-dread-pirate-roberts-the-man-behind-booming-black-market-drugwebsite-silk-road/.

第 156 页 “一个横跨所有 Tor 隐匿服务论坛的活跃生态系统……” 一位用户与其他小伙伴都颇有共鸣，因此在丝路论坛里写下：“跟许多其他同伴一样，我开始发现并且使用‘丝路’时，是因为只有在这里我才能买到毒品。在后来很长一段时间里，‘丝路’对我而言，仅仅就是一个网站，直到我发现了论坛的存在。我相信，如果诸如此类的社群继续发展下去，总有一天我们会改变周围人的看法，就像当初的我一样。有一天，‘毒品战争’也会结束，大众会慢慢理解我们，而不是畏惧我们。最后，总结一下我的发言不能够回答大家的问题：‘丝路’就是我的希望。”

第 157 页 “2013 年 10 月 1 日……” http：//edition.cnn.com/2013/10/04/world/americas/silk-road-ross-ulbricht/，也可参考 http：//arstechnica.com/security/2013/10/silk-road-mastermind-unmasked-by-rookie-goofscomplaint-alleges/ 和 http：//www.bbc.co.uk/news/technology- 24371894.

第 157 页 “他跟室友谎称……” http：//www.wired.com/threat-level/2013/10/ulbricht-delay/. 此次 FBI 的调查行动由 Christopher Tarbell 主导，他也曾负责参与调查 2011 年的纽约事件，逮捕了黑客组织 LulzSec 成员 Hector Monsegur（aka Sabu）。详情可了解：http：//www.bloomberg.com/news/2013-11-21/silk-road-online-drug-market-suspect-ulbricht-denied-bail-1-；http：//www.slate.com/blogs/crime/2013/11/26/ross_william_ulbricht_redandwhite_did_the_alleged_silk_road_kingpin_lose.html?wpisrc=burger_bar；http：//www.theguardian.com/technology/2013/oct/03/five-stupidthings–dread–pirate–roberts–did–to–get–arrested.

第 157 页 “此后，他们又在英国、瑞典……” http：//www.telegraph.co.uk/news/uknews/crime/10361974/First–British–Silk–Road–suspects–arrested– by–new–National–Crime–Agency.html；http：//www.theguardian.com/uk–news/2013/oct/08/silk–road–illegal–drugs–arrested–britain；https：//krebsonsecurity.com/2013/10/feds–arrest–alleged–top–silk–road–drug–seller/；http：//www.dailymail.co.uk/news/article–2456758/Two–Dutch–Silk–Road–vendors–alias–XTC–Express–caught–red–handed–layer–MDMA–hair.html?ito=feeds–newsxml.

第 158 页 “利伯塔斯和其他管理者加班加点……” 所有 “丝路” 卖家都可以拿到新市场的账户（否则卖家入驻时需交纳一小笔保证金）。利伯塔斯表示：“只有真正的‘丝路’卖家才能获取账号，因此请各位卖家私信我一个附有数字签名的消息，我会链接至旧论坛中的 PGP 密钥。”

第 158 页 “利伯塔斯的同事伊尼戈……” 并不是所有人对乌布利希被捕的事情都感到开心：“等你出来我一定会找到你，拿回那 25 万美金！” 还有许多人对乌布利希吊儿郎当的样子表示不满："他好像就是为出名才故意这么做的，就是想被逮起来吧！""运营'丝路'的人住在美国？？他妈什么鬼？"

第 159 页 "紧接着，他来到论坛……" https://twitter.com/DreadPirateSR/status/398117916802961409.

第 159 页 "习惯了稳定可靠的'丝路'买家和卖家们……"在丝路 1.0 被下架后，暗网毒品网站的活动时间线如下：

2013 年 10 月 2 日："丝路"闭站。

10 月 9 日：利伯塔斯宣布丝路 2.0 版即将上线。

10—11 月：丝路的两个主要竞争对手"重装黑市"（Black Market Reloaded）和"绵羊市场"（Sheep Market）都发出大招，吸引大批买家和卖家转移到这两家平台。

10 月："重装黑市"管理员 Backopy 表示，网站将于不久后关闭，因为某位管理员泄露了网站的一些源代码，不过事实证明，源代码的泄露并没有暴露出网站的弱点，随后 Backopy 就改变了闭站的想法。

11 月 6 日：丝路 2.0 正式上线。新上线的网站有很多新的安全特性，比如双重 PGP 加密功能。新站试图通过自动验证老卖家的身份，帮卖家挽回失去的信誉损失。

11 月 30 日："绵羊市场"闭站，网站内价值 530 万美元的比特币被盗。网站管理员表示，一位叫 EBOOK101 的卖家发现网站的系统漏洞后，盗走了站内所有的交易货币。不过有人认为，闭站的真正原因是网站管理员们携款潜逃。

12 月：截至目前最大的网络毒品市场——“重装黑市”闭站。Backopy 表示他们无法应对新卖家和消费者带来的巨大流量，不过他继续表示，网站将于 2014 年重启。

12 月：一家新站 Project Black Flag 的管理员慌慌张张将所有用户的比特币卷走跑路。

12 月：专注于检索网络毒品交易的目录网站 DarkList 成立，目的是将分散于全网的毒品网站集中起来。不过于 12 月下旬再次闭站。

12 月：来自弗吉尼亚州的 Andrew Michael Jones、爱尔兰威克洛的 Gary Davis 以及澳大利亚的 Gary Davis 被警方逮捕。FBI 认为三人是丝路 2.0 的管理员班底（分别是伊尼戈、利伯塔斯和 SameSameButDifferent）。也有人猜测 FBI 探员早已潜入该网站卧底。

12 月：Agora Market 成立。

2014 年 1 月 19 日：Drugslist Marketplace 上线一项新的安全功能，叫作“多方托管”（Multisig escrow）。

1月22日：Darklist 重启。

1月下旬：Cantina Marketplace 成立，不过网站安全性遭到许多 Reddit 网友质疑。

1月下旬（1月27日左右）：一群黑客曝光了 Drugslist Marketplace 网站的许多安全问题，其中一名黑客将该网站的内部消息和用户信息全部公开。

2月2日：CannabisRoad 遭到黑客入侵。

2月3日：Black Goblin Market 成立，而由于薄弱的安全性，一天之内就被撤下。

2月第一周：Utopia marketplace 成立，该网站与“重装黑市”有密切的联系。

2月上旬：The White Rabbit marketplace 成立，该网站支持比特币和莱特币两种货币的交易，且借助 I2P 匿名网络运营，而非 Tor 匿名网络。

2月12日：丹麦警方控制了 Utopia，强令其关站；对于细节问题，警方表示拒绝回答。

2月上旬：丝路 2.0 遭黑客入侵，价值 270 万美元的比特币不翼而飞。

2月16日：Agora Market 成为深层网络中人气最高的交易市场。

2月下旬/3月上旬：Agora闭站，由于多次遭到强烈的分布式拒绝服务攻击，该网站在闭站和重启之间艰难生存。

3月上旬：一家全新的网络毒品市场Hansamarket上线，几乎上线同时就暴露出了安全问题。

3月19日：Pandora Marketplace遭黑客入侵，价值25万美元的比特币被盗走，该网站仍坚持运营中。

3月22日：EXXTACY Market成立。

3月23日：Reddit网友“the_avid”曝出EXXTACY的安全性能极低，窃取并公开了Red Sun Market的服务器信息。

3月24日：White Rabbit Market网站遭到严重的安全威胁。

第160页 “《悉尼先驱晨报》曾在2011年发文痛批……”http://www.smh.com.au/technology/technology-news/riding-the-silk-road-the-flourishin-gonline-drug-market-authorities-are-powerless-to-stop-20110830-1jj4d.html，30 August 2011.

第160页 “美国国会参议员查尔斯·舒默曾于2011年……”http://www.nbcnewyork. com/news/local/123187958.html.

第160页 “假设卖方或者网站想要私吞货款，也没有机构或个人能……”“丝路”遭遇的最大一起欺诈事件，来自一位名为Tony76的卖家，他在网络上花费数月建立起真实的卖家信誉，之后便以“提前收货”的骗局犯下多起诈骗案件。

第161页 “许多大型电子商务公司……”Nahai，N.，*Webs of Influence*.

第162页 “为此我们尝试了各种办法……”http：//allthingsvice.com/2013/04/23/competition–for–black–market–share–hotting–up/.

第164页 “这是目前为止市面上最完整的‘丝路’交易资料……”这份资料以一个Excel超大文件的形式上传至Tor隐匿服务中，内容包含1月10日至笔者写作当下（4月15/16日）“丝路”网站的所有评价，并持续更新中。这份数据收集了所有交易记录的评价（甚至是强制性的），虽说这段时期的“丝路”并不如2013年7月时那般景气，但也相差无几。每条评价是以交易记录为单位，而不是按产品为单位，因此数据结果偏于保守。2012年，Nicolas Christin教授曾基于丝路1.0网站的用户评价数据，撰写了一份非常优秀的报告：http：//www.andrew.cmu.edu/user/nicolasc/publications/

TR–CMU–CyLab–12–018.pdf.

第 165 页 “尽管卖家基本上都是来自……”

国家（船运起点）	卖家数量	卖家比例（%）
美国	231	33
英国	70	10
澳大利亚	66	9.4
德国	47	6.7
加拿大	36	5.1
荷兰	36	5.1
瑞典	21	3
西班牙	10	1.4
中国	9	1.3
比利时	8	1.2
法国	8	1.1
印度	8	1.1

第 165 页 “21 位卖家共计卖出了……” 其他卖家则卖出了更多数量的产品——例如 professorhouse 卖出了 1170 件商品——不过这些商品不是毒品，而是一些骗术伎俩、黑客指南，等等。

第 166 页 “这么一看数目非常可观……”

名　称	产　品	总营业额（99 天内）
AmericaOnDrugs	类别繁多；毒品	$45209
BlackBazar	海洛因，可卡因，摇头丸	$12068
Koptevo	仅售处方药	$9197
Demoniakteam	大麻，摇头丸，致幻剂	$16287
Instrument	仅售摇头丸	$24790
California Dreamin	主售大麻，以及一些处方药	$39329
GucciBUDS	类别繁多，主售大麻	$14912
MDMAte	仅售摇头丸	$11727
Aussie Quantomics	主售摇头丸，一些致幻剂	$16099

第 166 页　“数据显示……” http：//www.standard.co.uk/news/19000–a–year–is–average–profit–of–a–drug–dealer–6667533.html；http：//www.jrf.org.uk/publications/understanding–drug–selling–local–communities；http：//www.prisonpolicy.org/scans/sp/5049.pdf.

第 166 页　“不过‘丝路’也吸引了许多新人入市……” http：//www.reddit.com/r/casualiama/comments/110axd/im_a_former_silk_road_drug_dealer_ama/；http：//www.vice.com/print/internet–drug–dealer–sare–really–nice–guys.

第 167 页 “‘我们既是进口商’……” http：//mashable.com/2013/10/02/silkroad-drug-dealer-interview/.

第 168 页 “在撰写评价的时候……” 这套系统远比 eBay 的评价系统简单得多，尽管 eBay 在优化评价流程中也花了很多工夫。

第 170 页 “而此面具背后的人究竟是谁，这根本不重要……” 有些卖家在“丝路”建立了长期且持续的信誉，因此许多人一直保留着原有的卖家名称，即便是换到了新站点也不修改。利伯塔斯在丝路 2.0 成立时表示，允许之前的丝路卖家直接入驻新站，前提是需要验证 PGP 密钥。当 Atlantis 作为丝路的强劲对手横空出世时，也允许原来的“丝路”卖家立即入驻 Atlantis，这种做法的巧妙之处在于，卖家们在“丝路”时期积攒下的信誉可以继续发挥余热。

第 171 页 “最常见的方法就是用小号刷好评……” 评价造假的问题不仅仅出现在深层网络，商品评价对于电商平台的重要性，也催生了“网络信誉管理”产业的出现和发展。目前，提供维护商家网络信誉服务的公司多达数百家，也有几家大公司因涉嫌操纵及造假商品评价而被罚款。

第 172 页 “这也是为什么大街小巷里购买的毒品质量会参差不

齐……" Daly，M. and Sampson，S.，*Narcomania：How Britain Got Hooked on Drugs*.

第 172 页 "2009 年，对缴获的摇头丸的一项分析显示……" Drug Treatment in 2009–10（Report），National Treatment Agency for Substance Misuse，October 2010；https：//www.unodc.org/documents/data-and-analysis/WDR2012/WDR_2012_web_small.pdf.

第 172 页 "事件导致 14 人死亡……" Scottish Drug Forum，"Anthrax and Heroin Users：What Workers Need to Know"：www.sdf.org.uk/index.php/download_file/view/262/183/（accessed 20 April 2014）.

第 173 页 "当然，暗网市场的毒品价格……" Mahapatra，S.，"Silk Road vs. Street：A Comparison of Drug Prices on the Street and in Different Countries"，*International Business Times*，http：//www.ibtimes.com/silk-road-vs-street-comparison-drug-prices-street-different-countries-charts-1414634（accessed 20 April 2014）.

第 173 页 "然而不同的产品价格不一……" Clarity Way（a drug charity），"The Amazon of Illegal Drugs：The Silk Road vs. The Streets [Infographic]"，*ClarityWay*.com，http：//

www.clarityway.com/blog/the-amazon-of-illegal-drugs-the-silk-road-vs-the-streets-infographic/（accessed 20 April 2014）.

第 173 页 “但据药物政策基金会……” http：//www.reddit.com/r/Drugs/comments/1tvr4a/the_most_popular_drugs_bought_with_bitcoin_ on/cecw84x 该网页有很多关于毒品质量的一些讨论：“就摇头丸来说，‘丝路’的货绝对是性价比最高的，不仅品质好，对大多数消费者来说价格也很合理；而海洛因的价格就比在当地买要贵一些，不过‘丝路’的品质也是数一数二的（大部分）。有些卖家会拿掺了芬太尼的货以次充好，这点不太好，但是你可以看看评价防止踩雷。”

第 176 页 “在某些暗网市场中，已经有新人……” http：//www.deepdotweb.com/2014/01/25/drugslist-now-offering-full-api-multi-sig-escrow/.

第 177 页 “多签协议是唯一一个能够……” http：//www.deepdotweb.com/2014/02/13/silk-road-2-hacked-bitcoins-stolen-unknown-amount/.

第 177 页 “然而，有研究者发现……” http：//motherboard.vice. com/blog/bitcoin-isnt-the-criminal-safe-haven-people-thinkit–is; http: //anonymity–in–bitcoin.blogspot.com/2011/07/bitcoin–is–not–anonymous.html.

第 178 页 "'混币'（CoinJoin）的运作原理也十分相似……" https: //bitcointalk.org/index.php? topic=139581.0.

第 179 页 "这些市场的未来并不是像'丝路 2.0'一样的中央网站……" http: //www.chaum.com/articles/Security_Wthout_Identification.htm. 这也是数字货币始祖 David Chaum——早于中本聪 20 年——一直以来的理念。在 1985 年发表的著作《无识别的安全性：让"老大哥"臣服的交易系统》中，他提出一个结合匿名性与安全支付的系统。

第 181 页 "暗网市场引入了一个全新的……" Hirschman，A.，*Exit Voice and Loyalty.*

第 182 页 "尼古拉斯·克里斯廷教授于 2012 年……" http: //www.andrew. cmu.edu/user/nicolasc/publications/TR–CMU–CyLab–12–018.pdf.

第 182 页 "丝路 2.0……" http: //allthingsvice.com/2013/04/23/competition–for–black–market–share–hotting–up/.

第 182 页 "该搜索引擎会依据毒品类别辅助检索出规模最大的市场……" http: //www.deepdotweb.com/2014/04/08/grams–darknetmarkets–search–engine/.

第 183 页 “如今非法毒品的获取渠道变得越来越容易……” Kerr, T., Montaner, J., Nosyk, B., Werb, D. and Wood, E., “The Temporal Relationship Between Drugs Supply Indicators: An Audit of Internation Government Surveillance Systems”, http://bmjopen.bmj.com/content/3/9/e003077.full.

第 183 页 “自尼克松总统在 1971 年宣布毒品战争时……” “War on illegal drugs failing, medical researchers warn”, *BBC News*, 1 October 2013 (http://www.bbc.co.uk/news/uk-24342421).

第 184 页 “这条供应链的每个环节中都有暴力及贪污贿赂的事件……” RSA Commission on Illegal Drugs, Communities and Public Policy, “The Supply of Drugs Within the UK”, *Drugscope* (http://www.drugscope.org.uk/Resources/Drugscope/Documents/PDF/Good%20Practice/supply.pdf).

第 184 页 “交易链越长……” Peter Reuter, “Systemic Violence in Drug Markets”, *Crime, Law and Social Change*, September 2009, vol.52, issue 3; Martin, J., “Misguided Optimism: the Silk Road closure and the War on Drugs”, *The Conversation*, http://theconversation.com/

misguided-optimism-the-silk-road-closure-and-the-war-on-drugs-18937（accessed 20 April 2014）.

第 184 页 “在英国，目前约有 7000 个……” Daly and Sampson, *Narcomania*, p.303.

第 184 页 “尽管街头贸易的成本数据难以获得……” https://www.unodc.org/documents/data-and-analysis/WDR2012/WDR_2012_web_small. pdf.

第六章 灯光、网络摄像头，行动起来

第 186 页 “15 家访问量最高的成人网站……” 以下是 Alexa 根据全球热门度进行的网站排名，各家网站的分数是综合浏览次数及独立访客数得出的结果，标注在网站名称后的括号内。由于排名经常更新，以下结果是截至 2014 年 5 月的排名情况，我也针对以下每家网站自制视频的数量进行了一番调查：

Xvideos.com（40）：49003 个视频

Xhamster.com（54）：368000 个视频

Pornhub.com（80）：22743 个视频

Redtube.com（98）：3517 个视频

Xnxx.com（102）：49011 个视频

LiveJasmin.com（107）：是一家视频网站，并不是色情网站，不过人气程度不容忽视

Youporn.com（116）：43597 个视频

Tube8.com（213）：49662 个视频

Chaturbate.com（329）：另外一家视频网站

YouJizz.com（351）：136883 个视频

Motherless.com（359）：Motherless 是一家青少年色情网站，几乎充斥着各类自制视频，视频数量约为 200413 个

Beeg.com（362）：3279 个视频

Hardsextube.com（435）：8450 个视频

Drtuber.com（600）：406119 个视频

Nuvid.com（795）：347112 个视频

Spankwire.com（803）：164111 个视频

Sunporno.com（870）：51397 个视频

第 186 页 “据自由言论联盟（The Free Speech Coalition）估计……”当然在专业的色情产业中，营收额并没有一落千丈。不过制作成本却大大缩水，早在 20 世纪 80 年代早期，制作一部标准的专业色情影片成本超过 20 万美元；在 80 年代中期，录像机的出现使得制作成本有所下降，到 90 年代中期，色情影片的成本约为 10

万美元；而在 90 年代后期，一些专门负责制作色情影片的公司已将制作成本降至 2 万美元一部——几乎与目前制作一部专业影片的平均成本相当。（不过大成本制作的影片还是不时会出现：*Pirates II*，史上制作成本最高的色情影片，预算约为 800 万美元。）有关色情影片的使用情况及整个色情产业规模的不同数据之间相差极大，争议颇多。2007 年，《观察者报》报道，美国的色情产业产值约为 130 亿美元，这是目前较为广泛引用的数据；2012 年，CNBC 电视台报道称，美国的色情产业产值为 140 亿美元；网站 Top Ten Reviews 则估计，目前在全世界范围内，该产业的产值高达 570 亿美元。仅在美国，2001 年至 2007 年间，网络色情产业就从 10 亿美元的产值跃升至 30 亿美元。详情可见：http：//www.theguardian.com/world/2007/dec/16/film.usa；http：//internet-filter-review.toptenreviews.com/internet-pornography-statistics-pg2.html；http：//www.toptenreviews.com/2-6-04.html；http：//www.socialcostsofpornography.com/Doran_Industry_Size_Measurement_Social_Costs.pdf；http：//www.thefreeradical.ca/Toronto_the_naughty.htm；http：//www.overthinkingit.com/2009/03/26/theadult-film-industry-rediscovers-its-balls/2/.

第 186 页 “20 世纪 80 年代，BBS 的用户们……” 他们会在私聊窗口中用打字的方式，描述一对 13 岁少男少女偷尝禁果之事。“BBS life in the 1980s” by Mr Pez，http：//textfiles.com/history/golnar.txt.

第 187 页 “1991 年 5 月，史上首个 Usenet 色情小说群组成立……” http：//www.asstr. org/~apuleius/asshfaq.html#2.

第 187 页 “据目前统计……” McAnulty，R. and Burette，M.，*Sex and Sexuality*，vol.1；http：//articles.orlandosentinel.com/1998-03-28/lifestyle/9803270925_1_entertainment-online-video，p.269；http：//www.bbc.co.uk/news/technology-23030090.

第 187 页 “珍妮弗是史上第一位……” Senft，T. M.，*Camgirls：Celebrity and Community in the Age of Social Networks*，p.44.

第 187 页 “在网站巅峰时期，有近 400 万人同时在线……” “Behind the Scenes with Jennifer Ringley”，promo for *Web Junk Presents…… 40 Greatest Internet Superstars*，18 March 2007，http：//www.spike.com/video-clips/po0d6t/behind-the-scenes-with-jennifer-ringley

（accessed 4 December 2013）.

第 187 页 “1998 年，她将网站设定为……” Green，L.，*The Internet：An Introduction to New Media*，http：//www.yorku.ca/robb/docs/camgi.pdf.

第 188 页 “这些个人网站与‘珍妮视频’的运作模式……” http：//www.naturistplace. com/wnl-0101.htm.

第 188 页 “直播俨然成为一个利润巨大的产业……” http：//www.nytimes. com/2005/12/19/national/19kids.ready.html?pagewanted=7&_r=0&ei=5090&en=aea51b3919b2361a&ex=1292648400&partner=rssuserland&emc=rss.

第 189 页 “目前，在世界范围内约有 5 万名女主播……” 这是我能得到的最确切的预估数字——5 万，来源于女主播互助社群的一位管理员。也有许多数据是关于东欧、南美洲及东南亚一些国家和地区的女主播。Chaturbate 网站目前已拒收菲律宾女孩的工作请求，以防她们遭人背后指使，被迫进行表演。

第 190 页 “据《纽约时报》报道……” http：//www.nytimes. com/2013/09/22/technology/intimacy-on-the-web-with-a-crowd.html?adxnnl=1&pagewanted=all&adxnnlx=1394884188-8+B9Okpt1TokwE/tHhXoAw；http：//www.

theverge.com/2013/9/23/4761246/cam-sex-is-booming-business-for-porn-industry.

第 190 页 “直播是一个充满生机和活力的崭新世界……” 其中一家网站叫 WeCamGirls，成立于 2012 年，该网站当年的访问人数就达到了 10 万；2013 年，网站的访问量翻了一倍多，目前该网站拥有超过 3000 名活跃会员。

第 190 页 “此后，韦克斯便加入了 Chaturbate……” http：//www.wecamgirls.com/articles/in-the-spotlight-with-cliche/.

第 190 页 “可能因为我是一个处在……” “Labours of Love：Netporn，Web 2.0 and the Meanings of Amateurism”，*New Media & Society*，vol.12，no.8，2010.

第 191 页 “比起主流的色情制品，直播……” Attwood，F.，*Porn.com*，p.139，http：//nms.sagepub.com/content/early/2010/06/08/1461444810362853.full. pdf.

第 191 页 “全球使用社交平台的人数……” http：//www.emarketer.com/Article/Where-World-Hottest-Social-Networking-Countries/1008870.

第 191 页 “有心理学家认为……” Ma，M.，“Understanding the Psychology of Twitter”，*Psychology Today*，27 March 2009；http：//www.psychologytoday.com/blog/the-tao-innovation/200903/understanding-the-psychology-twitter; http://journal.frontiersin.org/Journal/10.3389/fnhum.2013.00439/full#h2.

第 191 页 “分享个人的私密日常……” http://www.psychologytoday.com/blog/the-tao-innovation/200903/understanding-thepsychology-twitter; Panek et al., “Mirror or Megaphone? How Relationships Between Narcissism and Social Networking Site Use Differ on Facebook and Twitter,” *Computers in Human Behaviour*, vol.29; http://www.sarakonrath.com/media/publications/narcissism_SNS_sites.pdf; http://www.jcr-admin.org/files/pressPDFs/112712180022_Stephen_Article.pdf.

第 192 页 “她提到，年轻人每周会花费……” Turkle，S. *Alone Together*，p.180.

第 192 页 “2013 年，皮尤研究中心一项……” “Prevalence and Characteristics of Youth Sexting: A National Study”, published 19 September 2011，http://www.pewinternet.org/2014/02/11/main-report-30/；“Basically……porn is everywhere”，p.28.

第 192 页 “然而，这不意味着青少年……” boyd，d.，*It's Complicated*，

p.57.

第 193 页 “据 2014 年 YouGov 公司的民意调查……”http：//www.yougov.co.uk/news/2014/03/06/1-5-under-40s-have-had-sex-camera/；http：//blog.htc.com/2013/08/the-selfie-phenomenon/.

第 193 页 “在声称曾有过自拍的人群中……”“Half of the UK Has Joined the Selfie Craze Creating Over 35 Million Selfies a Month”，*PRNewsWire.com*，13 August 2013，http：//www.prnewswire.com/news-releases/half-of-the-uk-has-joined-the-selfie-craze-creating-over-35-million-selfies-a month-219364031.html.

第 193 页 “分享个人或身体某个部位……”http：//www.wired.com/wiredscience/2012/05/opinion-naked-sexting/.

第 193 页 “评论的画风时而积极……”如同大多数的网络社群一样，要遵守一定的规则：“别乱丢小黄图”，“发你自己照片！”当然，还有一条是“注意言行，互相尊重”。

第 194 页 “2011 年，一个名为‘最性感可爱高中生’的脸书群组……”脸书 Facebook 的原名叫做 Facemash，最初马克·扎克伯格和大学同学想调取哈佛大学资料库中的女生照片，按外表进行打分（当然是未经同意的），

Facemash 就这么诞生了：将两张女生的照片放在一起，让访问者进行投票，网站的算法会根据票数高低将不同女生的排名提高或降低。扎克伯格当时在个人博客中写道："有一件事是肯定的，那就是我真不该成立这个网站，怎么会做这么浑蛋的事……不过，最后总有人要这么做的。"他说得没错，短短 4 小时内，网站的访问人次已经达到 22000 次了。

第 195 页 "我在写作本书时……" http://abcnews.go.com/blogs/headlines/2012/03/facebook-shuts-down-most-beautiful-teen-page/; http://toronto.ctvnews.ca/cutest-teens-2013-facebook-page-takendown-1.1540454; https://www.facebook.com/CutestTeensOfficialPa ge?fref=ts.

第 196 页 "开演时间已经延迟了 30 分钟……"韦克斯穿着及膝的灰色长袜、灰色短裤以及一件同色系的露脐上衣，布拉瑟的打扮也是如此，奥林的装扮类似，不过色系是黑色的。

第 206 页 "据韦克斯称，她知道一个比她赚得更多……" http://www.reddit.com/r/IAmA/comments/1hq5t9/.

第 206 页 "你们听说过一个叫……"我在写作本章时，Chaturbate 网站已支持用比特币进行打赏。

第 210 页 “用户在线上或私下分享的色情内容……” Citron，D. K. and Franks，M.，“Criminalising Revenge Porn”，http：//digitalcommons.law.umaryland. edu/cgi/viewcontent.cgi?article=2424&context=fac_pubs.

第 211 页 “经调查，他收藏了近万张色情图片……” https：//oag.ca.gov/news/press-releases/attorney-general-kamala-d-harris-announces-arrest-revenge-pornwebsite-operator.

第 211 页 “同样的情况也发生在校园……” http：//www.dailymail.co.uk/femail/article-2175591/Is-YOUR-child-sending-sex-texts-school.html#ixzz26L5qLbJh；http：//www.nytimes.com/2011/03/27/us/27sexting.html?pagewanted=all&_r=0. 数据引自 Citron and Franks，“Criminalising Revenge Porn”.

第 211 页 “俄亥俄州的杰茜卡·洛根……” Albin，K.，“Bullies in a Wired World：The Impact of Cyberspace Victimization on Adolescent Mental Health and the Need for Cyberbullying Legislation in Ohio”，*Journal of Law and Health*，Vol.25，Issue 1，pp.155–90.

第 211 页 “在另外一所美国高中……” “3 Juveniles Accused of Sexually Exploiting Female Classmates”，http：//www.

newschannel5.com/story/21890716/3–juveniles–accused–of–sexually–exploiting–female–classmates.

第 213 页 “霍华德·莱茵戈尔德在 1990 年发表……” Howard Rheingold, “Teledildonics: Reach out and Touch Someone”; http: //janefader.com/teledildonics–by–howard–rheingold–mondo–2000–1990/.

第 215 页 “我们可不是一群慈善家……” http: //twitlonger.com/show/n_1s0rnva, by @thecultofleo.

第七章 维特效应

第 217 页 “调查显示，美国有 18% 的网友……” http: //www.pewinternet.org/2011/02/28/peer–to–peer–health–care–2/.

第 217 页 “有多种调查显示……” http: //www.mind.org. uk/media/418956/Peer–Support–Executive–Summary–Peerfest–2013. pdf, p.2; http: //www.mentalhealth.org.uk/help–information/mentalhealth–a–z/P/peer–support/. 也可参考: Mental Health Foundation, *The Lonely Society*?

第 218 页 “史上第一个引发争议的自残论坛……” http: //ash.notearthday.org/charter.html; a.s.h 小组有时也被称为 a.s.h 网站，事实上它是一个 Usenet 分级群组，不存在中央机构，这也意味着 a.s.h 小组几乎不可能关闭。

第 218 页 “A.s.h 小组的头两篇文章……”有意思的是，这里揭示出了一个有关自杀的奇闻怪事。美国及大多数北半球国家和地区的自杀率在 12 月份是最低的，许多优秀的学术研究都解释了这一奇怪的现象。这两篇发言其实是摘自两个不相干的发言记录，不过都被认作 a.s.h 小组的奠基性篇章。

第 218 页 “如今，类似的自杀论坛和网站遍布网络……” Beals 之后解释道，a.s.h 小组后来的发展远远超出他的预期。http：//www.zenithcity news.com/010411/feature.htm.

第 219 页 “自此之后，网站数量也在逐年攀升……”“Self-Injury and the Internet：Reconfiguring the Therapeutic Community”，in *RESET*，vol.1，no.2，2013.

第 219 页 “2007 年的一项关于厌食主义网站……” Bond，E.，*Virtually Anorexic-Where's the Harm?*，http：//www.ucs.ac.uk/Faculties-and-Centres/Faculty-of-Arts，-Business-and-Applied-Social-Science/Department-of-Children，-Young-People-and-Education/Virtually%20Anorexic.pdf; https：//bir.brandeis.edu/bitstream/handle/10192/24532/BeliveauThesis 2013.pdf?sequence=1.

第 222 页 “我在 Tumblr 博客……”尽管许多社交平台强调禁止用户发布美化“厌食 / 暴食症”“自残”的言论，然而实行起来却异常困难。Instagram 禁止用户搜索“thinspo”（骨感照片）相关话题的照片，不过一些用户会在发布照片时，贴上“thlnspo”之类的话题替代“thnspo”。

第 231 页 “然而，不论是在互联网还是线下，探讨自杀话题……”http：//www.ealaw. co.uk/media/uploaded_files/circular-03-2010-assisting-encouraging-suicide.pdf；也可参考“Encouraging or Assisting Suicide：Implementation of Section 59 of the coroners and Justice Act 2009”，*MoJ Circular 2010/03*，28 January 2010. 该法案在网络和现实世界中均适用。第 59 条第二小节规定，将“协助、教唆他人自杀，为他人自杀提供建议咨询，让他人实施自杀行为，或表现出以上行为的行动意图”等多种行为视为同一类犯罪行为；如有鼓励或协助他人进行自杀或意图进行自杀的行为，或是产生鼓励或协助他人自杀的意图，也适用该法案。不过仅通过网络（或任何其他媒介）向他人提供相关信息，或讨论自杀话题，且不存在教唆意图者，不属于犯罪行为。

http：//www.cps.gov.uk/publications/prosecution/assisted_

suicide_policy.html; http: //lostallhope.com/suicide-statistics; http: //www.cdc.gov/violenceprevention/pdf/Suicide_DataSheet-a.pdf.

第 232 页 “超过三分之二的人表示……” Bale, E., Bergen, H., Casey, D., Hawton, K., Shepherd, A. and Simpkin, S., “Deliberate Self-Harm in Oxford 2008”, Centre for Suicide Research.

第 234 页 “几小时内，阿马利娅等……” 此案例在 Emma Bond 的书中有详细记载，Bond, E., *Virtually Anorexic*.

第 236 页 “这种现象被后来者……” http: //informahealthcare.com/doi/pdf/10.1080/08039480410005602.

第 236 页 “在此之后的一个月间……” Coleman, L., *The Copycat Effect: How the Media and Popular Culture Trigger the Mayhem in Tomorrow's Headlines*, Paraview and Pocket Books, p.2.

第 236 页 “类似的情况还有 20 世纪 80 年代……” http: //www.psychologytoday.com/blog/media-spotlight/201208/when-suicides-come-in-clusters; http: //railwaysuicideprevention.com/scientific-literature-review/choose.html; http: //ccp.sagepub.com/content/12/4/583.

full.pdf+html；http：//www.theguardian.com/lifeandstyle/2009/mar/01/bridgend-wales-youth-suicide-media-ethics；http：//www.people.com/people/archive/article/0，20595753,00.html.

第 236 页 "在药物滥用、青少年怀孕……" http：//www.ivonnev-andeven stichting.nl/docs/SuicideAndTheMedia.pdf；Kristakis，N.，Connected；http：//content.time.com/time/health/article/0,8599,1808446,00.html. 维特现象也会出现在一些伤害性较小的情况中，假设我们周围的人都属于体重超重人群，我们也很有可能发胖；电视上那些预录好的笑声更容易使观众发笑；如果我们得知许多酒店住客会重复使用提供的毛巾，我们也很有可能会这么做。http：//www.media-studies.ca/articles/influence_ch4.htm；http：//www.lse.ac.uk/GranthamInstitute/publications/WorkingPapers/Papers/130-39/WP133-Exploring-beliefs-about-bottled-water-intentions-to-reduce-consumption.pdf；http：//www.otismaxwell.com/blog/persuading-people-social-proof/.

第 237 页 "于是，各国媒体……" 撒玛利亚曾于 2013 年颁布了一套极为细致的规定法则，目的是为减少模仿自杀案例；2009 年 3 月，英国报业投诉委员会（The Press Complaints Commission）也针对自杀报道的版面问题发表了一条简短的特殊声明。http：//www.pcc.org. uk/advice/editorials-detail.html?article=NTU4MQ==.

第 238 页 “祝你们拥有美满幸福的人生……” http：//archive.ashspace.org/ash.xanthia. com/conibear.html.

第 238 页 “有学术研究显示……” Taylor，J. et al.，“Motivations for Self-Injury，Affect，and Impulsivity：A Comparison of Individuals with Current Self-Injury to Individuals with a History of Self-Injury”，*Suicide and Life-Threatening Behaviour*，vol.42，no.6，December；Hawton，K. et al.，“Self-harm and Suicide in Adolescents”，*The Lancet*，vol.379，issue 9834，is another excellent source，http：//onlinelibrary. wiley.com/doi/10.1111/j.1943-278X.2012.00115.x/pdf.

第 240 页 “而就在住院疗养的期间……” 在本书写作期间，这段视频在 live leak 网站中仍可以找到。文中引用的四条留言都是由笔者视频截图收集的，每次拍摄者返回板块 /b/ 更新事态发展情况时，就暂停画面截屏，收集留言。http：//news.nationalpost.com/2013/12/04/universityof-guelph-student-who-attempted-to-take-his-life-on-internet-video-now-cyberbullied-on-facebook/.

第 240 页 “自我伤害、暴食厌食症……”想详细记录自残事件面临着种种困难，且很多事件都没有被媒体报道出来。类似的情况也出现在自杀事件中，通常验尸报告中也都不会记录。

第 240 页 “上世纪 50 年代晚期的约定自杀……”http：//bjsw.oxfordjournals. org/content/early/2013/02/14/bjsw.bct015.full.pdf+html. 也可参考：“Dying Together：Suicide Pacts and Other Episodes of Paired Suicides in Yorkshire and the Humber”.

第 241 页 “虽然自残事件的数量……”对这类话题有许多研究文献，包括以下：Gunnell，D. et al.，“The Use of the Internet by People who Die by Suicide in England：A Cross Sectional Study”，*Journal of Affective Disorders*，vol.141，pp.480–3. 也可参考：http：//www.rcpsych.ac.uk/files/pdfversion/cr158.pdf；http：//www.telegraph.co.uk/women/womens-health/4682209/Anorexic-girls-admitted-to-hospital-rise-by-80-per-cent-in-a-decade.html；http：//www.publications.parliament.uk/pa/cm200607/cmhansrd/cm070606/text/70606w0016.htm.

2013 年，伦敦国王学院发表在《英国医学杂志》中的报告显示，2000 年至 2009 年间，厌食症和暴食症的发病率较为平稳。不过值得注意的是，英国对“进食障碍症”的定义与美国有所不同。报告中说，2000 年至 2009 年期间，每 10 万名英国男性中就有 1 到 2 个患有暴食症，而每 10 万名英国女性的患病人数却高达 21 至 25 人；每 10 万英国男性中患有厌食症的人数为 0.2 至 2 人，而在每 10 万女性群体中，患病人数为 11 至 17 人不等。且就“未分类进食障碍症”的就诊数量来看，女性群体的就诊案例数增长了 60%，从 2000 年每 10 万人低于 18 个案例增长至 2009 年的 28.4 个案例；男性群体的就诊案例则增长了 24%，由 2000 年的 3.4 个案例增至 2009 年的 4.2 个案例。http：//bmjopen.bmj.com/content/3/5/e002646.full.?rss=1#F1；http：//s.telegraph.co.uk/graphics/projects/inside–the–world–of–anorexia–blogging/；http：//www.telegraph.co.uk/health/healthnews/10607237/Eating–disorder–increase–among–young–people.html；http：//www.kcl.ac.uk/iop/news/records/2013/May/Eating–disorders–increase. aspx.

第 241 页 “有助于缓解孤独感和疏离感的网站和论坛……”

Mental Health Foundation, *The Lonely Society?*

第 242 页 “作为一名护士……” 该案例摘自相关法庭文件：http：//www.mncourts.gov/Documents/0/Public/Clerks_Office/Opinions/opa110987-071712.pdf and http：//www.margaretdore.com/pdf/melchert-dinkel_ff_etc_001.pdf.

第 244 页 “卡米的本名……” Labi，N.，“Are You Sure You Want to Quit the World?”，*GQ*，October 2010，http：//www.gq.com/newspolitics/newsmakers/201010/suicide-nurse-mark-drybrough- chatrooms-li-dao（accessed 5 December 2013）.

结语　科技乐观主义与悲观主义之争

第 247 页 “柏拉图的《斐德罗篇》中……” Plato，*Phaedrus*，translated by Jowett，B.（Project Gutenberg，30 October 2008）.

第 247 页 “当大量的书籍借以……” Bell，V.，“Don't Touch that Dial! A History of Media Technology Scares，from the Printing Press to Facebook”，*Slate*，15 February 2010，http：//www.slate.com/id/2244198.

第 247 页 “虽然马可尼认为……” “Radio in the 1920s：Collected

commentary", National Humanities Center, http: //americainclass.org/sources/becomingmodern/machine/text5/colcommentaryradio.pdf. Also O'Shei, T., *Marconi and Tesla: Pioneers of Radio Communication.*

第 248 页 "此外，他还坚信……" Pierce, J.R., "Communication", *Scientific America*, vol.227, no.3, September 1972, 引 自 Hauben, M. and Hauben, R., *Netizens: On the History and Impact of Usenet and the Internet*, p.56. Greenberger, M. (ed.) *Management and the Computer of the Future*, http: //www.kurzweilai.net/memorandum-for-members-and-affiliates- of-the-intergalactic-computer-network; J. C. R. Licklider 引自 Woolley, B., *Virtual Worlds: A Journey in Hype and Hyperreality*, http: //www.livinginternet.com/i/ii_licklider.htm; Licklider 也迅速意识到了计算机网络的威力，并预言了技术的广泛应用所带来的影响，他认为在大量计算机相互连接构成的网络之中，电脑、程序和信息的传播将会创造出比任何组织和团体威力更强的系统。1962 年 8 月，Licklider 和 Welden Clark 在文章《线上人机交流》(On-Line Man Computer Communication)

中进一步详细地阐述了这些观点，这篇文章也是早期构想未来网络的思想著作之一。

第 248 页 “无政府主义者的梦想……”引自 Dery，M.，*Escape Velocity*，p.45.

第 248 页 “上世纪 90 年代早期……”这些珍贵资料记录了 20 世纪 90 年代人们对未来互联网的预言和畅想，详见：http：//www.elon.edu/predictions/early90s.

第 249 页 “未来具有无限可能……”*Mondo 2000*，no.1，1989.

第 249 页 “著名的麻省理工学院媒介实验室的前主任……”http：//motspluriels.arts. uwa.edu.au/MP1801ak.html.

第 250 页 “他们对技术的态度正如……”http：//www.nyu.edu/projects/nissenbaum/papers/The-Next-Digital-Decade-Essays-on-the-Future-of-the-Internet.pdf.

第 250 页 “有人认为互联网会让人类……”Furness，T. and Lanier，J.，*Are New Realities More or Less Real?*；Heim，M.，*Scholars Try to Measure the Impact*；Celente，G.，*Online*，*All the Time*；*Today's Technology Makes the Office Omnipresent*，*but is That Any Way to Live?*

第 252 页 “只要深思熟虑、胆大心细地……”More，M.，“The Philosophy of Transhumanism”，in More，M. and Vita-

More, N., *The Transhumanist Reader: Classical and Contemporary Essays on the Science, Technology and Philosophy of the Human Future*, p.4.

第 252 页 “著名的超人主义者尼克·波斯托姆……” http://www.nickbostrom.com/papers/history.pdf.

第 252 页 “1993 年，弗诺·文奇将‘奇点’……” “The Coming Technological Singularity: How to Survive in the Post-Human Era”，详见：https://www-rohan.sdsu.edu/faculty/vinge/misc/singularity.html; Good, I. J., “Speculations Concerning the First Ultraintelligent Machine”, *Advances in Computers*, vol.6.

第 252 页 “1998 年，这个发展迅速……” http://www.fhi.ox.ac.uk/ahistory-of-transhumanist-thought.pdf; More, M. and Vita-More, N., *The Transhumanist Reader*, pp.54–5. 该作者在此之前还有一部鲜为人知的作品《超人主义者宣言》，写于 1983 年。

第 257 页 “2012 年，德国的超人主义黑客……” http://www.wired.co.uk/news/archive/201209/04/diy-biohacking.

第 262 页 “目前有越来越多的作家撰文指出……” 有关“科技焦虑”的问题，可参考 Powers, W., *Hamlet's Blackberry*.

其他由网络刺激引发的相关问题可分别参考：William van Winkle，David Lewis，Eric Schmidt and Leslie Perlow. See Schumpeter，J.，“Too Much Information：How to Cope with Data Overload”，*Economist*，30 June 2011. http：//www.rcpsych.ac.uk/files/pdfversion/cr158.pdf.

延伸阅读

如果读者想进一步研究本书中涉及的课题和相关话题，后文附有按章节主题分类的书籍、文章以及网络资源的清单，希望能为各位提供一个有价值的入门路径。

引言　自由或死亡

Bell，J.，*Assassination Politics*，http：//www.outpost-of-freedom. com/jimbellap.htm.

Boyd，D.，*It's Complicated*：*The Social Lives of Networked Teens.* 一部非常实用且逻辑清晰的著作，阐述了年轻人群体与社交网络之间的关系。

Hafner，K. and Lyon，M.，*When Wizards Stay Up Late*：*The Origins of the Internet.*

Krotoski，A.，*Untangling the Web*：*What the Internet is Doing to You.*

Pariser，E.，*The Filter Bubble*：*What the Internet is Hiding from You.*

Suler，J.，“The Online Disinhibition Effect”，in *CyberPsychology and Behaviour.* 该理论极具影响力，探讨透过屏幕的交流方式将会对人产生怎样的影响。

Turkle，S.，*The Second Self*；*Life On the Screen and Alone Together.* Sherry Turkle 毫无疑问是该领域国际性的专家人物，如果你的研究课题为互联网对人类行为和身份认同的影响，这本书则是必读书目。

Zuckerman，E.，*Rewire*：*Digital Cosmopolitans in the Age of Connection.*

第一章　揭开网络引战的面纱

Coleman，G.，*Our Weirdness is Free.*

Olson，P.，*We Are Anonymous.* 以上两本书都是研究黑客组织“匿名者”及板块 /b/ 的演化历史的著作，且大致介绍了网络引战行为是如何产生并发展的。

Phillips，W.，“LOLing at Tragedy：Facebook，Memorial Trolls and Reaction to Grief Online”，*First Monday* volume 16，number 12，http：//firstmonday.org/ojs/index.php/fm/article/view/3168.

Whitney Phillips 是少数几位专门研究“引战行为”的学者之一。

Schwartz，M.，“The Trolls Among Us”，*New York Times*，3 August 2008. 这篇是对引战行为，以及引战亚文化探讨最深刻的文章之一，文中研究了臭名昭著的黑客和引战小白“weev”。

网站 Encyclopedia Dramatica 和 KnowYourMeme 都是研究引战亚文化的重要资料来源：但进入这些网站有一定风险。BBS 的引战案例都存档于网站 textfiles.com；还有一些关于 Usenet 引战群组的网络资源，最为著名的那些案例可以参考 Ken Hollis 运营的网站 www.digital. net/~gandalf/.

第二章　独行者

Bartlett，J. and Littler，M.，*Inside the EDL*，Demos.

Bergen，J. and Strathern，W.，*Who Matters Online：Measuring Influence，Evaluating Content and Countering Violent Extremism in Online Social Networks*，International Centre for the Study of Radicalisation.

Conway，M. et al.，“Uncovering the Wider Structure of Extreme Right Communities Spanning Popular Online Networks”.

Copsey，N.，*The English Defence League*，Faith Matters，http：//faithmatters.org/images/stories/fm-reports/english-defenseleague- report.pdf.

Simon, J., *Lone Wolf Terrorism: Understanding the Growing Threat.*

第三章 潜入“高尔特峡谷”

Greenberg, A., *This Machine Kills Secrets: Julian Assange, the Cypherpunks, and their Fight to Empower Whistleblowers.* 这本书为大众了解赛博朋克群体，以及他们的技术和思想观念提供了珍贵的资料，且本书也阐述了赛博朋克思想对“告密者”的重要意义。

Levy, S., “Crypto-rebels” in *Wired* and *Crypto: How the Code Rebels Beat the Government Saving Privacy in a Digital Age.* “Cryptorebels”是第一部介绍赛博朋克的主流著作，不过 *Crypto* 仍是迄今为止介绍赛博朋克群体内容最为全面的书籍。

Manne, R., “The Cypherpunk Revolutionary: Julian Assange”, in *Making Trouble: Essays Against the New Australian Complacency*

May, T., *Cyphernomicom*, Tim May 的长篇巨作，为理解赛博朋克的思想提供了非常有价值的资料，详见：http://www.cypherpunks.to/faq/cyphernomicron/cyphernomicon.html.

考虑到技术宅的需求，David Chaum 的文章 Security Without Identification：Transaction Systems to Make Big Brother Obsolete 是理解赛博朋克这一群体的数学观最重要的一篇论文。赛博朋克和 Metzdowd 加密电邮名单的发言记录，大部分都存档在网站：http：//cypherpunks.venona.com/ 和 http：//www.metzdowd.com/pipermail/cryptography/.

第四章　三次点击

Davidson，J. and Gottschalk，P.，*Internet Child Abuse：Current Research and Policy.*

Finkelor，D.，*A Sourcebook on Child Sexual Abuse.* 这部作品介绍了诱拐儿童的“典型”行为模型，发表时社交网络还未得到广泛应用。

Martellozzo，E.，“Children as Victims of the Internet：Exploring Online Child Sexual Exploitation”.

Ogas，O. and Gaddam，S.，*A Billion Wicked Thoughts.* 本书角度独特，且提供了很有价值的信息，基于对互联网搜索词条的研究，详细阐述了互联网搜索关键词与人类性需求之间的联系。

Wortley，R. and Smallbone，S.，*Internet Child Pornography：Causes，Investigation and Prevention.* 本书介绍了互联网的出现是

如何彻底转变儿童色情产业的。

追踪并搜集 Tor 隐匿服务中的儿童色情内容，过程其实相当困难，很多细节部分书中都没有写到。*The Daily Dot*，*Gawker*，*Wired* 和 *Vice* 都对此课题撰写过多篇有价值的报道和文章，尤其是 Patrick Howell O'Neill 一篇关于 Freedom Hosting 的文章，链接：http：//www.dailydot.com/news/eric-marques-tor-freedom-hosting-child-porn-arrest/；Adrian Chen 的一篇关于“暗网操作”（Operation DarkNet）的文章，链接：http：//gawker.com/5855604/elaborate-anonymous-sting-snags-190-kiddie-porn-fans；以及 *Wired* 的系列文章《威胁等级》（Threat Level）：http：//www.wired.com/category/threatlevel/.

第五章　在路上

Christin，N.，“Travelling the Silk Road：A Measurement Analysis of a Large Anonymous Online Market Place”. 一篇关于 2012 年丝路网站交易情况的十分创新的学术研究文章。

Daly，M. and Sampson，S.，*Narcomania*：*How Britain Got Hooked on Drugs.*

European Monitoring Centre for Drugs and Drug Addiction，

European Drugs Report 2013：*Trends and Developments.*

Powers，M.，*Drugs 2.0.* 本书介绍了互联网是如何改变毒品买卖的方式的。

刑事申诉文件是非常有价值的研究资料，例如针对 Ulbricht 的起诉记录。网络杂志保留了“丝路”及各类暗网市场最为详细的记录资料，Adrian Chen 在 2011 年发表在 *Gawker* 的文章需要特别留意（The Underground Website where you can Buy any Drug Imaginable）：http：//gawker.com/the-underground-website-where-you-can-buy-any-drug-imag-30818160（这是第一篇有关于网络毒品市场的重量级文章），此外，还有 Eileen Ormsby 的个人博客“AllThingsVice”，博客内容展现了深层网络的不同侧面，尤其对暗网市场的兴起与发展进行了深刻的分析：http：//allthingsvice.com/about/.

第六章　灯光、网络摄像头，行动起来

Attwood，F.，*Porn.com*：*Making Sense of Online Pornography.* 本书回顾了互联网是如何改变了色情内容的走向，且专门探讨了自制色情内容是如何改变原有的观众和制作者的关系的。

Boellstorff，T.，*The Coming of Age in Second Life.* 本书是以虚拟世界生活为主题的先驱人类学研究之一，想研究虚拟世界身份

如何反映用户行为课题的读者，本书是必读书目。

Panek，E. et al.，“Mirror or Megaphone? How Relationships between Narcissism and Social Networking Site Use Differ on Facebook and Twitter”，*Computers in Human Behaviour*，vol.29.

Senft，T. *Camgirls*：*Celebrity and Community in the Age of Social Networks*. 首部以最全面、最详尽的视角研究视频女主播的学术著作。

第七章　维特效应

Adler，P. and Adler，P.，*The Tender Cut*：*Inside the Hidden World of Self-Injury*. 一篇详细研究自残行为的论文，尤其是割腕行为。

Barak，A.，“Emotional Support and Suicide Prevention through the Internet：A Field Project Report”，*Computers in Human Behaviour*，vol.23，and（2009）“Suicide Prevention by Online Support Groups：An Action Theory–Based Model of Emotional First Aid”，*Archives of Suicide Research*，vol.13，no.1. Barak 的文章针对网络自杀互助小组对用户产生的影响提供了批判性的视角分析。

Bond，E.，*Virtually Anorexic – Where's the Harm*? 本文对厌食主义网站的规模、类型和内容进行了既缜密又通俗的解读，是一篇很好的入门文章。

Coleman，L.，*The Copycat Effect：How the Media and Popular Culture Trigger the Mayhem in Tomorrow's Headlines.*

Gunnell，D. et al.，“The Use of the Internet by People who Die by Suicide in England：A Cross-Sectional Study”，*Journal of Affective Disorders*，*vol.141.*

Hawton，K. et al.，“Self-harm and Suicide in Adolescents”，*The Lancet*，vol.379，issue 9834.

Mental Health Foundation，*The Lonely Society.*

Montgomery，P. et al.，“The Power of the Web：A Systematic Review of Studies of the Influence of the Internet on Self-Harm and Suicide in Young People”，*PLoS ONE.*

Sueki，H.，“The Effect of Suicide-Related Internet Use on Users' Mental Health：A Longitudinal Study”，*Journal of Crisis Intervention and Suicide Prevention*，vol.34（5）.

结语　科技乐观主义与悲观主义之争

Istvan，Z.，*The Tranhumanist Wager.* Zoltan 较为随性的自传性作品，介绍了在绝望的未来，超人主义者将背负使命，带领人民打响战役。

More，M. and Vita–More，N.（eds），*Transhumanist Reader.* 本书从科技和哲学的层面解读超人主义群体，两位编辑都是超人主义者的先驱人士，其中一章的内容有关“人脑上传”，由 Anders Sandberg 负责撰写。

Naughton，J.，*From Gutenberg to Zuckerberg*：*What you Really Need to Know About the Internet.*

Segal，H.，*Technological Utopianism in American Culture.*

Zerzan，J.，*Future Primitive and Future Primitive Revisited.* 了解无政府原始主义哲学的入门书籍，通俗易懂，是 Zerzan 最有名的作品。

致　谢

首先，我要感谢所有人，让我有幸得以进入他们所处的世界：为人偏激又友善的 Paul，Zack，“Old Holborn”，Michael，Vex，Blath 和 Auryn，Amir，Pablo，Timothy May，Smári，Zoltan 和 Zerzan，Charlie Flowers，Tommy Robinson，Hel Gower，EDL 社交媒体的匿名管理员，@Norsefired，Jimmy Swales，Alexander Jones，Queen Lareefer，Jessica 和 Elle St Claire，Utherverse“妓院”里诡异的舞娘 Jessi，Pink Pussy Gentleman's Club 的老板，论坛管理员 Al，“维特效应”章节中虚拟人设 Amelia 的原型人物，Gerard 和 Dr Anders Sandberg。

本书之所以能顺利出版，要归功于 William Heinemann 出版公司的优秀编辑 Tom Avery 的付出和才华，还有团队的其他成员：Jason Arthur，Anna Sophia Watts，Sophie Mitchell，Chloe Healy，Jason Smith 以及 Nathaniel Alcaraz-Stapleton，也同样感谢 Gail Rebuck。

此外，我也在书中引用了许多专家学者的学术成果，在这里再次向他们表达我的谢意，排名不分先后：Fred Langford 以及其他没能得知名字的分析人员，他们向我引荐了互联网观察基金会（IWF）；David Omand 教授，Peter Kirstein 教授，Emma Bond，Derek Smart，Fiyaz Mughal，Nick Lowles，Maura Conway，Mike Hearn，Khadhim Shubber，Miguel Freitas，Richard Wortley 教授，Elena Martellozzo，Tink Palmer，Nathalie Nahai，Luke Upchurch，Steve Rolles，Sam Smith，Chaturbate 网站的 Shirley，Vex 的粉丝（尤其是 Vince），Anna-Lee，Joe Ferns，Manko，Donald Findlater，Paul Cudenec，Celia Blay，Paul Montgomery 教授，Rachael Spellman，慈善组织 Beat Bullying，James Smith，伦敦政经学院慈善组织 inform 的 Amanda van Eck，Tristan，牛津大学超人主义社的所有成员，感谢你们邀请我观看莫德林学院那场精彩的辩论赛，尤其是 Andrew Snyder-Beattie，Avi Roy 和 Tomas Halgas。

本书在写作过程中，得到了许多人的帮助，毫无疑问，Louis Reynolds 是对此书贡献最大的人，他是一名非常优秀的研究员，在写作本书时工作的努力程度与我不相上下；Daniel Janes 一如既往地提供了非常重要的研究支持；Pavol Koznac，Rutger Birnie 和 Joe Rowlands 都提供了非常有价值的想法；此外，还有一些朋友和各领域的专家，他们特地腾出时间，审核不同章节的内容以及一些不成型的想法，如果没有他们，这本书的面貌将会大打折扣，Jonathan Birdwell，Carl Miller，Pablo Turner，Joe Miller，Catrin Nye 和 Hannah Joll，他们都是我不可或缺的好伙伴。同样感谢 Jeremy Reffin，David Weir 教授，以及准博士 Simon Wibberley，CASM 的同事 Eva Pascoe，Richard Boase，Graham Macklin，Andy Moorling，Jake Chapman，“IamSatoshi”，Ken Hollis，David Stark，Gemma Cobb，Tom Boellstorff 教授，Niels Ten Oeven，Nick Pickles，Grace，Mike Harris，Chris Waller，Sofia Patel，Phillida Cheetham，Dan Sutch，Mona Bani，Moritz Bartl，Runa Sandvik，Marley Morris，Simon Sarginson，Niki Gomez，Mevan Babaker；当然还有我的家人，除了帮我看稿以外，他们还提供了各种各样的帮助，包括为我营造安静的写作环境：Daniel，Samantha，妈妈（为我的坏脾气向您道歉）和 Phil。还要感谢 Noreena Hertz，David Goodhart 和 Catherine Mayer，他们参与了早期的课题雏形的讨论；以及我的助手 Caroline Michel，Rachel Mills，还有在 PFD 工作的 Jonathan Sissons，他们为我提供了很多帮助，而且十分了解我的研究计划和需求。此外，感谢所有 Demos 智库的同事们，愿意忍受我长期缺席的状况（不过似乎他们还挺享受的）。最后，如果因为我的粗心和疏忽，而忘记在这里提到您的名字，请接受我的道歉，同时也请接纳我的谢意。

由于各种各样的原因，我无法在此向许多人点名致谢，但是我知道你们造福了大众。其中包括无数幕后的工作人员，他们用个人时间开发软件、提供免费的软件下载，建立免费网站，将网络档案材料免费分享给大众，我们都该向这些人士表达由衷的敬意。如果没有他们，我根本不可能完成这本书的各项研究，也不可能克服这些困难。

最后，我要感谢 Kirsty，她以非常婉转的方式为我提供了写作这本书的灵感，她的写作天赋也令我望尘莫及，感谢她即便远在千里，也一如既往地为我提供帮助和支持。

图书在版编目（CIP）数据

暗网 /（英）杰米·巴特利特著；王丹丹译. — 北京：北京时代华文书局，2018.5（2023.8重印）

书名原文：The Dark Net

ISBN 978-7-5699-2330-8

Ⅰ. ①暗… Ⅱ. ①杰… ②王… Ⅲ. ①纪实文学一英国一现代 Ⅳ. ①I561.55

中国版本图书馆CIP数据核字（2018）第070596号

北京市版权局著作权合同登记号 图字：01-2017-7849

Jamie Bartlett

The Dark Net

暗 网

ANWANG

著　　者 | [英] 杰米·巴特利特

译　　者 | 刘丹丹

出 版 人 | 陈　涛

策划编辑 | 韩　笑

责任编辑 | 徐敏峰

封面设计 | 安克晨

责任印制 | 刘　银　訾　敬

出版发行 | 北京时代华文书局 http://www.bjsdsj.com.cn

北京市东城区安定门外大街 138 号皇城国际大厦 A 座 8 层

邮编：100011　电话：010-64263661　64261528

印　　刷 | 三河市嘉科万达彩色印刷有限公司　电话：0316-3156777

（如发现印装质量问题，请与印刷厂联系调换）

开　　本 | 880 mm×1230 mm　1/32　印　张 | 12.25　字　数 | 156 千字

版　　次 | 2018 年 7 月第 1 版　印　次 | 2023 年 8 月第 15次印刷

书　　号 | ISBN 978-7-5699-2330-8

定　　价 | 59.00 元